Jörg Schmitt-Kilian
Spurenleger

Zu diesem Buch

Inspiriert von dem authentischen Fall des Polizistinnenmordes in Heilbronn, hat ein Insider die schreckliche Geschichte literarisch aufgerollt: Die vierundzwanzigjährige Polizeikommissarin Sabine Laube liegt tot auf dem Beifahrersitz eines Streifenwagens in Koblenz. Sie hält noch die Dienstpistole in der Hand. Ihr Kollege Bernd Müller, zweiunddreißig, durch einen Kopfschuss schwer verletzt, kann sich an den Tathergang nicht mehr erinnern, als er nach zehn Wochen aus dem Koma erwacht. Das Motiv bleibt im Dunkeln. Beziehungsdrama? Krimineller Racheakt? Terroristischer Hintergrund? Lena Lieck und Tom Schneider von der SOKO »Deutsches Eck« finden eine DNA-Spur, die zuvor an verschiedenen Tatorten gesichert wurde. Da der »Spurenleger« jedoch nie identifiziert werden konnte, jagen sie einen Mörder ohne Gesicht. Je näher die Lösung des mysteriösen Mordes rückt, desto intensiver tauchen bei Lena schmerzhafte Erinnerungen an die Kindheit auf, und Tom wird mit dunklen Schatten einer Vergangenheit konfrontiert, die so gegenwärtig ist wie nie zuvor. – Die schockierende Geschichte eines Polizistinnenmordes auf der Basis eines authentischen Kriminalfalls.

Jörg Schmitt-Kilian, geboren 1953, ist Kriminalhauptkommissar, ehemaliger Drogenfahnder und heute stellvertretender Leiter für Polizeiliche Kriminalprävention in Koblenz. Er ist Autor zahlreicher Bücher, zuletzt »Vom Junkie zum Ironman«, die authentische Geschichte des Andreas Niedrig, der heute zu den besten Triathleten der Welt gehört, verfilmt mit Uwe Ochsenknecht. Weiteres zum Autor: www.schmitt-kilian.de

Jörg Schmitt-Kilian

Spurenleger

Kriminalroman

Piper München Zürich

Mehr über unsere Autoren und Bücher:
www.piper.de

Mix
Produktgruppe aus vorbildlich bewirtschafteten
Wäldern und anderen kontrollierten Herkünften
www.fsc.org Zert.-Nr. GFA-COC-001223
© 1996 Forest Stewardship Council

Originalausgabe
April 2009

Umschlag: Büro Hamburg. Anja Grimm, Stefanie Levers
Bildredaktion: Büro Hamburg. Alke Bücking, Sandra Schmidtke
Umschlagfoto: plainpicture / A. Bäcker / R. Wolf
Autorenfoto: Dinah Schmidt
Satz: Filmsatz Schröter, München
Papier: Munken Print von Arctic Paper Munkedals AB, Schweden
Druck und Bindung: CPI – Clausen & Bosse, Leck
Printed in Germany ISBN 978-3-492-25406-9

In Erinnerung an

Bambus, *Hännes*, *Robert* und *Sam*,
meine ersten »Bärenführer« auf dem 1. Polizeirevier »Münz«,
der berühmt-berüchtigten Koblenzer »Davidswache«,

Franz, Gerd, *Kracher*, *Lanzi* und *Otmar* von K,

Hermann vom MEK,

Ritzo vom SEK,

Jopa und *Quasi* von der Bepo,

Burkhardt vom Personalrat,

die uns viel zu früh verlassen haben,

und alle
Polizistinnen und Polizisten, die im Dienst gestorben sind.

In stillem Gedenken an

»Mafia-Jäger« Oberstaatsanwalt *Horst Leisen*,
der mir bis zu seinem frühen Tod
ein wertvoller juristischer Berater war,

und

Polizeimeisterin *Michele Kiesewetter*,
die am 25.04.2007 in Heilbronn
am helllichten Tage in ihrem Streifenwagen getötet wurde.

Vorbemerkung des Autors

Die Lüge ist wahrer als die Wahrheit,
weil die Wahrheit so verlogen ist.
ANDRÉ HELLER

Alle Geschichten in meinen Büchern basieren auf wahren Begebenheiten, und auch »Spurenleger« ist ein Kriminalroman, zu dessen Entstehung mich Erlebnisse im polizeilichen Alltag und Medienberichte über spektakuläre Kriminalfälle inspiriert haben. Bereits vor dem tragischen Tod der Polizistin Michele Kiesewetter hatte ich das Manuskript mit dem Arbeitstitel »Ein Toter meldet sich zu Wort« über den Mord an einem Drogenfahnder in seinem Dienstwagen geschrieben und konnte nicht ahnen, dass die Realität meine Phantasie überholt.

▪

Der Polizistinnenmord am 25. April 2007 in Heilbronn und die mysteriöse DNA-Spur, die bis zur Manuskriptabgabe nicht identifiziert werden konnte, waren Auslöser für diesen Kriminalroman. Dennoch ist »Spurenleger« keine Enthüllungsgeschichte. Meine Romanfigur Sabine Laube hat nichts mit der getöteten Polizistin gemeinsam. Die Ermittlungsergebnisse wurden ausschließlich aus öffentlich zugänglichen Quellen zusammengetragen.

▪

Romanfiguren und Motive sind frei erfunden, sodass Ermittlungsergebnisse und Ähnlichkeiten mit existierenden Personen rein zufällig wären. Die Ereignisse, die Lena Lieck und Tom Schneider bewegen, spiegeln allerdings Gefühlswelten von Frauen und Männern im Polizeidienst wider, die mit vielen menschlichen Schicksalen konfrontiert werden.

▪

Fachausdrücke, Abkürzungen und Begriffe im Polizeijargon werden in einem Glossar am Ende des Romans erklärt.

Jörg Schmitt-Kilian, im Oktober 2008

Wir denken, du bist nur ausgegangen!

Bald wirst du wieder nach Hause gelangen!
Der Tag ist schön! Sei nicht bang!
Du machst nur einen weitern Gang!

Jawohl, du bist nur ausgegangen
und wirst jetzt nach Haus gelangen!
Sei nicht bang, der Tag ist schön!
Du machst nur den Gang zu jenen Höh'n!

Du bist uns nur vorausgegangen
Und wirst nicht wieder nach Haus verlangen!
Wir holen dich ein auf jenen Höh'n.
Im Sonnenschein!
Jeder Tag ist schön auf jenen Höh'n.

(nach Friedrich Rückert)

Prolog

Er zieht den Zigarettenrauch tief und gierig ein, atmet langsam aus und blickt gedankenverloren auf die dunkle Wolkendecke, die tief über die Stadt hinwegzieht. Seit einigen Tagen tauchen vor seinem geistigen Auge wieder diese Erinnerungen auf. Die Vergangenheit ist nach dem aktuellen Vorfall erschreckend präsent und überlagert die Gegenwart. Dabei hatte er die Ereignisse in der untersten Schublade seines Gedächtnisses abgelegt. Unter Verschluss gehalten, aber nie wirklich vergessen, denn die Erinnerungen haben sich auf immer und ewig in sein Gedächtnis eingebrannt.

▪

Die Zeit vergeht so schnell. Sie zerrinnt wie feiner Sand aus den Händen. Niemand kann sie aufhalten. Plötzlich schallen ihre spitzen Schreie wie ein Echo in seinen Ohren. Hatten diese Worte wirklich ihren Mund verlassen? Oder entspringen sie seiner Phantasie? Er spürt wieder das tosende Beben in seiner Brust, doch sein Verlangen vermischt sich mit dieser kalten Angst, dass die Vergangenheit seine Zukunft zerstören könnte.

▪

Und ist es noch so fein gesponnen, es kommt doch ans Licht der Sonnen. Der Spruch seiner Großmutter taucht immer wieder in seinem Gedankenlabyrinth auf.

▪

Wie wird sie reagieren, wenn ihre Erinnerungen wach werden? Er darf nicht darüber nachdenken, hat Angst vor ihrer Reaktion. Sie ist eine starke Frau und wird keinen Augenblick zögern, ihn zu vernichten. Das Bauwerk seines Lebens würde wie ein Kartenhaus zusammenfallen.

▪

Er reibt die feuchten Handinnenflächen an den Lehnen des dunkelbraunen Ledersessels ab. Aber er kann die Spuren seiner Angst nicht wegwischen.

Er muss etwas tun.

Er darf keinen Tag länger warten.

Muss aktiv werden.

Allein.

Wie damals.

Kein Mittäter.

Keine Mitwisser.

Wie damals.

■

Nur ihr Tod kann sein Leben retten.

Wie ein ferngesteuerter Roboter erhebt er sich aus dem Ledersessel.

Er ahnt, wo er sie morgen Abend treffen kann. Treffen!

Er lächelt. Treffen genau zwischen ihre katzengrünen Augen.

Sein Plan ist riskant, aber er hat keine andere Wahl.

Er muss es tun.

Wie damals.

■■■ 1

Der Funkstreifenwagen RHEIN 11/1 rollt nahezu geräuschlos auf den kleinen Parkplatz hinter dem Deutschen Eck am Zusammenfluss von Rhein und Mosel. Polizeikommissarin Sabine Laube parkt den Streifenwagen rückwärts vor der alten Bruchsteinmauer am Ludwig-Museum ein. Der Mercedes-Kombi ist neben den Müllcontainern nur schemenhaft zu erkennen. Die Blaulichter auf dem Dach werden von der Abenddämmerung verschluckt. Niemand würde neben den stinkenden, mit Graffiti beschmierten Containern ein Polizeifahrzeug vermuten. Ein geschickter Platz zum Observieren. Wer unentdeckt beobachten will, darf selbst nicht erkannt werden. Das hatte sie an der Fachhochschule der Polizei gelernt.

Seit der Personenüberprüfung der beiden Junkies in den Rheinanlagen vor dem Koblenzer Schloss hat sie mit Polizeioberkommissar Bernd Müller kein einziges Wort gewechselt. Es ist ein ungeschriebenes Gesetz, dass sie während der ersten Nachtstreife immer an diesen Ort fährt. Nur ein Auftrag von der Einsatzleitstelle RHEIN oder dem Dienstgruppenleiter der Schutzpolizeiinspektion 1 mit dem Rufnamen RHEIN 11 kann sie von diesem Ritual abhalten.

Sabine Laube schaltet den Motor aus, dreht den Schalter für die Lautstärke des Funkgeräts zurück und blickt in die Dunkelheit. Kurze Zeit später wird die Stille im Streifenwagen durch ein kurzes Rauschen unterbrochen. Die blecherne Stimme des Kollegen Werner von der Einsatzzentrale im neunten Stock des Koblenzer Polizeipräsidiums ertönt aus dem Funkgerät:

»RHEIN 11/5 für RHEIN kommen!«

»11/5 hört!«, meldet sich Polizeikommissarin Andrea Bühler, die erotischste Stimme der Polizeiinspektion 1. Sie erkennen sich an ihren Stimmen wie vertraute Menschen, die häufig miteinander telefonieren.

»RHEIN 11/5. Fahren Sie VU ohne. Friedrich-Ebert-Ring, Höhe Bahnhofstraße, Fahrtrichtung Rhein-Mosel-Halle. Die Beteiligten erwarten Sie an der Unfallstelle!«

Sabine atmet erleichtert aus. Der Auftrag »VU ohne« für die Aufnahme des Verkehrsunfalls ohne Verletzte wird an die Besatzung eines anderen Funkstreifenwagens erteilt. Alltagskram. Kleinigkeiten. Sie hat Wichtigeres zu tun.

»11/5 verstanden!«, bestätigt Andrea Bühler, indem sie nur kurz die Sprechtaste betätigt. Dann knackt es in der Leitung, und anschließend breitet sich wieder Stille im Funkkanal aus. Oftmals die Ruhe vor dem Sturm. Niemand weiß, was in der nächsten Sekunde geschehen wird. Und das ist gut so.

Sabine Laube tippt nervös mit den Zeigefingern auf das Lenkrad. »Willst du nachher weiterfahren?«, fragt sie, ohne ihren Kollegen dabei anzuschauen. Bernd Müller nickt. Er öffnet wortlos die Beifahrertür, steigt aus, geht um den Streifenwagen herum und setzt sich hinters Steuer. Sabine ist inzwischen auf den Beifahrersitz gerutscht. Von hier aus kann sie besser beobachten. Ihr Blick wandert wieder zu den Dirnen, die am Rheinufer auf Freier warten. Junge Frauen. Die meisten jünger als Sabine. Auf Lolita gemacht, mit Puppengesichtern und Schmollmündern. Sie locken Freier an, die auf frisches Fleisch stehen. Männer aus allen Berufsgruppen finden hier eine kurze Befriedigung ihrer Lust. Die Mädchen sind nicht teuer. Für die Männer sind es nur billige Flittchen, die sie bei Tageslicht mit Verachtung strafen würden. Auch heute wird sie mindestens einem dieser geilen Böcke den Spaß verderben, ihn dermaßen scharf kontrollieren, dass er am Ende vergisst, warum er sich um diese Uhrzeit hier herumtreibt. Immer wieder dieses Déjà-vu-Erlebnis bei den Personenkontrollen. Die – meist älteren – Männer jammern, suchen Ausreden, rechtfertigen sich. Es sei wirklich das erste Mal. Echt, das müsse sie glauben. Dann stottern sie, werden verlegen und gestehen ihre Angst, die Gattin könne davon erfahren. Aber eigentlich seien die Ehefrauen selbst schuld. Im ehelichen Bett würde ja schon lange nichts mehr laufen. Eklige Schweißperlen tropfen dann von ihren Gesichtern. Meist ziehen sie ein verschmutztes Taschentuch aus der Hose und wischen sich mit dem unappetitlichen Rotzfänger übers Gesicht. Sie zittern. Jämmerliche Kreaturen. Arme Menschheit!

Manche weinen sogar. Und wenn die Personenüberprüfung

negativ ist, beruhigen sie sich wieder und starren unverfroren auf Sabines Brüste. Einige machen sie dann richtig an: »Von Ihnen würde ich mich auch mal gerne verhaften lassen.« »Wollen Sie mir keine Handschellen anlegen?« »Sie sind viel zu hübsch für eine Polizistin.« Und andere schwachsinnige Sprüche. Am liebsten würde Sabine im Dienst ihr T-Shirt mit der Aufschrift *Ich hab auch Augen, du Idiot!*, tragen. Aber das würde gegen die Kleiderordnung bei der Schutzpolizei verstoßen.

Lena Lieck von der Kripo dagegen kann anziehen, was sie will. Hosenanzug, Jeans, Lederjacke, schickes Kostüm. Sogar Pumps. Bei K kein Problem. Wenn sie morgen Mittag ausgeschlafen hätte, würde sie Lena anrufen und sich mit ihr zum Power-Shopping in Wiesbaden verabreden. Sie hatte Lena beim letzten Flurfest im Präsidium kennengelernt und fand die Kollegin vom Kommissariat für Kapitaldelikte auf Anhieb sympathisch. Von Lena könnte sie sicherlich noch viel lernen. Nicht nur für die Vorbereitung auf die Prüfung für den Schwarzgurt in Judo. Irgendwann würde sie auch von S zu K wechseln. Aber nicht zur Mordkommission, sondern am liebsten zur Sitte, dem Fachkommissariat, in dem Gewaltdelikte gegen Frauen und Kinder bearbeitet werden.

Polizeioberkommissar Bernd Müller dreht sich mit ruhiger Hand eine Zigarette. Durch das geöffnete Seitenfenster strömt die warme Abendluft. Er zündet mit dem Sturmfeuerzeug den Glimmstängel an und bläst die Rauchkringel aus dem Fenster. Bernd denkt an seine Frau Ute, die Kinder und das fast bezugsfertige Einfamilienhaus in Neuborn, dem kleinen Westerwalddorf in der Nähe von Koblenz. Er stellt den Fahrersitz auf Liegeposition und hofft, dass in der nächsten halben Stunde kein Freier die Mädchen anspricht. Bis kurz vor Beginn der Nachtschicht hat er am Bau gearbeitet. Ein harter Tag.

Hoffentlich wird es eine ruhige Nacht. Ein Nachtdienst »ohne besondere Vorkommnisse«. Aber dieser Vermerk ist eher selten im Rapport der Schutzpolizeiinspektion 1. Irgendwas geschieht nachts immer: Verkehrsunfall, Schlägerei, Einbruch, Alarmauslösung, Vermisstenanzeige, Familientragödie, Verfolgungsfahrt, Leichensache und so weiter. Manchmal die ganze Palette in einer einzigen Nacht.

Morgen würde das Dach aufgeschlagen. Er freut sich auf das Richtfest mit Handwerkern, Freunden und den Kollegen aus der Schicht, die ihn tatkräftig unterstützt haben. In ein paar Wochen würde er mit Ute, Jenny und Bennie einziehen. Ein lang ersehnter Traum ginge in Erfüllung. Jenny würde die Grundschule besuchen, nur zweihundert Meter vom neuen Haus entfernt, Bennie auf das Gymnasium Asterstein wechseln. Für die Fahrt zum Polizeipräsidium benötigt er über die Umgehungsstraße nur zehn Minuten. Bernd kann es kaum erwarten, endlich aus der kleinen Wohnung im Koblenzer Stadtteil Karthause in das eigene Haus umzuziehen. Vielleicht würde er einen belgischen Schäferhund kaufen und sich als Diensthundeführer bewerben. Das Grundstück am Rande des kleinen Dorfs bietet sich förmlich an, und der sehnlichste Wunsch der Kinder war schon immer ein eigener Hund. Trautes Heim, Glück allein. Er freut sich auf das gemeinsame Leben unter dem eigenen Dach.

Beim Blick auf die sich an den Fels anschmiegenden Gebäude der Festung Ehrenbreitstein, die von zahlreichen Scheinwerfern beleuchtet wird, versinkt Bernd Müller immer tiefer in Gedanken. Hinter der Arenberger Höhe auf der anderen Seite des Rheins würde ein neuer Lebensabschnitt beginnen. Auf den Höhen des Westerwaldes ist es immer ein paar Grad kälter als im Rheintal. Im letzten Winter lag der Schnee so hoch, dass man eine Loipe für Ski-Langlauf rund um den Golfplatz Denzer Heide spuren konnte. Er freut sich riesig und wirft einen kurzen Blick auf Sabine. Er weiß immer noch nicht, warum Sabine bei der ersten Nachtstreife an diesen Ort fährt. Obwohl sie ansonsten ein eingespieltes Team sind. Nur ein einziges Mal hatte er Sabine nach dem Grund gefragt. Sie wolle kontrollieren, ob auch Minderjährige auf den Strich gehen, hatte sie geantwortet. Ihre Antwort klang nicht überzeugend. Da steckt mehr dahinter. Das spürt er.

Irgendwann würde er sie noch einmal fragen. Vielleicht heute Nacht zwischen vier und sechs, wenn die Zeit bis zum Schichtende nicht vergehen will und man jede Gelegenheit für die Überbrückung der letzten zwei Stunden nutzt.

■

Der Mann sitzt auf dem Mauersims hinter der Bruchsteinwand und starrt auf die rot glühende Spitze in der Finsternis, die in kurzen Abständen immer wieder aufleuchtet. Der Polizeibeamte hat sich eine Zigarette angezündet.

Auf dem Parkplatz steht immer noch der Lieferwagen mit der Aufschrift *Deutscher Paketdienst*. Vor dreißig Minuten sind zwei junge Männer durch die Hecktür eingestiegen. Zunächst hatte er befürchtet, es könne sich um ein Observationsfahrzeug der Polizei handeln. Aber als der Wagen leicht schaukelte, war ihm klar, was sich im Fahrzeuginnern abspielt. Er erschrickt, als der Motor aufheult und der Lieferwagen den Parkplatz verlässt. In seiner Anspannung hatte er nicht bemerkt, dass die beiden Männer wieder in das Führerhaus gestiegen waren.

Die zwei jungen Bordsteinschwalben gehen auf der Rheinpromenade auf und ab, rauchen eine Kippe nach der anderen und warten auf Freier. Wenn sie wieder in die andere Richtung gehen, ist die Gelegenheit günstig. Die billigen Nutten auf der anderen Straßenseite könnten nicht erkennen, was in wenigen Sekunden neben den Müllcontainern geschehen wird.

Sein Blick konzentriert sich wieder auf den Streifenwagen. Ob sie sich einem anderen Menschen anvertraut hatte? Eher unwahrscheinlich. Sie traut keinem Menschen über den Weg. Noch nicht einmal sich selbst. Sie ist zu misstrauisch. Berufskrankheit. Sie ist halt eine Polizistin. Ein verächtliches Grinsen breitet sich auf seinem Gesicht aus. Bald *war* sie eine Polizistin.

Ihre letzten Minuten bis zur Grenze ins Jenseits, die verbleibende Zeit zwischen Leben und Tod hält er in seiner Hand. Ein Machtgefühl baut sich in ihm auf. Niemand würde ihm diese Tat zutrauen. Er hat bewiesen, dass er sich in seinem Job durchsetzen kann. Aber er kann auch charmant sein, hat im Laufe der Zeit ein feines Gespür entwickelt, wann er sich Menschen mit Entscheidungsgewalt zu unterwerfen hat und besser sein Fähnchen nach dem Wind dreht. Er zeigt anderen immer ein gefälliges Lächeln. Keiner, dem man einen Mord zutrauen würde. Und nun huscht ein eiskaltes Lächeln über sein Gesicht. Eiskalt, wie ihn kaum einer kennt. Außer ihr.

Er steigt von dem Mauersims, entsichert die Waffe und schleicht an der Wand entlang. Der Geruch nach verrottendem Abfall und Katzenpisse wird intensiver. In ein paar Sekunden hat er es geschafft. Niemand wird ihn daran hindern, das zu tun, was er tun muss. Selbsterhaltungstrieb. Eine wichtige Funktion zum Überleben. Ein Trieb, so alt wie die Menschheit selbst. Nur die Starken überleben.

■

Bernd Müller zieht noch einmal an seiner Zigarette. Ein letzter gieriger Zug bis tief in die hintersten Verästelungen seiner Lunge. Dann dreht er die Rückenlehne des Fahrersitzes wieder hoch und wirft den abgebrannten Glimmstängel aus dem Fenster.

Er dreht sich zu Sabine um und starrt in den Pistolenlauf, der auf seinen Kopf zielt. Bernd öffnet den Mund zu einem Schrei, doch die Worte bleiben im Hals stecken. Seine Hand greift zum Pistolengriff. Tausendmal hatte er diese Bewegung trainiert. Auf dem Schießstand Pfaffendorfer Höhe, in der Raumschießanlage des Polizeipräsidiums, unter realistischen Bedingungen im Schießkino und beim Einsatztraining in der Eifel. Tausendmal trainiert, tausendmal ist nichts passiert.

Zu spät.

Ein Schuss zerreißt die Stille.

Grelles Mündungsfeuer brennt in seinen Augen. Flackernde Lichtblitze lassen seinen Kopf explodieren. Die Kugel durchbohrt seine rechte Gehirnhälfte. Er spürt den brennenden Schmerz im Magenbereich, schmeckt das Blut in seinem Mund.

Dann bellt ein zweiter Schuss.

Er sackt auf dem Fahrersitz zusammen, spürt eine warme Flüssigkeit, die sich ihren Weg vom Kopf über das Gesicht weiter auf dem Hals auf seinen Oberkörper bahnt und das von Ute heute Nachmittag erst frisch gewaschene Diensthemd rot verfärbt. Hinter einem grauen Schleier bauen sich Bilder auf: Ute vor dem Bügelbrett, die lachenden Gesichter seiner Kinder, die in der Badewanne planschen. Das Wasser färbt sich langsam rot. Ein letzter Gedanke an Ute, Jenny und Bennie. Allein im neuen Haus. Ohne ihn. Für immer. Und ewig.

Der Druck im Gehirn lässt nach. Die Luft entweicht. Wie aus einem aufgeblasenen Luftballon nach einem kleinen Nadelstich. Er kann nicht mehr atmen. Die Lichter der Festung Ehrenbreitstein werden schwächer. Dann erlöschen die riesigen Scheinwerfer, als hätte sie ein riesiger Mund ausgeblasen. Dunkelheit breitet sich aus. Ewige Dunkelheit? Ewig? Ewig kann verdammt lang sein. Verdammt lang.

■■■ 2

»RHEIN 11/5 für RHEIN kommen!«

»11/5 hört!«, meldet sich Andrea Bühler.

»Standort?«

»Rheinstraße.«

»Fahren Sie umgehend Parkplatz Danziger Freiheit. Anrufer will in einem Streifenwagen zwei leblose Personen entdeckt haben. Weitere Fahrzeuge von Ihrer Dienststelle sind unterwegs. Achten Sie auf Eigensicherung!«

Für zwei Minuten breitet sich eine unheimliche Stille im Funkkanal aus. Es ist fast so, als sei die Zeit stehen geblieben. Drei weitere Streifenwagenbesatzungen der Polizeiinspektion 1 rennen zu ihren Dienstfahrzeugen und rasen zum Tatort.

Kurz bevor sie den Einsatzort erreichen, hallt der verzweifelte Schrei von Polizeikommissarin Andrea Bühler durch den Funkkanal:

»Wir brauchen dringend NAW! Bernd lebt noch!«

Dann bricht sie weinend zusammen. Ihr Kollege teilt der Leitstelle die wesentlichen Fakten mit, und der Einsatzsachbearbeiter erteilt den Auftrag: »RHEIN 11/5 übernehmen Sie als Führungsfahrzeug bis auf Weiteres alle Maßnahmen vor Ort.«

Kurze Zeit später ertönt in allen Streifenwagen der Region Koblenz bis hin zu den angrenzenden Dienststellen in Eifel, Westerwald, Hunsrück und Taunus der schrille Alarmgong für dringende Einsätze bei konkreter Gefahr für Leib oder Leben von Menschen. Nach dem letzten Gong rauscht Werners erregte Stimme durch den Funkkanal:

»Hier RHEIN mit einer dringenden Durchsage an alle!

Ring 20! Ringmittelpunkt Koblenz. Parkplatz Danziger Freiheit.

Eine Kollegin im Streifenwagen erschossen!

Ein Kollege durch Kopfschuss schwer verletzt!

Kontrollpunkte besetzen!

Vollsperrung aller Brücken und Ausfallstraßen!

Alle Fahrzeuginsassen kontrollieren!

Einsatzhundertschaft wird alarmiert!

RHEIN 11 teilt die Sektoren für die Nahbereichsfahndung zu.

Weitere Aufträge erfolgen nach Eintreffen der alarmierten Kräfte.

Funkdisziplin wahren! Achten Sie auf Eigensicherung!«

Absolute Priorität hat nun die Hilfeleistung für Bernd Müller. Aber es müssen auch schnellstmöglich fahndungsrelevante Hinweise über die Täter erlangt, die »Jungfräulichkeit des Tatorts« gesichert und der Bereich großräumig abgesperrt werden. Das ist mit den zurzeit im Dienst befindlichen Kräften nicht zu leisten. Polizeioberkommissar Christoph Retz von der Einsatzleitstelle RHEIN alarmiert den »Rat vom Lagedienst«, die Einsatzhundertschaft, die Diensthundeführer und alle Kollegen, die im Umkreis wohnen. Polizeihauptmeister Christoph Kling informiert die Wasserschutzpolizei, die über den Rheinfunk für alle Fahrgastschiffe und Lastkähne ein vorläufiges Auslaufverbot erteilen und mit Unterstützung der alarmierten Kräfte alle Schiffe und die Uferbereiche kontrollieren wird. Die Polizeihubschrauberstaffel auf Flughafen Winningen steigt mit zwei Maschinen auf, und die Bundespolizei wird am Hauptbahnhof alle Reisenden der abfahrenden Züge kontrollieren.

Viele Einwohner haben sich schon zur Ruhe gelegt, als sie von den Sirenen der zahlreichen Martinshörner geweckt werden. In den Schaufenstern der Innenstadt spiegeln sich die kreisenden Blaulichter der Streifenwagen. Das Sirenengeheul dringt durch Mark und Bein. Menschen öffnen die Fenster, einige laufen auf die Straße, befürchten eine Katastrophe, die sie aber nicht einordnen können. Vielleicht ein Erdbeben im Neuwieder Becken in der Nähe des Kernkraftwerks Mülheim-Kärlich? Bei den älteren Koblenzern werden Erinnerungen an die schrecklichen Bombenangriffe im Zweiten Weltkrieg wach. Damals lag die ganze Innenstadt in Trümmern. Immer mehr Rundumlichter der Einsatzfahrzeuge zucken wie blaue Blitze durch die Dunkelheit und tauchen die Innenstadt in ein gespenstisch flackerndes Lichtspiel. Schwer bewaffnete Polizeibeamte in gelb fluoreszierenden Westen haben auf allen Ausfallstraßen Kontrollstellen eingerichtet. Die Vollsperrungen von Balduinbrücke, Kurt-Schumacher-Brücke, Europabrücke, Südbrücke und Pfaffendorfer Brücke verursachen auch um diese Uhrzeit innerhalb kürzester Zeit einen Verkehrskollaps. Auf den Eisenbahnbrücken nach Güls und Horchheim und der Staustufe Koblenz werden Fußgänger und Radfahrer kontrolliert. An den Anlegestellen der beiden Fähren, auf den Fahrgastschiffen und den Lastkähnen, die an Rhein und Mosel vor Anker liegen, führen Beamte der Wasserschutzpolizei bereits die ersten Personenkontrollen durch.

■

Kriminalhauptkommissarin Lena Lieck steigt mit schlotternden Knien aus dem Dienstwagen. Sie arbeitet normalerweise als Todesermittlerin im Kommissariat für Kapitaldelikte und versieht heute Nacht ihren Verfügungsdienst auf der Kriminalwache. Zehn Dienste pro Jahr muss jeder leisten, da der Kriminaldauerdienst personell unterbesetzt ist. Sie kann sich nicht daran erinnern, dass sie beim Betreten eines Tatorts jemals so gezittert hat. Doch! Beim Anblick ihres ersten Mordopfers: eine zerstückelte Frau in einem Tiefkühlschrank, die von drei Metzgern zur Verdeckung der mehrfachen Vergewaltigung »fachgerecht klein geschnitten« wurde.

Die Kollegen der Schutzpolizei haben die Moseluferstraße und das Rheinufer für den Autoverkehr gesperrt. Alle Zufahrten zum Tatort zwischen Rhein und Mosel sind weiträumig abgeriegelt.

Lena Lieck streift die cremefarbenen Gummihandschuhe über ihre feingliedrigen Hände und blickt den jungen Praktikanten von der Fachhochschule der Polizei kurz an. Sein erster Nachtdienst im KDD. Der junge Mann wird diese Bilder nie in seinem Leben vergessen. Sie werden ihn ein Leben lang verfolgen. Irgendwie tut er ihr leid. Aber er hat sich für diesen Job entschieden. Wie Lena auch. Sie ist für drei Monate seine Praxisanleiterin und soll ihm das Rüstzeug für den polizeilichen Alltag mit auf den Weg geben.

»Ringalarmfahndung wurde ausgelöst. Die Ausfallstraßen werden vollständig abgeriegelt, also Vollsperrung aller Brücken und Kontrolle aller Personen. Es werden Teams für eine Nahbereichsfahndung in den im Alarmplan festgelegten Sektoren eingeteilt. Jeder weiß, was er zu tun hat. Alle Personen werden überprüft und für eine spätere Auswertung registriert«, erklärt sie dem sichtlich geschockten Praktikanten. Der junge Kollege nickt nur. Es hat ihm die Sprache verschlagen. Eine solche Szene kennt er nur aus dem Fernsehen oder aus den Computerspielen mit seinen Freunden am Wochenende. In diesem Moment schwört er sich, nie mehr Tastatur, Maus oder Pad für ein brutales Game über Verfolgungsfahrten mit Polizeifahrzeugen und anschließendem Schusswechsel in die Hand zu nehmen.

Lena Lieck atmet tief durch. Sie geht langsam mit kurzen Schritten auf den Parkplatz. Der junge Durchläufer trottet wie ein treuer Hund hinter ihr her. Zwischen Streifenwagen und Müllcontainer liegt ein blutüberströmter Polizist auf dem Rücken. Die Männer des Rettungsdienstes in ihren roten Westen versuchen den Kollegen mit der Professionalität der routinierten Ersthelfer zu reanimieren. Lena wirft einen kurzen Blick nach rechts und bleibt stehen. Das Herz schlägt ihr bis zum Hals. Der junge Notarzt setzt eine Spritze. Ein Sanitäter hält die Infusionsflasche, der zweite presst dem Polizisten eine

Sauerstoffmaske auf das Gesicht. Dann heben sie den Schwerverletzten auf die Liege und tragen ihn zum Rettungswagen.

»Wird er durchkommen?«, fragt Lena leise.

»Es wird schwierig«, antwortet der Arzt.

Lena spürt die Resignation in seiner Stimme. Dann geht sie auf die Beifahrerseite des Streifenwagens. Der blutüberströmte Kopf einer jungen Polizistin liegt auf dem Armaturenbrett. Hektische Gespräche dringen aus dem Funkgerät. Dünne Blutstreifen rinnen von der Frontscheibe in die Lüftungsschlitze der Armaturenverkleidung. Das rote Rinnsal erweckt den Anschein, als wäre noch Leben in diesem Körper. Aber die Kollegin hat ihren letzten Atem ausgehaucht. Lena beugt sich über die Leiche. »Nei-i-i-n!«, würde Lena am liebsten schreien. Ein unkontrolliertes Zittern überfällt ihren Körper. Das Gesicht unter dem frischen Blut. Mein Gott! Sabine!

Lena blickt ihren Praktikanten an. Der kindlich wirkende Polizeistudent ist noch jünger als Sabine Laube. Wirkt eher wie ein bewaffneter Schülerlotse. Das rosafarbene Gesicht des jungen Mannes verfärbt sich zu einem gräulichen Weiß. »Ist sie wirklich ...?«

Lena nickt. Bevor sie sagen kann, dass er sich an solche Anblicke gewöhnen wird, dreht er sich um und übergibt sich in einem Schwall mitten auf dem Parkplatz.

Lena muss die starke Frau mimen. Die toughe Kommissarin. Wie so oft. Sie tritt hinter ihn und legt die Hand auf die Schulter des jungen Kollegen. Man hat ihr diesen jungen Mann für drei Monate anvertraut. Was soll sie beim Anblick dieses grausamen Geschehens sagen?

»Glaub mir! Das passiert dir nur beim ersten Mal. Mit der Zeit gewöhnst du dich an solche Anblicke«, lügt sie. Warum? Vielleicht würde der junge Mann in einem anderen Beruf glücklicher.

Sie versucht ihren Schwindel zu unterdrücken, der sie immer noch beim Anblick von Leichen überfällt. Niemals im Leben würde sie sich an den Tod gewöhnen. In der letzten Zeit treten diese Schwindelanfälle wieder öfter auf. Ohne erkennbaren Grund. Oft in Phasen der Ruhe. Nur nicht drüber nachdenken. Weitermachen.

Lena geht zu dem Fahrzeug zurück, in dem das Unfassbare geschehen ist. Ihr Blick bleibt an dem roten Rinnsal auf der Windschutzscheibe hängen. Sie spürt die Angst vor dem eigenen Tod. Wie wird ihr Leben enden? Unzählige Fragen bohren sich in ihr Gehirn. Sie tauchen immer auf, wenn sie Leichensachen bearbeiten muss. Leichen konfrontieren brutal mit der Endlichkeit des eigenen Seins. Aber wäre ein ewiges Leben nicht schlimmer? Forever young: eine ebenfalls erschreckende Vorstellung. Bei Todesermittlungen wird der Mensch innerhalb von einer Sekunde zur Sache. Zur Leichensache. Lena kann bei Sabines Anblick nicht sachlich bleiben. An diesem Tatort liegt nicht irgendein anonymes Opfer. Sabine ist eine Kollegin. Eine Frau, deren Körper sie schon berührt hat. Sabines herzerfrischendes Lachen beim letzten Flurfest klingt wie ein Echo in Lenas Ohren. Lena wollte das fröhliche Beisammensein gegen zehn verlassen. »Lena, genieße das Leben, jeden Tag, jede Stunde, keiner weiß, was in der nächsten Minute geschieht!«, hatte Sabine sie überredet, noch zu bleiben. Danach verging die Zeit wie im Flug. Sie hatten bis in den frühen Morgen über Gott und die Welt geredet und trotz des Altersunterschiedes viele Gemeinsamkeiten entdeckt. Wer weiß, was morgen ist? Sabines Worte. Lena fand so viel Vertrautes in dem Gesicht der jüngeren Kollegin. In einem fremden Gesicht. War Sabine ihr so ähnlich, wie eine jüngere Schwester, die sie nie hatte? Dachte sie an die Zeit, als sie selbst noch bei der Schutzpolizei Dienst verrichtete? Und dann sagte Sabine: »Carpe diem. Genieße den Tag. Jeden Tag, an dem du wach wirst. Jeder Tag ist ein besonderer Tag. Der erste Tag vom Rest deines Lebens.« Und es klang aus dem Mund dieser jungen Frau überhaupt nicht altklug.

Lena versucht gefühlsmäßige Distanz herzustellen. Sie muss ihren Job erledigen. Nur nichts anfassen. Du bist Profi, flüstert sie still vor sich hin und ballt wütend die Hände in den Hosentaschen.

Dies ist bereits die vierte Leiche in vierzehn Tagen: Das verhungerte Baby, tot im Kinderzimmer. Die aufgeblasene Wasserleiche am Rhein-Anleger. Der von Maden zerfressene Rest eines unbekannten männlichen Körpers im Stadtwald. Und nun die durch einen Kopfschuss brutal ermordete Sabine. Vier Leichen in vierzehn Tagen!

Wenn in zwei Wochen vier Leichen deinen Weg pflastern, solltest du endlich über das Leben nachdenken, meldet sich ihre innere Stimme. Und vor sechs Wochen hatte sich ein Kollege erschossen. Einfach so! Motiv unbekannt. Angeblich. Einfach so?

Bei Suizid in Polizistenkreisen werden offiziell meist private Probleme genannt. Das ist aber nicht immer der einzige Grund. Lena spürt erneut diese Angst. Mit der Angst vor dem Tod wächst der Mut zum Leben. So sagt man. Manchmal verlässt Lena der Mut. Und wieder ertönt diese innere Stimme in ihren Ohren:

Du solltest mehr über dein Leben nachdenken. Sonst bleibst du auf der Strecke. Nimm eine Auszeit. Wie damals nach dem Verfahren gegen Silkes Vater. Die Therapie hat dir doch gutgetan. Du musst kein schlechtes Gewissen haben. Du hast genug Milch gegeben. Jeder ist zu ersetzen. Auch du! Du hast doch bei Helga gesehen, wie schnell man eine Kuh von der Weide jagt, wenn sie keine Milch mehr gibt.

Lena steht wie zu einer Salzsäule erstarrt vor dem Streifenwagen. Dann schwankt ihr Kopf. Sie will sich an das Fahrzeug lehnen. Nein, nichts anfassen.

Siehst du. Du schaffst es nicht.

Lena hält sich die Ohren zu. Es nützt nichts, die Stimme spricht aus ihrem Innern und verstummt erst, als die Beamten des Erkennungsdienstes eintreffen und Lena dem Team von der Spurensicherung den Tatort übergibt. Die Kolleginnen und Kollegen von der Kriminaltechnik sehen in den weißen Schutzanzügen mit Kapuzen aus wie Schneemänner. Schnee im Sommer. Genauso unmöglich wie das Unfassbare, das hier geschehen ist? Nichts ist scheinbar unmöglich.

Uniformierte Kollegen sperren den Tatort mit einem rotweißen Band ab, damit keine Unbefugten den für die Spurensuche wichtigsten Bereich zertrampeln, eigene Spuren legen und wertvolle Spuren vernichten. Unbefugt sind ab sofort auch alle Polizisten, außer der Spurensicherung und dem Gerichtsmediziner.

Ein Team der Schutzpolizei stellt den Lichtmastkraftwagen vor der Einfahrt zum Parkplatz ab. Die Beamten fahren die riesigen Halogen-Scheinwerfer nach oben und tauchen den Streifenwagen und das Umfeld in ein gespenstisches Licht. Ein abendlicher Spaziergänger würde Dreharbeiten für einen Tatortkrimi vermuten. Die Lampen machen die Nacht zum Tag. Ein Tag unter glühend heißer Sonne. Lena bleibt noch einige Minuten hinter der Absperrung stehen und lässt den Ort des grausamen Geschehens auf sich wirken.

Sie erschrickt, als sich eine Hand auf ihre Schulter legt. Lena dreht den Kopf leicht zur Seite. Es ist eine blasse, schmale, feingliedrige Hand mit zahlreichen Altersflecken. Sie kennt diese Hand und lehnt sich zurück.

»Ach, Harald! Ich könnte heulen«, flüstert Lena.

»Warum tust du es nicht?«, antwortet Harald Sauer. Harald ist ihr Chef, der Leiter des Kommissariats für Kapitaldelikte. Er wird nun die Ermittlungen übernehmen und eine Sonderkommission einrichten. Harald winkt Günther Weller vom Erkennungsdienst zu sich. Die beiden Männer reichen sich stumm die Hand. »Wenn ihr vermessen, ausgetafelt, Fotos und das Video im Kasten habt, wird der Wagen mit der Leiche in unsere Waschhalle transportiert. Dort werden wir weiterarbeiten!«

Weller nickt nur und geht zurück zu den Frauen und Männern in den weißen Overalls, die den Tatort vermessen und die Schilder mit den Nummern der Spuren positionieren. Erst im Präsidium würde man die tote Kollegin entkleiden, ihre Kleidungsstücke asservieren, mit Folie abkleben, um Mikrospuren zu sichern, und zuvor anhand von Sitzposition, Blutabrinnspuren und weiterer Merkmale eventuell Erkenntnisse über den Tathergang gewinnen.

Lena dreht sich um und lehnt kurz ihren Kopf an Haralds Schulter.

»Ich fahr dann mal. Tschüss!«

Eine stille Umarmung, länger als gewöhnlich. Harald sieht blass aus. Er hat nach der Darmoperation viel zu früh seinen

Dienst wieder angetreten. Wolle sich ablenken, hat er damals gesagt. Nicht immer daran denken, ob der Krebs sich weiter ausbreitet, und zu Hause auf den Tod warten. Sich bei der Bearbeitung von Leichensachen von der Vorstellung lösen, selbst einmal in einer silbernen Wanne abtransportiert und in eine braune Kiste gelegt zu werden. Harald stürzt sich in die Arbeit und hofft, irgendwann neben einer Leiche tot umzufallen. Immer noch besser als ein langes Leiden, hatte er Lena vor einigen Wochen anvertraut.

Lena steigt in den Opel Astra, der noch mit hektisch blinkendem Blaulicht zwischen den anderen Einsatzfahrzeugen am Rheinufer steht. Sie fährt zum Präsidium und schickt den jungen Mann nach Hause, nachdem sie auf der Rückfahrt anhalten musste, weil dem Praktikanten übel wurde. Lena zieht sich alleine in das Zimmer am Ende des Flurs zurück. Mit zitternder Hand schreibt sie auf dem PC den Eingangsvermerk, im Polizeijargon »erster Angriff« genannt. Der erste Angriff für Sabines letzte Streife.

Ist wirklich das geschehen, wonach es auf den ersten Blick aussieht?

Hat Sabine ihren Kollegen mit einem gezielten Kopfschuss getötet und sich dann selbst gerichtet?

Lena will die Gedanken an einen erweiterten Suizid verwerfen. Wäre jedoch nicht das erste Mal, dass sich zwei Liebende in das ewige Leben verabschieden, weil sie im irdischen Leben ihre Beziehung nicht ausleben können. Lena denkt an den Schulleiter, der vor drei Wochen seine Kollegin mit einem Kopfschuss getötet und sich dann selbst umgebracht hatte. Aber Sabine und Bernd hatten kein Verhältnis, da ist sich Lena ziemlich sicher. Nein, man hat sie getötet. Hingerichtet!

Wurden die Schüsse nur aus der Dienstpistole abgegeben, oder hatten der oder die Täter auch eigene Waffen eingesetzt?

Würden sie bei einer genaueren Untersuchung des Fahrzeuges weitere Patronenhülsen finden?

Kannte Sabine ihren Mörder?

Galt der Anschlag beiden?

War es ein Racheakt an der Polizei und die beiden zufällig Opfer?

Handelte es sich um einen persönlichen Hintergrund?

Und falls nicht: War dies der Beginn einer Serie? Wollte sich ein psychisch kranker Mensch an Polizisten rächen, weil ihn ein belastendes Erlebnis dazu zwang? Wurden sie in eine Falle gelockt?

Diese Fragen verirren sich unstrukturiert in ihrem Gedankenlabyrinth, und Lena findet keine einzige Antwort. Bis zum heutigen Tage hätte keiner eine solche Tat für möglich gehalten. Neben der Suche nach möglichen Motiven würden die Spuren am Tatort und die Ergebnisse der daktyloskopischen Spurensicherung und DNA-Analysen, die Faser- und Schmauchspuren den Weg zu dem oder den Tätern aufzeigen. Aber es dauert oft lange, bis das Ergebnis vom LKA auf dem Tisch liegt.

Und dann nimmt ein anderer Gedanke Gestalt an.

Könnte dies der Racheakt einer neuen RAF sein, einer Auferstehung der Rote-Armee-Fraktion, die in den 70er-Jahren viele Repräsentanten des von ihr gehassten Staates entführt und umgebracht hat?

Buback, Schleyer und viele andere wurden von den Terrorkommandos getötet. Waren die Hinrichtung, anders konnte man es nicht bezeichnen, und der zeitliche Zusammenhang mit der öffentlichen Erklärung der Bundesanwaltschaft in Karlsruhe zur Wiederaufnahme der Ermittlungen gegen den RAF-Terroristen Stefan Wisniewski nur ein Zufall? Noch immer sucht das BKA nach RAF-Mitgliedern.

Gibt es noch alte Zellen der Rote-Armee-Fraktion, die sich wieder zusammenrotten, oder nutzt eine neue Organisation die aktuelle RAF-Kontroverse?

Waren die beiden Polizisten die ersten Opfer einer neuen innerdeutschen Terror-Welle?

Sind die Kopfschüsse wirklich noch »normale« Tötungskriminalität? Muss sich die deutsche Polizei auf eine Hinrichtungswelle an Frauen und Männern im Polizeidienst gefasst machen, wenn eine persönliche Beziehungstat ausgeschlossen werden kann?

Ältere Autofahrer würden sich heute Abend an die Rasterfahndung in den Siebziger- und Achtzigerjahren erinnern, als die Bilder von Polizisten mit Maschinenpistolen bei den Straßenkontrollen die Schlagzeilen der Zeitungen beherrschten. Zurzeit lief bundesweit in den Kinos Bernd Eichingers Film »Der Baader-Meinhof-Komplex« nach dem Buch des ehemaligen Spiegel-Chefredakteurs Stefan Aust. Erwachte durch die aktuelle Berichterstattung bei potenziellen Tätern wieder die Wut auf das verhasste System?

Oder hatte der Anschlag vielleicht einen islamistischen Hintergrund? Deutschland im Fadenkreuz des Dschihad? Auch möglich. Seit dem terroristischen Anschlag am 11. September in New York scheint nichts unmöglich. Vor vier Wochen waren in Köln zwei Polizisten in einen Hinterhalt gelockt worden. Der Streifenwagenbesatzung wurde eine hilflose Person im Stadtpark gemeldet. Als sie dem reglos auf dem Boden liegenden jungen Türken Hilfe leisten wollten, sprang dieser plötzlich auf. Er hielt eine Waffe in der Hand. Gleichzeitig stürmten zwei weitere Männer hinzu und bedrohten die Polizisten mit Schusswaffen. Als die Beamten flüchteten, schossen die Täter mit Schreckschusspistolen auf die Polizisten. Die drei in Deutschland geborenen Türken wurden kurze Zeit später festgenommen. Bei der Vernehmung gaben sie zu, dass sie den Polizisten ihre Dienstwaffen entreißen und sie anschließend töten wollten. Sie wollten sich am Dschihad beteiligen. Deutschland sei wegen des Afghanistan-Einsatzes der Bundeswehr ihr Feind. War der Koblenzer Anschlag vielleicht sogar ein Racheakt für den missglückten Überfall auf die Kölner Kollegen?

Lenas Überlegungen verirren sich immer mehr in einem Gedankenlabyrinth, aber sie findet keine Erklärung für das Unfassbare.

■■■ 3

Zwischenzeitlich sind die komplette Diensthundeführerstaffel, die Einsatzhundertschaft der Bereitschaftspolizei aus Niederberg und alle im Alarmkalender registrierten Kräfte eingetroffen. Die Frauen und Männer erhalten im Präsidium ihre Aufträge vom Leiter der Polizeiinspektion 1 zur hermetischen Absperrung der Stadt zwischen den zwei Flüssen und Unterstützung der Fahndungsteams im Nahbereich.

Harald Sauer verteilt die Einzelaufträge an die Frauen und Männer der Sonderkommission »Deutsches Eck«. Die Teams schwärmen aus und suchen mögliche Zeugen. Das bedeutet: Klinkenputzen an allen Wohnungen im engeren Tatortbereich, Taxifahrer befragen, welche Fahrgäste sie zur tatrelevanten Zeit befördert haben, Busfahrer des öffentlichen Personennahverkehrs, Toilettenfrauen, Schiffspersonal, die beiden Fährmänner, Gäste der Restaurants an der Rheinpromenade und des Biergartens am Moselufer, Fahrgäste auf den Hotelschiffen, also alle möglichen Zeugen sowie Kollegen, Verwandte, Bekannte der Opfer vernehmen.

Leider sind erfahrungsgemäß die Menschen, die am meisten reden, oft diejenigen, die am wenigsten wissen. Knallzeugen werden diese Spezies von den Kollegen der Schutzpolizei genannt, weil sie sich erst nach dem lauten Knall, verursacht durch den Zusammenstoß von zwei oder mehreren Fahrzeugen, umdrehen und danach die Entstehung des Verkehrsunfalls genau beschreiben. Harald Sauer wird die Ermittlungsergebnisse aus den Vernehmungsprotokollen wie bunte Mosaiksteinchen zusammensetzen und auf ein vollständiges Bild hoffen, das ihnen die richtige Spur zeigt. Die ersten Zeugen werden bereits vernommen.

Peter Schmitz (53), Postinspektor a. D.
Ich fahre jeden Abend mit dem Rad meine Runde ums Deutsche Eck und habe schon oft einen Streifenwagen neben den Containern gesehen. Aber heute Abend war es irgendwie anders. Ich hatte gleich so ein komisches Gefühl. Die Beifahrertür war geöffnet, die Innenbeleuchtung eingeschaltet, und ich konnte die Köpfe erkennen. Es war alles so unheimlich, und ich habe mich nicht näher rangetraut und mit dem Handy die 110 gewählt. Doch gut, dass es die Dinger gibt.

Wie meinen Sie?

Sie können ruhig Pitter zu mir sagen. So nennen mich alle in der Altstadt. Ich bin für alle nur der Pitter. Fast so bekannt wie der Manni Gniffke, unser Stadtführer. Die haben sich nicht mehr bewegt. Ich habe gedacht, entweder schlafen die beiden, oder sie sind tot.

Ich habe auch kein Stöhnen gehört. Wieso? Hat denn einer überlebt?

Nein, ich bin nicht auf den Parkplatz gefahren. Kurz danach kam ja schon der erste Streifenwagen.

Ich habe keine Schüsse gehört und niemanden in der Nähe gesehen.

Natürlich können Sie mich jederzeit erreichen. Ich habe auch immer Zeit. Tag und Nacht. Allzeit bereit, wie wir alten Pfadfinder sagen. Gut Pfad! Und viel Glück!

Ute Kuhn (23), Prostituierte

Logo, ich habe den Streifenwagen gesehen. Es ist ein beruhigendes Gefühl, wenn wir wissen, dass die Grünen ein Auge auf uns werfen. Wir haben ja nichts zu verbergen. Kostenloser Personenschutz ist nicht zu verachten. Ich gehe regelmäßig zum Gesundheitsamt und hab keinen Bock auf Stress.

Nein, das war keiner von unseren Kunden. Die meisten, die auf junge Mädchen stehen, sind verklemmte Typen. Die können dir nicht mal in die Augen schauen. Sie schieben ihre Nummer. Und das war's denn. Wollen Sachen, die ihre Alte ihnen nicht erlaubt. Wenn sie einen mal kurz anschauen, dann blicken sie verschämt wie kleine Jungs, als wären sie soeben beim Onanieren erwischt worden.

Ich habe keine Ahnung, wer das getan haben könnte. Hören Sie! Ich habe einen kurzen Rock und einen kleinen Verstand. Was soll ich mir meinen Kopf darüber zerbrechen. Jeden Tag werden Menschen ermordet. Auch Prostituierte. Würden Sie dann auch so einen Fackelzug machen? Menschen sind Menschen. Denken Sie ans Brigittche, die bis gestern noch im Alten Graben angeschafft hat. War bei allen beliebt und gehörte zum Stadtbild. Gestern hat man sie tot in der Wohnung gefunden. Aber das interessiert die Polizei nicht! War ja nur ne Nutte.

Ach so, das war ein natürlicher Tod. Sind Sie da sicher?

Nein, ich kann Ihnen da nicht weiterhelfen. Ich habe nur die Schüsse gehört, und dann sind Janine und ich vor lauter Schiss einfach weggelaufen. Konnten doch nicht ahnen, dass jemand auf die Polizei feuert. Dachte, es sei ein durchgeknallter Zuhälter oder was auch immer. Aber auf die Polizei schießen. Das kenne ich nur aus dem Fernsehen.

Ich weiß nicht, wie viele Schüsse ich gehört habe. Bin einfach weggelaufen.

■

Janine Lander (19), Verkäuferin

Ich gehe mit Ute nur manchmal abends auf den Strich, um mir mein Gehalt ein bisschen aufzubessern. Mir tut es leid. Das mit der Polizistin, meine ich. Manchmal hat uns eine junge Frau kontrolliert. So ne Blonde. Sah richtig gut aus. Fast wie ein Model. Hätte sie mal gerne im kleinen Schwarzen gesehen, anstatt in diesem komischen Trachtenanzug. Mich hat sie beim ersten Mal genau überprüft, weil ich noch so jung aussehe. Darauf stehen die Alten halt, und ich sage auch nie mein richtiges Alter. Das würde sie abtörnen. Unsere Freier brauchen irgendwie den Schulmädchensex. Aus dem Grund trage ich auch diese komischen Klamotten. Mit denen würde ich ansonsten noch nicht einmal auf Feldwegen spazieren gehen. Arme Menschen! Aber besser, sie reagieren sich bei uns ab, als jemanden umzubringen, oder?

Was haben Sie gesagt?

Ja, das ist richtig. Wir sind zunächst in Richtung Riesenfürstenhof gelaufen. Dann habe ich mein Handy aus der Tasche geholt. Aber die Polizei wusste schon Bescheid. Der Beamte hat gesagt, wir sollen hier auf die Polizei warten. Ja, und nun stehe ich hier, aber ich kann Ihnen leider nicht weiterhelfen.

Wie Ute schon sagte. Wir haben nichts gesehen.

Nein, wirklich nicht. Kein Auto. Keine Typen. Keine Menschenseele. Ehrlich! Und ich kann mich auch nicht an die Anzahl der Schüsse erinnern.

Wenn Sie noch Fragen haben, stehe ich natürlich zur Verfügung, aber bitte rufen Sie mich nicht in meiner Firma und auch nicht zu Hause an. Mein Chef würde mich rausschmeißen, und für meine Eltern würde eine Welt zusammenbrechen. Kann ich mich darauf verlassen?

Danke, dass Sie dafür Verständnis haben.

Ja, hier waren auch schon Männer aus unserer Nachbarschaft. Dann sind beide schockiert, aber jeder hat was zu verbergen, und deshalb wird keiner was sagen. Manchmal kommen die, von denen man es am wenigsten gedacht hätte. Die jeden Sonntag in die Kirche rennen. Einmal war ein Mann bei mir, den wir in unserem Dorf Kathedralenstürmer nennen und der die neuen Ministranten betreut.

Solange er sich an denen nicht vergeht, ist mir egal, was er macht.

■

Manfred Müller (45), Auslieferungsfahrer

Ja, wir haben bis vor wenigen Minuten auf dem Parkplatz gestanden. Der Streifenwagen parkte neben den Müllcontainern. Als ein Polizist ausstieg, dachte ich schon, die wollten mich kontrollieren. Irgendwie hat man immer ein komisches Gefühl, wenn ein grün-weißes Auto auftaucht.

Ach, es war ein neuer Streifenwagen in Blau? Die Farbe konnte ich nicht erkennen, nur die Beschriftung. Aber egal, welche Farbe, Streifenwagen sieht man lieber aus der Ferne. Ich jedenfalls. Obwohl ich nichts zu verbergen habe, aber ich glaube, jeder hat dieses Gefühl.

Auch Polizeibeamte, wenn sie privat unterwegs sind? Sehen Sie, das stimmt also.

Nein, ich habe nicht erkannt, dass eine Frau im Auto saß. Die sehen in Uniformen für mich immer wie Männer aus. Sind irgendwie auch richtige Mannsbilder.

Entschuldigung, ich habe Ihre Frage nicht verstanden.

Muss ich das wirklich sagen?

Wissen Sie, ich habe eine Frau und zwei Kinder, und ich möchte nicht. Na ja, sie haben keine Ahnung.

Was?

Also bitte, Sie glauben doch nicht im Ernst, dass wir etwas mit dem Mord zu tun haben? Hätte ich Ihnen dann die Wahrheit gesagt? Wir haben den Lieferwagen nur zum Umsteigen verlassen.

Sie müssen mich nicht so verächtlich anschauen. Es gibt Schlimmeres im Leben. Oder?

Versprechen Sie mir, dass Sie meiner Frau nichts verraten?

Darf ich wirklich mit Ihrer Diskretion rechnen?

Danke! Sehr lieb. Aber ich kann Ihnen wirklich nicht weiterhelfen. Wir haben nichts gesehen. Wir waren zu sehr mit uns selbst beschäftigt. Mir ist wirklich nichts Verdächtiges aufgefallen. Wenn Sie noch weitere Fragen haben, rufen Sie mich bitte nicht zu Hause, sondern in der Firma oder auf meinem Handy an. Hier mein Kärtchen!

Ja, wieso soll ich Sie denn zur Dienststelle begleiten?

Mein Freund? Den habe ich eben nach Hause gefahren.

Warum wollen Sie seine Adresse?

■

Gertrud Munsch (79), Rentnerin
Als ich mit meinem Dackel Gassi ging, stand dieser Streifenwagen mit der hübschen jungen Polizistin hinter der Kastorkirche.

Ja, richtig, nicht direkt hinter der Kirche, eher Richtung Ludwig-Museum, direkt neben den Altglas-Containern. Ich habe mich schon gefragt, ob die zwei sich keinen besseren Platz aussuchen konnten und was sie dort eigentlich wollten.

Wieso ich weiß, dass sie hübsch war?

Ja, das denke ich doch, oder? Sie sind doch auch hübsch, Fräuleinchen. Schade um das junge Ding. Der Herr sei ihrer Seele gnädig. Ich habe meinem Mann, Gott hab ihn selig, immer gesagt, dass ich es gut finde, dass Frauen bei der Polizei sind. Und nun habe ich nur noch meinen kleinen Maxi. Sonst würde ich gar nicht mehr vor die Tür gehen. Wissen Sie, was er gesagt hat?

Wer? Na, mein verstorbener Mann. Frauen gehören an den Herd, hat er gesagt. Ist das nicht schlimm! So eine Einstellung. So war er halt. Mein Verblichener war ebenfalls bei der Polizei. Noch bei der MOT.

Sie wissen nicht, was das bedeutet? Das hieß damals: Motorisierte Gendarmerie. Das waren schon stramme Kerle. Alle über eins achtzig groß. Lederjacke, breite Gürtel, enge Hosen und hohe Stiefel. Von denen haben einige den Frauen den Kopf verdreht. Aber Frauen bei der Polizei, das war für ihn unmöglich. Haben Sie ihn noch gekannt?

Er war ja auch schon lange pensioniert, als er gestorben ist. Na ja, etwas mehr Zeit in seinem Ruhestand hätte ich ihm noch gegönnt, aber wenn der Herr ruft, muss man gehen. Das ist unser aller Schicksal. Jeder muss den Weg antreten und seinem Schöpfer in die Augen schauen. Wir kennen weder den Tag noch die Stunde. Was glauben Sie, wie viele Menschen aus meinem Bekanntenkreis ich zwischenzeitlich schon unter die Erde gebracht habe? Also, ich meine, beerdigt.

Nein, mir ist nichts aufgefallen. Wissen Sie, im Alter lässt es nach. Das Erinnern. Ist auch nicht immer schön. Ich erinnere mich lieber an die alten Zeiten. Als wir noch mit der Straßenbahn von der Schützenstraße bis an den Plan fahren konnten. Wissen Sie, nach dem Krieg. Da haben wir gemeinsam die Altstadt wieder aufgebaut. Alles lag in Trümmern. Damals hätte sich keiner getraut, einen Polizisten zu erschießen und erst recht keine Frau. Manchmal denke ich, dass wir noch mal eine starke Hand brauchen. Ein kleiner Adolf würde uns manchmal ganz guttun.

Was meinen Sie, Fräuleinchen? Es reicht jetzt? Ja, das wollt ihr nicht hören. Früher war nicht alles schlecht. Und es gab weniger Arbeitslose.

Ja, ja, das arme Ding. Das hätte es früher nie gegeben. Das sag ich Ihnen. Glauben Sie ruhig einer alten Frau.

▪

Josef Schmückler (53), Polizeihauptkommissar
Entschuldigen Sie, aber ich musste mich zunächst um meine Schicht kümmern. Die Kolleginnen und Kollegen wurden bereits von den alarmierten Kräften abgelöst und werden jetzt vom Kriseninterventionsteam psychologisch betreut. Es ist schrecklich. Die jungen Leute erleben in einem Schichtrhythmus mehr als andere in ihrem ganzen Leben. Und das in diesem Alter, die meisten Mitte zwanzig, manche jünger, so alt wie meine Kinder. Manchmal nenne ich sie liebevoll »bewaffnete Schülerlotsen«.

Ach, den Begriff kennen Sie? Das meine ich nicht negativ. Da kommt der Vaterinstinkt durch. Der Schock steckt allen in den Gliedern, und ich selbst habe das auch noch nicht verkraftet. Da ruft man einem Menschen »Bis gleich!« zu und kann nicht ahnen, dass es ein Abschied für immer ist.

Das habe ich schon kontrolliert. Der letzte Funkkontakt war um 21:15 Uhr. Sabine überprüfte zwei Drogenkonsumenten. Alte Bekannte. Haben die ganze Palette der Beschaffungskriminalität. Aber die würden noch nicht einmal wagen, »Scheißbulle!« zu sagen.

Nein, ich kann mir beim besten Willen nicht vorstellen, dass die beiden was damit zu tun haben.

Ja, die Namen drucke ich Ihnen aus.

Wie bitte?

Ja, da bin ich mir ganz sicher. Dafür würde ich meine Hand ins Feuer legen.

Nein, ich glaube nicht, dass ich sie mir verbrennen würde. Die reißen Omas Taschen aus der Hand, klauen Touristen die Camcorder, in den Geschäften Turnschuhe und andere Gegenstände auf Bestellung, brechen Autos auf, entwenden mobile Navis und tauschen das alles bei einem Hehler gegen den Stoff ein, aber sie würden sich niemals trauen, einen Polizisten zu ermorden. Nein, die zwei haben damit nichts zu tun. Das halte ich für absolut ausgeschlossen.

▪

Andrea Bühler (24), Polizeikommissarin
Ich habe Sabine noch zugerufen, ob wir morgen Abend in den Hexenkessel *gehen. Und sie hat gerufen: Klar, du alte Hexe!*

Ja, ich bin mir sicher, dass Sabine auf dem Fahrersitz saß.

Warum sie die Plätze getauscht haben? Das kann ich nicht sagen. Manchmal geschieht das einfach so. Ohne Grund. Und jetzt ist sie tot. Ich kann es kaum fassen.

Nein, ich glaube nicht, dass sie ihn erschossen und sich selbst getötet hat. Das kann ich mir beim besten Willen nicht vorstellen. Entschuldigen Sie, ich kann das noch nicht glauben. Sorry, ich muss zur Toilette …

▪

Christoph Lang (23), Polizeikommissar
Bernd war mein Bärenführer, als ich in den Einzeldienst versetzt wurde. Den kann so schnell nichts aus der Ruhe bringen. Auch in kritischen Situationen hat er immer den Überblick gehabt und umsichtig gehandelt. Die Täter müssen ohne Vorwarnung zugeschlagen haben. Bernd hatte einen siebten Sinn, ein besonderes Gespür, wenn es bei einem Einsatz eng wurde. Er ahnte gefährliche Situationen früher als andere. Eigensicherung stand für ihn immer an erster Stelle. Verdammt. Jetzt rede ich schon so, als sei er tot. Wir sind oft so leichtsinnig. Und wenn mal wieder ein Kollege im Dienst ermordet wird, denken wir nur kurze Zeit an die Grundsätze der Eigensicherung. In meinem ersten Nachtdienst wurde ein Kollege erschossen. Er und sein Kollege hatten den Täter nach einem Tankstellenüberfall gestellt und ihm auch schon die Tatwaffe abgenommen. Als der ältere Kollege sich vor den Täter kniete und die Beine abtastete, schoss der Typ ihm mit einer zweiten Pistole in den Kopf. Nach diesem Vorfall waren wir alle sehr vorsichtig. Aber nur für kurze Zeit. Ganz schnell schleicht sich wieder Routine ein. Man glaubt ohnehin, dass es einen selbst nicht trifft. Wie bei so vielen Dingen im Leben. Zumindest hofft man das. Bernd sicher auch. Wie sind seine Chancen?

Nicht gut? Ich bin zwar kein gläubiger Mensch, aber ich werde für ihn beten. Und bitte unterlassen Sie die Unterstellungen, die beiden könnten was miteinander gehabt haben. Das ist vollkommen absurd. Ehrlich.

▪

Gerd Mang (58), Erster Polizeihauptkommissar
Ich bin Dienststellenleiter der Polizeiinspektion 1 und kenne die Kollegin nur vom Begrüßungsgespräch. Frau Laube war kurze Zeit als Scheinaufkäuferin im Koblenzer Drogenmilieu eingesetzt. Mir war das nicht bekannt. Das habe ich später erst von meinem Direktionsleiter erfahren.

Bernd ist ein erfahrener Polizist. Er war immer sehr vorsichtig. Kein Feigling, nein, weiß Gott nicht. Aber er ist immer auf Nummer sicher gegangen. Besonders, wenn er mit jungen Kollegen auf Streife war. Er hat ein starkes Verantwortungsgefühl. Bernd hat immer sehr früh gerochen, wenn an einer Sache was faul war. Er hat einen Sensor für gefährliche Situationen, der hat ihn heute Abend wohl verlassen.

Nein! Ich halte es für absolut unwahrscheinlich, dass die beiden eine über den Dienst hinausgehende private Beziehung hatten. Die beiden haben sich sehr gut verstanden, das stimmt.

Auch wenn der erste Anschein die Vermutung zulässt, dass es sich um einen erweiterten Suizid handeln könnte. Nein, an diese Version glaube ich nicht. Frau Laube war für Bernd eher so was wie eine kleine Schwester. Und er war für sie der große Bruder, den sie nie hatte. Der Vater ist früh verstorben. Ihr Onkel ist Stadtrat Dr. Laube, der momentan auch für den Landtag kandidiert. Dr. Laube hat über seine politischen Verbindungen dafür gesorgt, dass seine Nichte früher als üblich in den Einzeldienst versetzt wurde. Das ist ziemlich geräuschlos gelaufen. Davon weiß kaum einer was. Würde für böses Blut sorgen, denn die meisten von Sabines Studiengang verrichten noch bei der Bepo Dienst. Alle wollen so schnell wie möglich raus. So ist das nun mal. Vielleicht jetzt nicht mehr.

Endlich. Geschafft. Fertig. Lena druckt ihren Vermerk aus. Das war eine »schwere Geburt«, über den Tod eines Menschen zu schreiben, den man kennt und in sein Herz geschlossen hat. Lena atmet tief durch, heftet den Vermerk zusammen und geht zum Fahrstuhl. Drückt auf den runden Knopf. Etage 4. Der Flur der Mordkommission ist beleuchtet, und in allen Zimmern brennt Licht. Rechts und links herrscht hektische Betriebsamkeit. Das halbe Präsidium ist auf den Beinen. In ihrem Zimmer sitzt ein Kollege, den sie noch nie gesehen hat. Lena geht bis zum Ende des Flurs. Letzte Tür rechts. Haralds Büro mit Blick auf die hoch über dem Rhein von zahlreichen Scheinwerfern angestrahlte Festung Ehrenbreitstein. Harald Sauer sitzt am Schreibtisch und stützt mit beiden Händen den Kopf ab. Ist verdammt alt geworden, denkt Lena. Harald blickt nur kurz auf.

Früher hatte Lena immer einen frechen Spruch auf den Lippen: »Gab es die Jacke auch in deiner Größe?«, »Wann wird der Pullover denn wieder modern?«, »Du hast auch schon mal besser ausgesehen, Augen wie ein beschissener Taubenschlag«. Und ähnliche Nettigkeiten zwischen Kollegen. Diese Sprüche verkneift sie sich seit Haralds Operation. Sie legt ihm wortlos den Vermerk auf den Tisch.

»Zwei Patronen wurden aus Sabines Dienstwaffe abgefeuert. Der Spannhebel war hinten. Eine Patrone im Patronenlager, der Rest noch im Magazin. Die zwei Patronenhülsen haben wir im Auto gefunden«, sagt Harald, ohne seinen Blick zu erheben.

»Nein, das kann ich nicht glauben«, flüstert Lena.

»Du siehst nicht gut aus, Lena. Fahr nach Hause. Es sind genug Leute hier. Was kann denn heute Nacht noch Schlimmeres passieren?«, flüstert er mit belegter Stimme.

Lena fährt mit dem Fahrstuhl ins Erdgeschoss und meldet sich auf der K-Wache ab.

Um halb fünf schließt sie die Tür ihres kleinen Appartements am Rheinufer in Pfaffendorf hinter sich zu und hat zum ersten Mal das Gefühl, dass das Zimmer sie erdrückt. Die Wände rücken immer näher, wie in einem dieser blöden Werbespots für günstige Bankkredite. Wir wollen Ihr Bestes. Das hat Lena bei der neuen Einrichtung ihrer Wohnung gemerkt. Von wegen das Beste. Wir wollen Ihr Bestes, Ihr Geld. Dieser Slogan wäre zutreffender. Und gestern hatte sie in der Zeitung von der neuen Bankenkrise gelesen. Gut, dass sie nichts auf der hohen Kante hat. Woher auch?

Wieder gehen ein Arbeitstag und das Leben eines Menschen zu Ende. Eine junge Frau, die sie gerne näher kennengelernt hätte, ist tot. Nutze jede Stunde. Sabines Worte hallen wie ein Echo in Lenas Ohren. Und dann tauchen die Erinnerungen auf: jener düstere Tag Ende März, an dem sie das erste Mal mit dem Tod konfrontiert wurde.

Lena war sechs, als Vater plötzlich und unerwartet nach einem Herzinfarkt starb. Er wurde zu Hause aufgebahrt. Vaters bester Freund Alfred Schmidt hatte die kleine Kinderhand gegen Lenas Willen an den kalten Körper geführt. »Fass ihn ruhig an. Es tut ihm nicht mehr weh!«, hatte der Nachbar der kleinen Lena ins Ohr geflüstert und sie fest an seinen schwitzenden Körper gedrückt. Vaters Körper fühlte sich an wie Pappe. Seine Hand war kalt und knochig, und was zu Lebzeiten Haut war, fühlte sich an wie brüchiges Pergamentpapier. Damals hat sich die kleine Lena geschworen, nie mehr einen toten Menschen anzufassen. Sie hat ihren Kinderschwur gebrochen. Warum? Wie oft? Sie findet keine Antwort. Viele Leichen haben ihren beruflichen Weg gepflastert. Zu viele.

Lena versucht die Gedanken an den Tod zu verdrängen und spürt plötzlich wieder diesen gallebitteren Geschmack in der Kehle. Sie läuft in das Bad, kniet sich vor die Toilette und würgt, bis sie erbrechen kann, hat das Gefühl, als würde sie ihre Eingeweide ausspucken. Dann zieht sie sich am Waschbecken hoch, greift nach einem Handtuch, öffnet den Wasserhahn, wischt sich Gesicht, Mund und Hände ab, taumelt zurück ins Schlafzimmer, lässt sich aufs Bett fallen. Innerhalb von wenigen Minuten sinkt sie in einen tiefen Erschöpfungsschlaf.

■

Die Strahlen der Morgensonne leuchten wie winzige Scheinwerfer durch die Fensterfront des kleinen Appartements direkt am Rheinufer. Vor den großen Glasscheiben tanzen staubige Fäden im Sonnenlicht durch den Raum. Das Läuten des Telefons durchschneidet die morgendliche Stille und erlöst Lena von ihrem Albtraum. Sie erwacht mit Herzrasen und versucht sich an die letzten Eindrücke ihres Traums zu erinnern. Irgendwas Bedrückendes war kurz nach Vaters Tod geschehen, aber es ist nicht mehr greifbar. Ihre Hände tasten nach dem Telefon. Wer besitzt die Unverschämtheit, sie nach dem Nachtdienst am frühen Morgen zu wecken? Das kann nur jemand sein, der keine Ahnung hat, wie stark der Wechselschichtdienst belastet. Also keinesfalls ein Kollege. Erst jetzt erinnert sie sich an die Ereignisse der vergangenen Nacht. Es war also doch kein Traum. Leider. Lena drückt auf das Symbol mit dem grünen Telefonhörer.

»Hallo?«, gähnt sie in die Sprechmuschel.

»Fühlen Sie sich wieder fit?«

»Wie bitte?«

Sie kann es nicht fassen: der Leiter der Kriminalpolizei höchstpersönlich. Er reißt sie nach den Ereignissen der vergangenen Nacht aus dem Tiefschlaf. Kriminaldirektor Hinz, der klassische Beamte. Er hat nur einige Monate normalen Polizeidienst verrichtet. Der weiß gar nicht, dass es nachts draußen dunkel ist. Ist von Lehrgang zu Lehrgang gestolpert. Beförderung bis zur absoluten Inkompetenz, sagt Tom Schneider, ihr Lieblingskollege.

»Wie geht es Ihnen, Frau Lieck?«, säuselt Hinz in den Hörer.

Lena ist überrascht, dass Hinz sich nach ihrem Befinden erkundigt. Aber es ist nicht mehr als eine Floskel, denn Hinz würde in der nächsten Sekunde mit der ihm eigenen nüchternen Sachlichkeit den Grund seines Anrufes mitteilen. Lena kocht vor Wut.

»Haben Sie schon mal auf die Uhr geschaut? Ich hatte Nachtdienst. Wissen Sie eigentlich, wie viel Uhr es ist?«

»Frau Lieck, falls Sie es vergessen haben sollten oder noch schlaftrunken sind: *Eigentlich* bin ich Ihr Chef bei der Kriminalpolizei, also exakt formuliert, Ihr Dienstvorgesetzter und nicht die Zeitansage bei der Telekom. Ich weiß sehr wohl, wie spät beziehungsweise früh es ist, und Sie sollten wissen, dass besondere Ereignisse auch besondere Entscheidungen rechtfertigen. Und ich als Ihr Dienststellenleiter habe soeben entschieden, dass Frau Hauptkommissarin Lieck als Mitglied der Soko an der Obduktion teilnehmen wird!«

»So. So. Soeben«, murmelt Lena mit einem Kopfschütteln.

»Ja soeben, weil ich soeben erst erfahren habe, dass Sie zu der Kollegin Kontakt hatten und Sie beide sich von Frau zu Frau auf dem Flurfest bestens verstanden haben. Das haben die anderen mir so berichtet. Von Mann zu Mann. Und im Übrigen habe ich es als Kriminaldirektor nicht nötig, mich vor einer Kriminalhauptkommissarin für meine Entscheidung zu rechtfertigen.«

Als er sagte *der Kollegin* schien es, als habe man ihr den Boden unter den Füßen weggerissen. Gut, dass sie noch auf dem Bettrand saß. Er hatte noch nicht einmal Sabines Namen genannt. Wahrscheinlich war er ihm schon wieder entfallen. Und war es nicht auch *seine* Kollegin? Auch wenn sie bei S und nicht bei K Dienst verrichtete. Hätte er nicht zumindest *unsere* sagen können? Aber was hatte sie von diesem menschlichen Eisblock denn anderes erwartet? Er war nach seinem Ratslehrgang auf der Polizeiführungsakademie in Hiltrup zu einem Höhenflug durchgestartet, kannte keine Kollegen mehr, nur noch rangniedrigere Beamte. Und viele, mit denen er sich früher geduzt hatte, mussten ihn wieder siezen. Von ihm soll der Ausspruch stammen: Die fortschreitende Fraternisierung des gehobenen mit dem höheren Dienst muss endlich ein Ende haben. Und dieser Typ plädiert in seinen Leitbildzirkeln von der hohen Bedeutung des menschlichen Miteinanders. Worthülsen! Nichts als dummes Geschwätz! Der Alltag sieht anders aus. Leider. Aber mit welcher Begründung sollte sie den Auftrag ablehnen?

»Um drei ist die Obduktion: Das schaffen Sie locker!«, nimmt Lena den Wortlaut der dienstlichen Anweisung wie aus einem Sprachcomputer wahr. Irgendwie schafft es Hinz immer wieder, auch vordergründig unverbindliche Aussagen wie einen Befehl klingen zu lassen. Locker? Dieses arrogante Arschloch! Welche Wortwahl angesichts dieser menschlichen Tragödie. Und wieso musste sie an der Obduktion teilnehmen?

»Warum wecken Sie mich jetzt schon, wenn die Obduktion erst um drei Uhr ist?«

Hinz geht erst gar nicht auf die Frage ein.

»Sie werden mit Hauptkommissar Schneider zusammenarbeiten! Der Leiter K11 sagte mir, Sie beide seien ein starkes Team. Zusammen unschlagbar. Wollen wir mal hoffen, dass er nicht übertreibt. Schneider holt Sie um neun ab.«

»Wieso schon um neun?«

»Weil Sie beide zuvor noch zwei Vernehmungen durchführen und mit der Mutter reden sollen!«

»Wie spät ist es denn?«

»Es ist halb acht!«

»Danke für die Zeitansage. Sie sollten doch zur Telekom wechseln!«, kann Lena sich nicht verkneifen und drückt auf die Taste mit dem roten Hörer. Der erste Anruf, pünktlich zum Dienstbeginn. Sie könnte ihn erwürgen. Widerspruch wäre zwecklos und erwirkt bei Hinz keine aufschiebende Wirkung. Gut, dass sie ihn in diesem Moment nicht sieht. Hinz setzt meist seine Pfeife als stilistisches Mittel ein und glaubt, mit dieser Geste sein Gegenüber zu beeindrucken. Er ist darauf bedacht, den für seine Karriere wichtigen Menschen seine uneingeschränkte Loyalität zu demonstrieren. Leider auf dem Rücken anderer. Deshalb bleibt sein stiller Wunsch nach Anerkennung bei seinen Mitarbeitern unerfüllt. Die Vögel der Besorgnis müssen in seinem Kopf ein riesiges Nest gebaut haben, denn der »Oberbedenkenträger« lähmt mit seinen Rückfragen die für den Polizeialltag wichtige schnelle Beurteilung einer Lage. Hinz trifft Entscheidungen oft erst nach schlaflosen Nächten, die er mit der Frage verbracht hat, was denn alles schiefgehen könnte. Privat soll er ein richtig netter Typ sein, obwohl Lena sich das schwer vorstellen kann. Vielleicht schlagen wirklich zwei Herzen in seiner Brust. Einerseits tut er ihr leid. Andererseits hält sich Lenas Mitleid in Grenzen. Sie braucht nach dem Anruf dringend eine Dusche.

Unter dem heißen Wasserstrahl zwingt sie sich, an andere Dinge zu denken. Und es gelingt ihr tatsächlich: Szenen einer kurzen, aber leidenschaftlichen Affäre tauchen vor ihrem inneren Auge auf. Wie oft hatten sich unter dieser Dusche ihre Körper vereint? Intensiv, ekstatisch, aber leider zu selten. Sie hätte heute Nacht lieber von Fredy als vom Tod ihres Vaters geträumt. Lena erinnert sich an die Segeltörns auf Blackys Yacht von Medemblik aus kreuz und quer über das Ijsselmeer. Fredy war vom Rauschgiftdezernat des LKA Mainz zum Präsidium Koblenz versetzt worden. In seiner Latzhose, dem Schimanski-Parka, das Palästinensertuch um den Hals gewickelt, den hohen spitzen Cowboystiefeln, mit dem Ring im Ohr und dem zu einem Pferdeschwanz zusammengebundenen langen Haar vermutete man eher einen Dealer als einen Drogenfahnder. Vielleicht war sein Aussehen auch das Geheimnis seines Erfolges, sowohl im Dienst als auch bei den Frauen. Die wahren Gründe seiner Versetzung hatte sie nie erfahren, konnte sie später nur erahnen. Lena bewunderte Fredys fast graziöse Bewegungen, wenn er auf dem Vorschiff turnte und sich bückte, um die Fock zu hissen. Dann rutschte die meist zu enge Jeans nach unten, und Lenas Blick sah die leicht verblassten Hinterbacken, die an seinem gebräunten Körper einen besonders reizvollen Kontrast boten. Er hatte einen echt knackigen Hintern. Sein verlängerter Rücken war anziehender als das mit Pickeln übersäte Arschgesicht von Hinz. Bei diesem Vergleich muss Lena lächeln.

Beim Landgang in Enkhuizen hatte die verhängnisvolle Affäre mit Fredy begonnen. Für Lena war es das erste Mal, dass sie mit einem Kollegen ein Verhältnis hatte. Für Fredy nicht. Aber das erfuhr sie erst später.

Die ungewöhnlichen Orte, an denen sie sich liebten, fügen sich wie bunte Mosaiksteinchen zu einem Bild schöner Erinnerungen. Und dann hatte Fredy von heute auf morgen die Beziehung beendet. Per SMS! Der Feigling! Sie erinnert sich trotz seines feigen Abgangs gerne an jene Zeit zurück. Aber sie hätte Fredys Seitensprünge auch nicht weiter ertragen und zunehmend Angst, die Kollegen könnten das Verhältnis entdecken. Erst später musste sie erfahren, dass Fredy vor den anderen

»Hasch-Papis«, seinen Kollegen im Rauschgiftkommissariat, keine Geheimnisse hatte und selbst über sexuelle Vorlieben seiner häufig wechselnden Geschlechtspartnerinnen en détail Bericht erstattete. Lena hätte ihn damals umbringen können. Sie hatte sich von Michael getrennt. »Der ist doch Valoron auf Füßen. Dem kannst du beim Gehen die Schuhe besohlen«, hatte Fredy über seinen Vorgänger gelästert. Okay, er hatte recht. Michael war zwar eine treue Seele, wie ein Bruder im Geiste. Aber körperlich? Na ja. Im Bett war er eine Niete.

Und heute noch sehnt sich Lena in einsamen Stunden nach Fredys gierigen Händen und dem Duft seiner Haut. Immer noch, aber immer seltener, obwohl Fredy sie zutiefst gekränkt hat.

Manchmal fällt Lena in ein tiefes Loch, wenn sie über ihr Leben nachdenkt. Ihr Kinderwunsch würde sich wohl nicht erfüllen. Sie flüchtet in die Arbeit. Der Dienst lenkt sie ab. Dann hat sie keine Zeit zum Grübeln, und so schiebt sie die tausend Überstunden weiter vor sich her. Gedankenverloren dreht sie den Wasserhahn zu.

Erst jetzt hört sie das bekannte Hupsignal. Dreimal kurz. Einmal lang. Sehr lang.

Lena springt aus der Dusche, wickelt sich in das Badehandtuch und läuft mit kleinen Schritten zum Fenster. Sie streckt die Hand aus. Das vertraute Zeichen. Noch fünf Minuten. Bedeutet fünfzehn, aber sie weiß, dass ihr Lieblingskollege Tom Schneider, den sie vom ersten Tag ihrer Zusammenarbeit an in ihr Herz geschlossen hat, geduldig warten wird. Tom lebt allein auf seinem Hausboot *Albatros* im Rheinarm bei Vallendar gegenüber der Insel Niederwerth. Seine Frau hat sich von ihm scheiden lassen. Mehr weiß Lena nicht. Noch nicht.

Tom Schneider stellt den Motor ab. Es dauert bei Lena immer länger. Für ihn kein Problem. Bei den Observationen im Rauschgift-Kommissariat hat er das Warten gelernt. Immer der gleiche Rhythmus. Observationsauftrag: Bewegungsbild erstellen. Um das Zielobjekt eine Glocke bilden. In den Autos warten, bis der Dealer mit meist unbekanntem Ziel losfährt. Verfolgung aufnehmen. Ankunft irgendwo. Meist in den Niederlanden. Wieder warten. Manchmal die ganze Nacht. Weiterfahrt. Nächste Anlaufstelle. Wieder warten. Hat der Dealer den Stoff schon im Auto? Fährt er noch zu einem Bunker? Haben die Verkäufer ein Erddepot angelegt? Immer wieder meldet sich der Schlaf, gegen den jeder ankämpfen muss. Manchmal vergeblich. Der Schlaf kommt oft, bevor der Dealer weiterfährt. Dann das Alarmsignal. Schriller Ton. Der dringt durch Mark und Bein wie der Alarmgong der Einsatzleitstelle. Motor starten. Zurück auf die Autobahn. Höchstgeschwindigkeit. Bleifuß. Alles aus der Kiste rausholen, was der Drei-Liter-Motor hergibt. Geschwindigkeitsrausch. Jagdfieber. Auch ohne Sirenen und Blaulicht. Da die Fahrzeuge immer nur einzeln besetzt werden, ist die Angst der einzige Beifahrer. Die latent vorhandene Angst vor dem Sekundenschlaf. Angst, in der Leitplanke oder an einem Baum sein Leben zu beenden.

Dann die Festnahme zum richtigen Zeitpunkt. Mit einer fingierten Vollsperrung durch einen vorgetäuschten Unfall. Schwieriger wird es, wenn der Fahrzeugführer die Observation erkennt und flüchten will. Abdrängen von der Fahrbahn ist gefährlich. Für alle. Hoffentlich kein Schusswaffengebrauch. Durchsuchung des Autos. Bei Misserfolg Frust und Ärger. Im Erfolgsfall Sicherstellung einer nicht geringen Menge Drogen. Also wesentlich mehr als nur zum Eigenverbrauch, damit man den gewerbsmäßigen Handel auch beweisen kann. Wohnungsdurchsuchung. Vernehmung. Festnahme der Lieferanten und Mittäter. Weitere Hausdurchsuchungen. Absetzen der RG-Sofortmeldung. Akte zusammenstellen. Gefangenentransport in das Polizeigewahrsam. Am nächsten Morgen Vorführung beim Haftrichter. Einlieferung in die Justizvollzugsanstalt.

Das bedeutet im Extremfall: über dreißig Stunden ohne Schlaf. Immer das Gleiche. Bis zur nächsten Observation. Und die ließ meist nicht lange auf sich warten.

Da blieb nicht viel Zeit für die Familie und die Erziehung seiner Tochter Sabine. Und jedes Mal, wenn der Name Sabine Laube genannt wird, tauchen mit dem Gesicht seiner Tochter wieder schmerzhafte Erinnerungen auf. Er weiß immer noch nicht, wo seine Tochter sich aufhält.

Sabine Laube ist tot.

Und wo bist du, Sabine Schneider?

Bist du auch gestorben, oder lebst du noch?

▪

Lena trocknet sich ab und cremt ihren Körper ein. Sie weiß, dass Tom die Geduld aufbringt, die den meisten Männern fehlt. Er war noch nie in ihrer Wohnung. Sie könnte ihm doch zumindest einen Kaffee anbieten. Warum lässt sie ihn immer im Auto warten? Vielleicht, weil sie mehr für ihn empfindet, als er ahnt? Sie hat Angst vor einer neuen Beziehung. Und im Kollegenkreis sollte man ohnehin keine Liaison beginnen. »Hausfick bringt Unglick!« hatte Dr. Blatt die Polizeistudenten an der FH mehrfach gewarnt. Und die Zeit mit Fredy hat ihr diese Binsenweisheit auf schmerzhafte Weise bestätigt. Lena zwängt sich in ihre hautengen Jeans, zieht die rote Bluse an, steckt die linke Hand in einen Ärmel der schwarzen Lederjacke und zieht mit der rechten die Wohnungstür hinter sich zu. Dann erst will sie die rechte Hand in den anderen Ärmel stecken. Nur eine kleine Drehbewegung. Sie genügt. Er ist wieder da. Dieser plötzlich auftretende Schwindel im Kopf. In der letzten Zeit wieder öfter. Wie damals. Aber sie ist noch nie ohnmächtig geworden. Warum sollte es heute geschehen? Sie muss doch arbeiten.

Ihr Herz schlägt immer schneller, pulsiert bis zum Hals. Sie sucht Halt am Treppengeländer, greift mit beiden Händen an den Holzlauf. Die Tabletten! Shit! Sie hat ihre Tabletten vergessen. Lena dreht sich um, stürzt die Treppe hoch und öffnet mit zitternder Hand die Wohnungstür. Gott sei Dank! Die Packung liegt auf der Kommode. Lena zerkaut eine halbe Tablette. In wenigen Minuten wird sie den Schwindel besiegt haben. Die andere Hälfte steckt sie in die Hosentasche. Für alle Fälle.

▪

»Wo bleibst du denn?«

Tom steht in strammer Haltung kerzengerade wie ein Chauffeur neben der geöffneten Beifahrertür. Ihm fehlt nur noch die Mütze. Er tippt mit dem Zeigefinger auf seine Uhr.

»Hast heute aber verdammt lang gebraucht!«

Er wirkt ungeduldiger als sonst. Hat sie ihn wirklich länger als üblich warten lassen? Wie oft hatte er schon das Hupsignal gegeben?

Eine stumme Umarmung. Nur für einen kurzen Augenblick. Lena stellt sich vor, dass Fredys Hände sie berühren. Tom hält die Beifahrertür auf, geht um das Auto, setzt sich wieder auf den Fahrersitz und legt kommentarlos die Tageszeitung auf Lenas Oberschenkel. Die Zeilen schwimmen vor ihren Augen.

Polizistin in Streifenwagen erschossen

Im rheinland-pfälzischen Koblenz wurde gestern Abend die 24-jährige Polizeikommissarin Sabine L. auf dem Parkplatz am Deutschen Eck in einem Streifenwagen erschossen. Ihr Kollege Bernd M. (32) liegt nach einem Kopfschuss im Koma. Es besteht Lebensgefahr.

Weitere Einzelheiten wollte Polizeisprecher Schomfas mit Hinweis auf die kriminaltaktischen Maßnahmen nicht bekanntgeben. Die Ermittler hätten aber noch keine heiße Spur von den Tätern. Auch der Tathergang liege völlig im Dunkeln.

»Ob die Polizeibeamten jemanden kontrollierten oder ihnen etwas verdächtig vorkam – darüber kann bisher nur spekuliert werden«, teilte der Pressesprecher mit.

Beim Polizeipräsidium wurde eine Sonderkommission eingerichtet. Innenminister Peter Schurp sprach den Angehörigen sein Mitgefühl aus. Er hoffe auf baldige Genesung des verletzten Beamten. Die Polizei werde alles tun, um die Hintergründe schnell und umfassend aufzuklären.

Hinweise nimmt die Sonderkommission »Deutsches Eck« unter der Nummer 54321234 oder jede andere Polizeidienststelle entgegen.

Lena krallt sich mit beiden Armen fester in den Sitz, presst ihre Stirn gegen die beschlagene Scheibe der Beifahrertür und spürt den leichten Tränenfluss auf ihren Wangen.

Tom massiert leicht Lenas Schulter.

Eine Minute? Zwei Minuten?

»Und? Geht's wieder?«

Lena wischt sich mit dem Handrücken die Tränen aus dem Gesicht. Sie nickt.

Tom startet den Dienstwagen und fährt los.

»Hinz hat heute Morgen höchstpersönlich den Teams die Aufträge zugeteilt. Harald war ziemlich sauer. Wir zwei Hübschen werden die beiden Junkies vernehmen, die von Sabine und Bernd kurz zuvor kontrolliert wurden. Dann sollst du mit Sabines Mutter reden, und danach fahren wir zur Obduktion.«

»Und was machen die anderen?«

Ein schwaches Lächeln huscht über Lenas Gesicht.

»Ach, Mädchen! Denk nicht zu viel nach. Lass uns einfach an die Arbeit gehen!«

Tom legt seine rechte Hand sanft auf ihr linkes Knie, und es ist ihr nicht unangenehm.

»'tschuldigung!«, flüstert er und zieht die Hand zurück.

»Für solche Körperkontakte muss man sich nicht entschuldigen, und du erst recht nicht, Partner!«

Tom grinst verlegen vor sich hin und erinnert sich daran, wie er von seiner Lieblingslehrerin Frau Koltes beim Spicken erwischt wurde. Er hatte sich in die Englischlehrerin verliebt. Ob Lena Gedanken lesen kann? Hoffentlich nicht.

»Die beiden Junkies warten im Kontaktladen der Drobs auf uns. Wollten nicht ins Präsidium kommen. Kann ich sogar verstehen. Mit den beiden sind wir vermutlich schnell fertig. Und danach fahren wir zu Sabines Mutter. Das wird nicht so einfach werden, Lena. Sie war gestern Abend noch nicht vernehmungsfähig, als Manuela Mandel und Pfarrer Etzkorn ihr die Todesnachricht überbrachten.«

Lena nickt stumm. Tom findet einen Parkplatz direkt vor dem Gebäude der Drogenberatungsstelle, wo soeben der berühmte Musiker Jonny Gleich mit seinem Jaguar aus der Parklücke fährt. Der Frontman der Band »Lemon bells« wohnt in dem Penthouse direkt um die Ecke. Ein Promi zum Anfassen, der sich in seiner Heimatstadt wohlfühlt.

6

Babsie Fischer (24), arbeitslos
Die junge Polizistin war sehr nett. Echt, eyh.

Kennen ist vielleicht übertrieben. Wer kennt schon den anderen? Aber in der Szene trifft man sich immer mal wieder. Nachdem sie uns bei McDonald's vertrieben haben, suchen wir hier unten am Rhein unser Glück. Sie hat uns schon öfter kontrolliert. War immer sehr freundlich. Ehrlich. Es tut mir leid, was geschehen ist. Wer macht denn so was?

Wir waren an dem Abend auf der Suche nach einem Schuss, und weil wir am Schloss keinen gefunden haben, der uns zwei pacs verkauft, haben wir es hier probiert. Einige der Mädels auf dem Baby-Strich fixen auch. Aber die meisten geben uns nichts von dem Pulver ab. Kaufen auch nur zum Eigenverbrauch. Jagen sich das Zeug rein, damit sie die alten Knacker ertragen können. Deshalb sind wir auch nicht bis zum Deutschen Eck gegangen, sondern wieder Richtung Görresplatz in die Altstadt.

Giuseppe vom Adria *hat uns noch ein warmes Pizzabrot in die Hand gedrückt. Er kann sich bestimmt erinnern. Der Sepp ist ein guter Kerl, der gibt uns immer was für zwischen die Zähne. Damit ihr nicht vom Fleisch fallt, sagt er dann, und er sei froh, dass seine Kinder keine Drogen nehmen.*

Sie glauben doch nicht im Ernst, dass ich geschossen habe. Ich kann noch nicht mal die Nadel halten, wenn ich mir einen Schuss setze, muss Udo mir helfen.

▪

Udo Manner (26), arbeitslos
Ja, das ist so. Wenn Babsie einen Affen schiebt, zittern ihre Hände so heftig, dass ich ihr helfen muss. Und auch ansonsten stimmt alles, was meine Freundin gesagt hat. Ich habe dem nichts mehr hinzuzufügen. So sagt man doch, oder?

Nein, echt, Alldah. Ich habe nichts gesehen. Wir waren noch auf der Suche nach dem nächsten Schuss. Dann zittert deine Hand so stark, dass du mit letzter Kraft den Fixerlöffel, aber niemals eine Waffe festhalten kannst. Versteht ihr?

Für euch sind wir doch nur der letzte Dreck.

Sorry, nicht für alle. Ihr macht ja auch nur euren Job.

Übrigens hat uns auch die Frau von La Gondola *gesehen. Die kann sich bestimmt erinnern. Das brauchen Sie doch, um unser Alibi zu überprüfen, oder? So kenn ich das aus den Filmen.*

Sehen Sie, ich kenn mich gut aus.

▪

Maria Laube (55), Sabines Mutter

Ja, Frau Kommissarin. Ich bin in der Lage, mit Ihnen zu reden. Der Arzt hat mir ein starkes Beruhigungsmittel verabreicht.

Tavor.

Kennen Sie?

Hat Barschel damals genommen, bevor er tot in der Badewanne in dem Genfer Hotel gefunden wurde. Dieser Politiker. Erinnern Sie sich noch?

Oder wurde der umgebracht? Ich weiß es auch nicht mehr. Irgendwie stehe ich neben mir, aber ich möchte alle Fragen beantworten. Es ist wohl das Letzte, was ich für meine Kleine tun kann. Entschuldigung, aber es ist alles so unwirklich. Vielleicht ist es nur ein böser Traum, und ich werde wach und kann sie wieder in meine Arme schließen. Aber mein Wunsch wird nicht in Erfüllung gehen. Ach, Sie sind ja auch noch so jung.

Was? Neununddreißig sind Sie schon. Da haben Sie sich aber gut gehalten. Irgendwie erinnern Sie mich an meine Tochter.

Ja, bitte fragen Sie.

Ich war absolut dagegen, dass Sabine diesen Beruf ergreift. Aber sie hat sich durchgesetzt. Wie immer! Sie war so intelligent. Da muss man doch nicht zur Polizei, oder? Entschuldigung, ich will Sie nicht beleidigen, aber nach dem Einser-Abitur hätte Sabine Medizin studieren können. Aber sie wollte unbedingt Polizistin werden, um Menschen zu helfen. Ein Helfersyndrom. Hätte auch Sozialarbeit oder Psychologie studieren können. Aber nein, sie musste zur Polizei. Sie hatte es sich in den Kopf gesetzt, und ich konnte sie nicht davon abhalten. Leider ist mein Mann sehr früh verstorben, und ich habe Sabine alleine aufziehen müssen.

Nein, meine Tochter hatte keine Feinde. Alle haben Sabine gemocht. Wirklich alle. Und sie war mit Leib und Seele Polizistin.

Sie haben Sabine gekannt? Ja, dann wissen Sie doch, dass man sie einfach gernhaben musste, oder? Sie war so ein liebenswerter Mensch. Wer macht so was? Bitte, sagen Sie es mir. Meine liebe Kleine, was mache ich nur ohne dich.

Ich habe hier keine Verwandten mehr von meiner Seite, stamme ja aus Duisburg. In Koblenz leben nur noch der Bruder meines Mannes und meine Schwiegermutter.

Kontakt wäre übertrieben. Meine Schwiegermutter besuche ich ab und zu im Altersheim. Alfred sehe ich selten. Der ist politisch stark eingebunden. Kandidiert für den Landtag. Hat nie Zeit. Dabei hat er sich früher sehr liebevoll um Sabine gekümmert, besonders nach dem Tod meines Mannes. Es ist nicht gut für ein junges Mädchen, wenn es ohne Vater aufwächst, aber Karls Bruder hat diese Rolle perfekt ausgefüllt, obwohl er selbst keine Kinder und noch immer nicht die Frau fürs Leben gefunden hat. Aber er hetzt ja auch von einem Termin zum andern. Ist bekannt wie ein bunter Hund. Hat keine Zeit für Frauengeschichten. Dr. Alfred Laube. Sie kennen ihn sicherlich, ein Hansdampf in allen Gassen. Überall in der Stadt hängen seine Wahlkampfplakate.

Ich konnte ihn noch nicht erreichen. Vermutlich hat er wieder einen Termin in Bonn, nein, Berlin. Ja, nach Berlin fährt er nun. Oder nach Mainz. Aber was hatten Sie noch gefragt?

Nein, nein. Sabine hat keinen festen Freund. Das hätte sie mir gesagt. Das wüsste ich doch. Wir haben keine Geheimnisse voreinander. Ich bin für sie wie eine Freundin, wie eine große Schwester, Entschuldigung, ich war für sie …

Mein Gott, warum hast du mir das angetan?

Sie sitzen schweigend nebeneinander. Tom steuert das Fahrzeug langsam durch die Innenstadt, als wolle er so spät wie möglich den Obduktionsraum betreten. Dabei ist ihm bewusst, dass Dr. Maier erst nach ihrem Eintreffen mit der Obduktion beginnen wird.

»Frau Laube hatte ständig Angst um ihre Tochter. Ob es wirklich eine sich selbst erfüllende Prophezeiung gibt, wenn man das Schlimmste befürchtet?«, bricht Lena das Schweigen.

»Ich glaube schon«, murmelt Tom.

Es gab eine Zeit, da hatte ich auch große Angst um meine Tochter und ich habe heute noch Angst, die ich mit niemandem teilen kann, und hoffe, dass meine schlimmsten Befürchtungen nicht eintreten, würde er gerne sagen, aber der Satz findet nicht den Weg über seine Lippen. Statt der Worte tauchen vor seinem geistigen Auge dunkle Schatten der Vergangenheit auf, erinnern ihn schmerzhaft an die schrecklichste Zeit seines Lebens. In der Pubertät wurde Sabine schwierig. Sie war gegen jeden und alles, wurde aufsässig. Dann beschimpfte sie Tom bei einer der fast täglichen verbalen Auseinandersetzungen mit »Bullenschwein«. Ihm war die Hand ausgerutscht. Zum ersten Mal. Einfach so. Aus Hilflosigkeit. Aber auch zum letzten Mal. Danach ist Sabine von zu Hause abgehauen. Zum ersten, aber nicht zum letzten Mal. Erst viel später hatte er eine Erziehungsberaterin um Hilfe gebeten. Zu spät.

Ihre Worte klingen manchmal wie ein Echo in seinen Ohren: Pubertät ist die Zeit, in der die Eltern schwierig werden. Kinder brauchen unsere Liebe dann am meisten, wenn sie es am wenigsten verdient haben. Kinder brauchen neben Zuwendung und Zärtlichkeit besonders auch unsere Zeit.

Zeit? Wo sollte er die denn hernehmen? Er hatte nie Zeit. Im Rauschgift-Kommissariat war die Hölle los. Die Drogenhölle. Dealer beliefern junge Menschen mit Drogen, manche Konsumenten sind jünger als seine Tochter. Und wenn mal wieder eine junge Frau vergewaltigt worden ist, weil der Täter sie zuvor mit der Droge GHB willenlos gemacht hat, tauchen mit Sabines Gesicht seine Angst und seine unbändige Wut auf.

Dealer sind Mörder auf Raten. Töten Menschen. Töten Gefühle.

Dann passierte der erste Unfall. Nach einer Observation über mehrere Stunden fiel er kurz vor Mitternacht in den gefürchteten Sekundenschlaf. Er geriet nur kurz auf die Gegenfahrbahn. Nicht kurz genug um einen Frontalzusammenstoß zu vermeiden. Der andere überlebte nicht. Sein Unfallgegner war auf der richtigen Fahrbahn, aber zur falschen Zeit am falschen Ort in einem zu kleinen Auto. Unfallgegner. Seltsames Wort. Vokabular des Krieges. Krieg auf der Straße. Das Recht des Stärkeren?

Seit dem tragischen Ereignis wacht Tom oftmals mitten in der Nacht auf. Schweißgebadet. Immer wieder taucht diese schreckliche Szene vor seinem inneren Auge auf. Das total zertrümmerte Auto, aus dem der Rauch aufsteigt. Das blutüberströmte Gesicht des Mannes, der in der unheimlichen Stille mitten in der Nacht immer wieder den Namen seiner Frau schreit. Nach dem letzten verzweifelten Schrei fiel der Mann wie ein gefällter Baum auf den grauen Asphalt und schwieg für immer. Heute noch hört Tom das Geräusch des Körperaufschlags in seinen Ohren dröhnen, so laut, als wäre ein Mehrfamilienhaus eingestürzt. Die gespenstische Szene verfolgt ihn in seinen Träumen, vermischt mit Todesphantasien und quälenden Gedanken an seine Tochter. Der Polizeipsychologe hatte ihm versichert, die Unfallbilder würden nach spätestens drei Monaten verschwinden. Dann könne er wieder ruhig schlafen. Der Therapeut hat sich geirrt. Im Gegenteil. Die Bilder tauchen nicht nur nachts auf. Manchmal kündigen sich die Panikattacken auch tagsüber mit feuchten Handinnenflächen an. Immer, wenn dieser Film wieder abläuft. Die Welle der inneren Erregung überflutet unkontrolliert seinen Körper. Dann steigt der Schwindel in den Kopf. Lässt ihn wie einen Drachen im starken Wind hin und her schwanken. Unsichtbare Münder blasen Luftballons im Bauch auf. In diesen Momenten fürchtet er, dass sie platzen. Magendurchbruch. Er hat Angst, dass diese innere Kraft seinen Körper in Stücke reißt. Wie nach einer Bombenexplosion fällt er dann immer in ein großes tiefes Loch.

▪

Nachdem er auf dem Parkplatz vor der Leichenhalle den Motor ausgeschaltet hat, drückt er sich mit beiden Händen am Lenkrad ab. Erst jetzt bemerkt Lena, dass ihr Kollege auf dem Fahrersitz zusammengesunken ist.

»Tom?«

»Ja?«

»Ist dir nicht gut?«

»Nur ein bisschen schwindlig. Mein Kreislauf. Ist gleich wieder vorbei!«

Lena greift instinktiv in die rechte Hosentasche.

»Willst du eine …?«

»Wie bitte?«

»Ach nichts!«

»Soll ich einen Arzt rufen?«

»Nein, es geht schon!«

»Tom, was ist los? Was hast du?«

»Mach dir keine Sorgen. Ich kenne das Gefühl!«

»Ja, aber so kenne ich dich nicht. So habe ich dich noch nie erlebt!«, lügt Lena.

»Das habe ich öfter. Immer wenn ich unausstehlich bin, dann geht es mir schlecht.«

»Dann muss dir aber oft schlecht sein«, erwidert Lena. Sie atmet tief durch. »Sorry, aber warst du denn schon mal deswegen bei einem Arzt?«

»Hör auf. Wenn mich was krank macht, dann sind es Ärzte!«

»Red doch nicht so einen Scheiß!«, ereifert sich Lena aus Sorge um den Zustand ihres Lieblingskollegen.

»Ja, ich war bei so ’nem Quacksalber. Psychomotorischer Erregungszustand. Keine körperlichen Ursachen. Nur harmlose Panikattacken. Dann habe ich mich nicht mehr unter Kontrolle.«

»Das ist für Polizisten das Schlimmste, nicht wahr? Dabei sind wir doch bei der Ausbildung darauf getrimmt worden, immer alles unter Kontrolle zu halten. Kontrollverlust ist das Schlimmste, was einem Polizisten passieren kann!«, sagt Lena und greift in die Hosentasche. Alles an Ort und Stelle.

»Einer Polizistin auch?«, fragt Tom.

Lena lächelt. »Einer Polizistin auch.«

»Wie einem Trinker!«

»Oder einer Säuferin! Tom, wenn du reden willst. Ich bin für dich da.« Lena legt ihre schmale Hand auf seinen behaarten Unterarm. »Komm, wir müssen zu Sabine!«

Sabine! Bei dem Gedanken an seine Tochter fürchtet er erneut im Sog der Gefühle zu ertrinken. Apropos trinken. Der zweite Unfall geschah am hellichten Tag: Trunkenheit am Steuer. Sechs Monate ohne Führerschein. Ermittlungen wegen der Trunkenheitsfahrt im Dienst. Dienstordnungsverfahren. Polizeibeamte werden doppelt bestraft.

Bei der Vernehmung hatte ihn kein Kollege der Schutzpolizei gefragt, warum er sich so zugeknallt hatte. Vermutlich hätte er den Grund auch verschwiegen. Seine Frau Birgit hatte sich von ihm getrennt, weil das Privatleben auf der Strecke blieb. Im Rauschgiftkommissariat weiß man nie, wann man nach Hause kommt.

Dann zog Birgit mit einem jungen Arzt zusammen. Bei der Scheidung erhielt sie das Sorgerecht.

»Wann wollen Sie sich denn bei Ihrem Lebenswandel um die Kleine kümmern?«, hatte die Familienrichterin gefragt. Er fand es unfair, das Wort Lebenswandel in Verbindung mit seinem dienstlichen Auftrag zu benutzen.

Er sprach mit seiner Frau nach der Trennung mehr als je zuvor, aber es waren keine erfreulichen Telefonate. Die Horror-Botschaften der Anrufe hallen heute noch wie ein Echo in seinen Ohren. Jeder Anruf eine neue Hiobsbotschaft.

Bine kifft!

Birgits erster Anruf nach dem Scheidungstermin.

Bine ritzt sich.

Vier Wochen später.

Bine ist abgehauen.

Zwei Monate danach. Er erstattete auf der Kriminalwache

eine Vermisstenanzeige. Sie suchten Sabine. Tagelang. Nächtelang. Aber sie fanden sie nicht. Weder tot noch lebendig.

Mitten in der entscheidenden Phase der Vernehmung eines Drogendealers dann Birgits Anruf mit der Horrorbotschaft.

■

»Tom, komm! Wir müssen zu Sabines Obduktion!«

Lena steht bereits neben der Fahrertür. Er hatte nicht bemerkt, dass sie ausgestiegen war.

Sabines Obduktion? Lena, wenn du wüsstest, was du mit diesem Namen bei mir auslöst. Bitte, nenne nie wieder diesen Namen, würde er am liebsten schreien. Und sein Körper schaukelt hin und her, als stünde er bei starkem Seegang im Steuerhaus der *Albatros*, kurz bevor das Schiff von der schäumenden Gischt auf den Meeresgrund hinuntergezogen wird. Und dabei braucht er mehr denn je festen Boden unter den Füßen.

Er spürt Lenas Hand auf seiner linken Schulter. Die Wärme der Handfläche breitet sich auf dem ganzen Körper aus. Er blickt sie an. Traurige Augen.

»Tom, geht es wirklich?«, flüstert Lena.

»Es muss gehen«, antwortet er leise, atmet tief durch und reibt sich mit den Handflächen über die Augen.

Dann steigt er aus dem Dienstwagen.

■■■ 8

Dieter Hoffmann vom Erkennungsdienst und Staatsanwalt Bach warten in der schwülen Hitze vor dem Gebäude der Gerichtsmedizin. Sie reichen ihnen stumm die Hände und rauchen noch eine Zigarette, bevor sie den Kühlschrank des Todes betreten müssen.

»Lena, ich dachte, du hast dein einziges Laster aufgegeben«, hüstelt Hoffmann und bricht das eisige Schweigen.

»Habe ich auch. Bis gestern«, erwidert sie mit brüchiger Stimme.

Hoffmann schaut auf den Boden, nickt kurz, wirft seine Zigarette auf den Boden. Lena hält die Marlboro zitternd zwischen Zeige- und Mittelfinger. Sie hatte das Rauchen aufgegeben, und nun spürt sie mit jedem Lungenzug den Schwindel in ihren Kopf steigen. Nikotin ist ein Gefäßgift. Und dennoch raucht sie weiter. Gut, dass das Rauchen in öffentlichen Räumen verboten ist. Sie zittert so stark, dass sie auf dem kurzen Schritt zu dem Aschenbecher in der Steinsäule die Glut verliert. Lena sagt von sich selbst, sie sei leidenschaftliche Nichtraucherin. Eigentlich. Eigentlich bringt man auch keine Polizisten um. In Gedanken versunken legt Lena die rechte Hand auf ihre Waffe, die fest im Gürtelholster sitzt. In diesem Moment wäre sie in der Lage, den Schweinehund umzubringen, der Sabine getötet hat. Sie zieht ein letztes Mal an der Zigarette und drückt sie wütend aus. Die Asche färbt ihre Finger schwarz. Die Glut ist erloschen. Ausgebrannt. Genauso fühlt sie sich auch. Ausgebrannt. Burn-out. Hört sich eher wie ein Song von Eric Burdon an.

»Komm, Lena, bringen wir es hinter uns«, flüstert Tom und tastet nach ihrer Hand.

Lena dreht sich um und greift in ihre Hosentasche. Ihre Fingerspitzen berühren die andere Hälfte der Tablette. Sie führt die Hand zum Mund. Seit wann nimmt sie *Mother's little helper*?

Lena fühlt sich dem Stress im Beruf nicht mehr gewachsen. Hat weder Rind noch Kind, wie man so zu sagen pflegt, und auch keinen Lebensabschnittspartner. Ihre Eltern sind tot. Sie hat keine Geschwister und opfert ihre ganze Kraft dem Beruf. Soll sie dem Dienstherrn wirklich bis zum »Umfallen« die Treue halten, wie es das Beamtenrecht vorschreibt? Obwohl dieser Dienstherr sich zunehmend seiner Fürsorgepflicht entzieht: Kürzung von Zulagen, Reduzierung der Beihilfe, Verlängerung des Berufsalters und, und, und. Wer so oft dem Tod begegnet, sollte wirklich mehr über das Leben nachdenken. Aber das bedeutet auch, sich mit dem eigenen Tod auseinanderzusetzen.

»Jeden Tag den Tod vor Augen« und »Die erste Leiche vergisst man nicht« sind die Titel der Bücher, mit denen der Kollege Volker Uhl und seine Polizeipoeten Einblicke in die Gefühlswelten von Frauen und Männern im Polizeidienst gewähren. Lena könnte auch bewegende Erlebnisse schildern, aber sie will sich nicht mehr erinnern. Nein, Erinnerungen reißen alte Wunden auf. Lena wird von Tag zu Tag bewusster, dass sie ihr Leben ändern muss. Mit diesem Vorsatz betritt sie hinter den drei Männern den Obduktionsraum.

▪

Die Atmosphäre in den weiß gekachelten Räumen ist heute noch schwerer als sonst zu ertragen. Die Kälte des Todes überträgt sich auf die Lebenden. Der hellgraue Nirostatisch mit der umlaufenden Rinne in der Mitte des Obduktionssaals könnte ein modernes Kunstwerk sein, wüssten die Anwesenden nicht, was gleich geschehen wird. Dr. Maier grüßt alle mit einem kurzen Kopfnicken. Er füllt an dem kleinen Schreibtisch noch ein Formular aus. Der Seziergehilfe lässt den silbernen Hartplastiksarg mit Sabines Leichnam auf dem Rollengestell wie den Einkaufswagen eines Supermarktes vor sich hin und her pendeln. Dann hebt der kleinwüchsige Mann mit dem Hubwagen den Sarg auf die Höhe des Tisches. Irgendwie erinnert er an den kleinen Oskar aus der »Blechtrommel«. Der Seziergehilfe und Dr. Maier legen Sabines Leichnam in Rückenlage auf den sauber glänzenden Obduktionstisch. Hoffmann hat seinen Fotoapparat in der Hand und schießt Bilder für den Obduktionsbericht. Schießt, ohne zu töten.

Tom tritt näher an den Tisch heran. Staatsanwalt Bach steht mit dem Rücken an der Wand und stützt sich mit den Handinnenflächen ab. Lenas Augen wandern zu Sabines Gesicht. Weiter will ihr Blick nicht folgen. Lenas Lippen zucken unkontrolliert. Speichel tropft aus dem rechten Mundwinkel. Die Unterlippe verschwindet zwischen den Zähnen. Sie beißt zu.

Dr. Maier umrundet den Tisch und spricht leise in das Diktiergerät:

»Weibliche Leiche, Haarfarbe blond, Größe …«

Jede einzelne Silbe trifft Lena wie ein Schlag in die Magengrube. Dr. Maier vermisst die Leiche mit einem Metallband und tastet den Körper an den Gelenken ab. Er berührt Sabines Schädel vorsichtig, so als wolle er ihn nicht verletzen. Lena würde gerne verdrängen, dass diese Personenbeschreibung auf Sabine zutrifft, aber es gelingt ihr nicht. Bei der äußeren Besichtigung der Leiche sucht Dr. Maier weitere Hinweise auf die Todesursache: knöcherne Verletzungen, Hautverfärbungen, Defekte an oder in der Haut. Er unterzieht Augen, Ohren, Nase, Mund einer genaueren Untersuchung und betrachtet Hals, Brust, Bauch, Arme und Beine sowie den Unterkörper. Dann dreht der Seziergehilfe die Leiche in Bauchlage, um auch aus dieser Perspektive Dr. Maier eine Besichtigung zu ermöglichen. Im hinteren rechten Rückenbereich stellt der Pathologe eine Einblutung fest und schneidet an dieser Stelle kurz den Körper auf, um sich über die Tiefe zu vergewissern.

»Es scheint nur eine oberflächliche Einblutung zu sein«, murmelt er vor sich hin.

»Schauen Sie trotzdem genau nach!«, bittet Tom.

Dr. Maier trennt die Haut von den Muskeln und lagert das abgetrennte Hautmaterial seitlich ab. Die Rückenmuskulatur liegt frei, und Hoffmann schießt seine Fotos. Lena senkt den Blick und fixiert den kahlen Fußboden. Dr. Maier kann im hinteren Körperbereich keine wesentlichen Verletzungen feststellen. Er beauftragt den Gehilfen, die seitlich abgelagerte Haut wieder zusammenzuklappen. Der Gehilfe näht mit Nadel und Faden in breiten Stichen wieder zu, was Dr. Maier kurz zuvor aufgeschlitzt hatte.

»Er ist heute schlecht drauf«, hört Lena Hoffmanns Stimme wie aus weiter Ferne, »ansonsten näht er kleine saubere Stiche.«

Lena wirft Hoffmann einen vernichtenden Blick zu.

»Kleine saubere Stiche … saubere Stiche … Stiche«, hallt es wie ein Echo in ihren Ohren. Sie spürt die Stiche in ihrem Herzen, krallt die Fingernägel der rechten Hand fest in den linken Unterarm, bis der körperliche Schmerz den Stich in ihrer Seele überlagert.

Der Gehilfe dreht den Leichnam wieder in Rückenlage.

Dr. Maier beginnt nun mit der eigentlichen Obduktion, durchschneidet halbkreisförmig Sabines Kopfschwarte von Ohr zu Ohr, legt die Hautlappen wie eine Gesichtsmaske nach hinten und die Schädelknochen frei. Als der Gerichtsmediziner die kleine Kreissäge an Sabines Kopf ansetzt, spürt Lena die kleinen Zacken des Sägeblattes an ihrem Ohr vorbeilaufen. Das schrille Geräusch geht im wahrsten Sinne des Wortes unter die Haut, als würden die Ritzel in das eigene Fleisch schneiden. Dr. Maier hebt den Schädelknochen wie einen Deckel von einem Topf, um das Gehirn zu entnehmen.

Lena schließt die Augen. Können Pathologen ihre Gefühle mit der Dienstkleidung ablegen? Schlüpfen sie in eine andere Haut, bevor sie toten Menschen die Haut abziehen? Haben sie keine Albträume, wenn sie in das körperlich Innerste eines Menschen blicken und ihn dann wieder zunähen wie eine reparierte Stoffpuppe? Warum können sie neben toten, manchmal schrecklich zugerichteten Menschen mit Appetit ein Brot essen, wie Lena es einmal bei einer Obduktion erlebt hatte? Warum haben die Fernsehsendungen über Pathologen so hohe Einschaltquoten? Weil die Zuschauer nie eine echte Obduktion erlebt haben? Lena kennt den Unterschied, ob man nur die Obduktionsberichte liest, stark vergrößerte Photos von gewissen Körperteilen betrachtet, ohne den Leichnam als Ganzen zu sehen, oder ob man es hautnah miterlebt.

Dr. Maier spricht in das Diktiergerät. Lena nimmt nur Wortfetzen wahr.

»Nahschuss ... sternförmig ... Stanzmarke ... Pulverrückstände im Schusskanal ... von hinten aufgesetzt ...«

Einer der Männer stellt eine Frage.

»... Selbstmörder bevorzugen in der Regel Schläfe, Stirn oder Mundhöhle«, antwortet Dr. Maier.

»Sind Sie sicher?«

Sie erkennt Toms Stimme.

»Suizid können wir mit an Sicherheit grenzender Wahrscheinlichkeit ausschließen, denn es schießt sich selten jemand in diesem Winkel von hinten in den Kopf. Der Schusskanal deutet auf Fremdeinwirkung hin.«

»Und ein weiteres Indiz ist die Tatsache, dass Sabine Linkshänderin war. Das konnten die Täter nicht wissen. Also hat Sabine nicht geschossen«, ergänzt Tom die Gedanken von Dr. Maier.

»Vielleicht doch, aber jemand muss ihr die Waffe in die Hand gedrückt haben«, erwidert der Pathologe.

»In die falsche Hand«, ergänzt Tom leise.

»Richtig!«

»Kein erweiterter Suizid. Gott sei Dank«, hört Lena ihre eigene Stimme, die ihr in diesem Moment so fremd klingt. Dank wofür? Sabine hätte niemals ihren Kollegen mit in den Tod genommen. Lena hatte aber beim Schreiben des Tatortbefundberichts zunächst auch selbst diese Möglichkeit in Betracht gezogen. Und nun schämt sie sich für ihre Gedanken.

Dr. Maier schlitzt nun Sabines Körper vom Kehlkopf beginnend nach unten auf. Lena musste schon an vielen Obduktionen teilnehmen. Tote Körper auf sauberen Seziertischen waren Sachen, Leichensachen, wie sie Todesermittlungen in ihrer Fachsprache auch nennen. Lena hatte zur Ablenkung ihrer wahren Gefühle immer an tranchierte Hähnchen gedacht. Aber heute ist alles anders. Die Verdrängungstaktik funktioniert nicht. Die Menschen auf den Seziertischen hatte sie nie lebend gekannt, niemals lachen hören, nie den Klang ihrer Sprache vernommen, nie ihre Körper berührt, nie einen Händedruck von ihnen erhalten, als sie ihre Hände noch bewegen konnten. Sabines herzerfrischendes Lachen beim letzten Flurfest klingt wie ein Echo in ihren Ohren. Sie spürt die liebevolle Umarmung bei der Verabschiedung, und diese menschliche Wärme strömt durch ihren Körper. Aber ihre Hände und Füße fühlen sich eiskalt an.

Mit jedem Geräusch einer durchtrennten Rippe spürt Lena ihre Magensäfte wie die Temperaturanzeige auf einem Fieberthermometer nach oben steigen. Als Dr. Maier den Brustkorb öffnet, beginnt Lenas Magen zu rebellieren. Ihre Kehle brennt. Der aufsteigende Saft bahnt sich seinen Weg nach oben. Immer stärker spürt sie die dumpfen Schläge. Immer näher am Hals. Ihr Kehlkopf tanzt unkontrolliert hin und her, als wolle er sich gegen den Durchbruch der Magensäfte wehren. Lena presst die Lippen zusammen und sieht Tom an. Ihre Blicke kreuzen sich. Dann schluckt sie den aufschäumenden Magensaft mit einem kräftigen Schluck hinunter.

»Lena, geh raus, tu dir das nicht an«, flüstert Tom.

Lena schüttelt verneinend den Kopf. Wie von fremden Mächten gelenkt, folgen ihre Augen der Hand, die Organe entnimmt. Und wieder ertönt Sabines unbeschwertes Lachen in ihren Ohren. Die aufschäumende Gischt des Magensaftes schlägt wellenartig und immer heftiger gegen die Magenwände. Lena ahnt, dass dies die erste Obduktion ist, die sie nicht bis zum Schluss durchstehen wird. Sie kann nicht weiter zusehen, wie man Sabines menschliche Hülle wie eine Kartoffel pellt, ihr die Haut vom Körper zieht. Der aufsteigende Magensaft ist nicht aufzuhalten. Die Flut der Übelkeit steigt höher. Sie presst beide Hände auf die zitternden Lippen und rennt aus dem Raum. Als sie mit der linken Hand die Toilettentür öffnet, kann die rechte Hand den Druck nicht mehr aufhalten. Bevor sie sich über die Toilettenschüssel beugen kann, blubbert bereits eine rötliche Soße zwischen den Fingern auf den Boden. Lena presst die Augenlider fest zusammen. Sie kniet vor dem Becken, greift nach der Wasserspülung und hat das Gefühl, mitsamt dem Erbrochenen in die Tiefe gezogen zu werden. Dann verschwindet der Druck im Oberbauch, aber der Geschmack und der säuerliche Geruch wecken Erinnerungen. Als junges Mädchen hatte sie nach dem Genuss von zu vielen Gläsern »Kroatzbeere« auf Rat ihrer Cousinen einige Tassen Kaffee mit Salz getrunken, anschließend die Kuchentorten ihrer Tante entsprechend garniert und dafür ein halbes Jahr Hausverbot erhalten. Seit dem peinlichen Vorfall wurde sie von ihren Cousinen nur noch »Kotzbärin« genannt.

Lena bückt sich unter den Wasserhahn, spült ihren Mund aus, wischt sich den Mund ab. Das zweite Mal innerhalb von vierundzwanzig Stunden. Dann öffnet sie die Tür zum Sezierraum und knallt die Tür so laut zu, als wolle sie Sabine aus ihrem ewigen Schlaf wecken.

Der Sektionsgehilfe füllt Sabines Kopf mit einem Zellstoff,

setzt den »Deckel« drauf, zieht die Haut darüber und näht alles zu. Dann legt er die für eine Untersuchung unbrauchbaren Innereien in Sabines geöffneten Bauch, näht zu und spritzt den Leichnam ab.

Dr. Maier diktiert das vorläufige Gutachten, welches in der Regel bereits das endgültige Ergebnis widerspiegelt.

Lena vergräbt beide Hände tief in den Taschen der hautengen Jeans.

Der Seziergehilfe dreht Sabines Leichnam, um ihn wieder in die silberne Wanne zu legen.

»Ciao, Sabine. Ich werde deinen Mörder finden. Ich schwöre es. Aber du wirst meine letzte Leiche sein, beruflich«, murmelt Lena.

»Was hast du gesagt?«, fragt Tom.

»Ach, nichts«, erwidert Lena und hakt sich bei ihm unter, als sie den Obduktionsraum verlassen.

▪

Zur gleichen Zeit hatten die Teams der Sonderkommission weitere Personen vernommen und neue Spurenakten angelegt.

Manfred Helm (55), Leiter Polizeidirektion

Nein, mir war nicht bekannt, dass die getötete Kollegin als nicht öffentlich ermittelnde Beamtin in unserem Dienstbezirk eingesetzt war. Ansonsten hätte ich ihrer Versetzung von der Bereitschaftspolizei in unsere Direktion niemals zugestimmt oder sie anderweitig eingesetzt.

Ich habe auch keinen entsprechenden Hinweis in ihrer Personalakte gefunden. Diese Einsatzpläne werden von der Bereitschaftspolizei zusammen mit dem Rauschgiftkommissariat erstellt.

▪

Bernhard Böhm (43), Verfassungsschutz
Entschuldigen Sie, Kollege, dass ich mich heute erst bei Ihnen einfinde, aber ich war in einer geheimen Mission unterwegs und nicht abkömmlich.

Ja, Böhm ist mein richtiger Name. Nein, kein Tarnname, ich bitte Sie. Unter Kollegen haben wir das doch nicht nötig, oder?

Sabine hatte sich an uns gewandt, weil ein Klassenkamerad in der rechten Szene lebt. Der Junge wollte in das Aussteiger-Programm vom Landesamt für Verfassungsschutz aufgenommen werden. Mehr möchte ich dazu nicht sagen. Aber wir werden diese Spur überprüfen und Ihnen das Ergebnis unserer Ermittlungen mitteilen.

Nein, ich kann den Namen nicht nennen, denn er soll bei uns »umgedreht« werden und wichtige Informationen über die rechte Szene liefern. Verstehen Sie, ich möchte schon, aber ich kann nicht. Sie kennen doch die Regeln der Zusicherung von Vertraulichkeit.

Eben?

Ja, okay! Wenn Sie mehr erfahren wollen, müssen Sie die Genehmigung meines, also unseres Ministeriums einholen. Ich glaube zwar nicht, dass dieses schreckliche Ereignis im Zusammenhang mit dem heimtückischen Mord steht, aber ich weiß natürlich, dass alle Spuren abgeklärt werden müssen. Ich war schließlich auch einmal bei der Polizei. Und wenn ein Rechtsanwalt eine scheinbar negative Spur findet, die nicht ordentlich ermittelt wurde, kann ein Prozess platzen.

Mensch, Kollege, wir sind doch alle in einem Stall großgeworden. Halten Sie mich bitte auf dem Laufenden!

Ja, ich Sie natürlich auch, soweit es mir möglich ist. Ich wünsche Ihnen viel Erfolg bei den Ermittlungen.

■

Lisbeth Schmidt (55), Wohnungsnachbarin
Ich wohne direkt gegenüber. Das kleine Ding. Sie war so lieb und hilfsbereit und wirkte so zerbrechlich. Unsere Terrassen sind nur durch eine kleine Mauer getrennt. Mein Gott, wie oft haben wir abends gemeinsam die Abendsonne genossen. Sabine hat mir immer so spannende Sachen erzählt.

Privates? Nein, über Privates hat sie nie gesprochen.

Ja, jetzt, da Sie es sagen, erinnere ich mich. In den letzten Tagen kam sie mir irgendwie verändert vor. Sie war nicht mehr so lustig. Sonst hat sie gesungen, manchmal auch auf ihrer Gitarre gespielt. Sie liebte Musik. Sie hatte eine so klare Stimme. Mein Gott. Was muss das für ein Mensch sein?

Nein, ich habe keine Ahnung, keinen Verdacht. Ich kann mir überhaupt nicht vorstellen, dass ein Mensch so etwas Grausames tun kann. Und dann auch noch eine Polizistin. Das sind ja amerikanische Verhältnisse.

Nein, Sabine hatte nur selten Besuch. Ihre Freundin war oft hier und ab und zu andere junge Frauen.

Männer?

Nein! Männer – oder warten Sie. Vor drei Wochen. Zuerst dachte ich, es sei ein Versicherungsvertreter. Aber dann haben die beiden lautstark gestritten. Ich glaube, es muss doch ein Bekannter gewesen sein. Der hat die Wohnungstür auch zugeknallt. Die Wände sind so dünn, dass man einiges nicht überhören kann.

Nein, ich konnte kein Wort verstehen, leider.

Ich weiß nicht, ob ich ihn wiedererkennen würde. Es war ein gut aussehender junger Mann. Aber wenn Sie ein Bild haben, können wir es ja mal versuchen.

■■■ 9

Stoßstange an Stoßstange quält sich die Autoschlange in beiden Fahrtrichtungen auf der Bundesstraße 9 durch die Stadt. Die Bauarbeiten an der Europabrücke scheinen ewig zu dauern. Tom steuert den Mercedes geduldig durch den späten Feierabendverkehr. Seitdem viele Geschäfte länger geöffnet haben, verschieben sich auch die Zeiten des zähflüssigen Verkehrs in der Innenstadt. Im Saarplatzkreisel geht fast nichts mehr. In der Abfahrt zum Moselufer habe sich ein polnischer Sattelschlepper festgefahren, teilt die Einsatzleitstelle auf Anfrage mit.

Lena hat sich tief in den Beifahrersitz fallen lassen. Die Gesichter verstorbener Kollegen tauchen verschwommen vor ihrem inneren Auge auf, ihre Körper sitzen auf einem Kinderkarussell und winken ihr zu. Liebe Weggefährten, die im Dienst gefährliche Situationen überlebten und dennoch zu früh diese Welt verlassen haben.

Herbert, der nach einem gemeinsamen Segeltörn ertrank, als das Boot auf der Mosel kenterte, weil sie sich alle auf der Steuerbordseite des Schiffes am Bierfass aufgehalten hatten. Wolfgang, der an einem Hirntumor starb. Jürgen, der eine Baumspitze sägen wollte, von der Leiter stürzte und als Querschnittsgelähmter das Leben nicht mehr ertragen hat. Charlie, der selbst Hand an sich legte, weil er im Dienst nicht mehr klarkam. Klaus, der als Fußgänger von einem Auto mitten auf einem Zebrastreifen überrollt wurde. Bernie, der einen Schlaganfall am Frühstückstisch nicht überlebte. Hans, der beim täglichen Radtraining einen Herzinfarkt erlitten hatte, obwohl er der Durchtrainierteste in der Gruppe war. Manfred, der an einer schmalen Stelle des Rheinuferwegs vom Fahrrad stürzte und in den Wellen versank. Udo, den …

»Lena, wir sind da!«

Toms Stimme ruft sie in die Wirklichkeit zurück. Er hat das Fahrzeug bereits in der Tiefgarage des Polizeipräsidiums eingeparkt. Lena steigt mit einem leichten Schwindel aus dem

Dienstwagen und greift in die rechte Hosentasche. Leer. Notration verbraucht. Dann dreht sie sich um und geht zurück.

»Tom, fahr' mich bitte nach Hause. Ich kann den Obduktionsbericht heute nicht mehr schreiben! Und morgen früh gehe ich durch die frische Luft. Das wird mir guttun. Aber heute bin ich einfach fertig.«

Tom startet den Dienstwagen und fährt Lena nach Hause in den Koblenzer Stadtteil, der Rheinisches Nizza genannt wird.

»Ich schaff das auch alleine«, sagt Tom, als Lena aussteigt.

»Danke, Partner. Dann hast du was gut bei mir!«

Tom nickt lächelnd und fährt zurück ins Präsidium. Er schreibt den Obduktionsbericht, damit Harald Sauer das vorläufige Ergebnis morgen früh lesen kann, trinkt ein Bier und geht dann zu seinem Rad. Er fährt über die Pfaffendorfer Brücke zur anderen Rheinseite, auf der das Abendlicht fächerartig die Wolkendecke durchbricht und die Häuserfronten im Rheinischen Nizza in ein diffuses Lichtspiel taucht.

Tom genießt die täglichen Radtouren über den gut ausgebauten Leinpfad. Das Reiterstandbild auf der gegenüberliegenden Rheinseite schwebt bei der Heimfahrt scheinbar über den Bäumen des Parkplatzes, auf dem Sabine Laube ermordet wurde. Erst später wird der Blick auf den Sockel frei. Seit dem Anschlag schaut Tom zwangsläufig hinüber zum Ort des Geschehens.

Den alten Mercedes-Kombi, seine Familienkutsche, das letzte Überbleibsel aus familiären Zeiten, startet er nur noch zum Einkaufen oder für größere Entfernungen. Bei der Explosion der Spritpreise sowie den Unterhaltszahlungen für Frau und Tochter kann er sich weder eine zweite Wohnung noch ein kostspieliges Auto leisten. Deshalb ist die *Albatros* auch sein erster Wohnsitz geworden.

Er hatte die dreizehn Meter lange Barkasse vor einigen Jahren in völlig abgewracktem Zustand in Mölln gekauft. Bereits bei der Überführungsfahrt tauchten auf der Elbe die ersten technischen Probleme auf. Tom erinnert sich dennoch gerne an den beeindruckenden Schleusenvorgang im Schiffshebewerk Scharnebeck. Im Mittellandkanal streikte das Getriebe. In zahlreichen

Arbeitsstunden hat er das ehemalige Arbeitsschiff liebevoll restauriert und die alte Barkasse in ein schwimmendes Schmuckstück verwandelt. Heute Abend würde er weder in *Gretchens Garten* noch bei Dieter auf der Terrasse einen Schlaftrunk nehmen, sondern auf dem Sonnendeck der *Albatros* die letzen Strahlen der untergehenden Sonne genießen, die sich in einem glühenden Rot zwischen den Wolkenfeldern an diesem schlimmen Tag verabschiedet.

▪

Lena wälzt sich von einer Seite auf die andere, rollt sich in die Bettlaken, wirft sie auf den Boden, steht auf, legt sich wieder hin. Sie sehnt sich nach einem tiefen ruhigen Schlaf, aber vor ihrem inneren Auge tanzen Gesichter von Menschen, denen sie als Botschafterin einer schlechten Nachricht begegnet war. Einer Mutter erklären, dass die Tochter vom netten Nachbarn oder Onkel missbraucht wurde. Eltern die grausame Wahrheit vermitteln, dass sie ihr Kind nie mehr lachen hören werden. Der schwangeren jungen Witwe nach einem tödlichen Verkehrsunfall die grausame Nachricht überbringen. Die richtigen Worte finden, wenn nach einem Flugzeugabsturz eine ganze Familie ausgelöscht wurde.

In solchen Situationen zeigten die »Herren der Erschöpfung«, wie Lena die Drückeberger nennt, Gefühle, die sie ansonsten hinter markigen Sprüchen und Machogehabe geschickt verstecken. Oder sind Männer einfach nur feige? Feige Schweine wie Fredy? Obwohl Lena für diese schwierige Aufgabe niemals geschult wurde, war die einhellige Meinung vieler Kollegen: »Das können Frauen besser!«

Keiner hatte je gefragt, wie es mit Lenas Innenleben aussah. Es interessierte nicht. Hauptsache, sie müssen diese unangenehmen Aufgaben nicht selbst erledigen. Und sie hat nie widersprochen. Es hat sich nichts geändert.

Wer redet mit der verwaisten Mutter?

Lena!

Wer nimmt an der Obduktion teil?

Lena!

Inzwischen gibt es Gott sei Dank die Notfallseelsorge und speziell ausgebildete Teams. Trotz der Erschöpfung will der Schlaf nicht kommen. Lena zählt schon lange nicht mehr die Jahre, in denen sie als Frau ihren Mann gestanden hat. Sie wurde in ihrem beruflichen Alltag mit brutalsten Vergewaltigungen und unvorstellbaren Abartigkeiten des sexuellen Missbrauchs konfrontiert. Hatte das immer ganz gut weggesteckt. Zumindest glaubte sie es. Aber seit dem Tag, an dem Silke ihren Vater angezeigt hatte, dröhnten die Schreie vergewaltigter Frauen in ihren Ohren. Verfolgten sie nächtelang. Verstummten selten. Sie konnte diese Belastungen nicht aushalten und wechselte zur Mordkommission. Tote können nicht sprechen. Dachte sie damals. Aber auch Tote melden sich zu Wort. Auf ihre eigene Art und Weise nisten sie sich in Gedanken ein und tauchen immer wieder auf. Lena hat viele menschliche Tragödien hautnah miterlebt, die sie nicht abends mit der Kleidung ablegen konnte. Die Risse in ihrer Seele bleiben. Die Narben schmerzen immer, wenn sie ähnliche Situationen erlebt. Lena hat mehr dramatische Schicksale in einer einzigen Nacht erlebt als andere in einem ganzen Menschenleben. Und auch heute Abend tauchen die Gedankensplitter wieder auf: die verängstigten Gesichter der Kinder, die auf übelste Art missbraucht und die stummen Blicke der Frauen, die brutal vergewaltigt wurden. Und dann sieht sie Silkes Gesicht deutlich vor sich. Silkes Geschichte lässt sie bis zum heutigen Tage nicht los und war Auslöser für ihren Nervenzusammenbruch. Sie erinnert sich, als sei es erst gestern gewesen, als die damals dreißigjährige Silke Meier ihren Vater beschuldigte, das Kind ihrer Schwester zum wiederholten Male sexuell missbraucht zu haben. Silke wollte nicht, dass die neunjährige Nichte über Jahre hinweg dieselben Qualen erleiden musste, die sie aus ihrer eigenen Kindheit kannte. Silke berichtete, dass nicht nur sie, sondern auch ihre Schwester und der Bruder über Jahre hinweg vom Vater sexuell missbraucht wurden. Dieses Schicksal wollte sie ihrer kleinen Nichte ersparen. Lena konnte es damals kaum fassen, als Silke die Einzelheiten von den sexuellen Übergriffen des Vaters offenbarte.

Wie von einer fremden Macht gelenkt, setzt Lena sich im Bett auf, knipst die Nachttischlampe an, steht auf und öffnet die unterste Schublade ihrer Kommode. Dort liegt sie noch: die vergilbte Kopie von Silkes Akte. Lena legt sich zwei Kopfkissen in den Rücken und blättert in der Vernehmung, die sie sich damals zur Vorbereitung auf die Gerichtsverhandlung kopiert hatte.

Die Buchstaben des Vernehmungsprotokolls tanzen vor ihren Augen.

Ich stamme aus einer angesehenen Familie, aber hinter der gutbürgerlichen Fassade in meinem Elternhaus haben sich schreckliche Dinge abgespielt. Mein Vater hat mich und meine Geschwister über Jahre hinweg sexuell missbraucht. Meine in der Kommunalpolitik stark engagierte Mutter hat dies alles gedeckt, um den Schein der gutbürgerlichen Familie zu bewahren. Als mein Vater mich mit dreizehn Jahren das erste Mal brutal vergewaltigte, hatte ich starke Blutungen. Meine Mutter fragte mich, was denn geschehen sei, und ich antwortete weinend: Das war Papa! Meine Mutter ist mit mir zu einem Arzt gegangen und hat diesem berichtet, ein Freund der Familie habe mich vergewaltigt. Weder meine Mutter noch der Arzt zeigten diesen Vorfall an. So konnte das Unglaubliche geschehen, dass mein Vater mich bis zum 18. Lebensjahr missbrauchte. Als ich es Jahre später endlich wagte, bei dem Arzt nach meiner Krankenakte zu fragen, war diese angeblich verschwunden. Meine Mutter hatte ihre schmutzigen Hände im Spiel, um die saubere Familienidylle nach außen zu wahren. Mein Vater hat auch meine jüngere Schwester und meinen Bruder missbraucht. Manchmal mussten wir es miteinander im Ehebett treiben, und meine Mutter hat das mitbekommen. Ich weiß, es klingt unvorstellbar, aber ich glaube, meine Mutter handelte nach dem Motto: besser die Kinder als ich. Dann lässt der Alte mich in Ruhe.

Mein Bruder hatte während seiner Wehrpflicht massive Probleme. Er wurde fast verrückt, als er mit anderen Männern in einem Gemeinschaftsraum schlafen sollte. Einer Therapeutin erzählte er seine Leidensgeschichte und wurde wieder ausgemustert. Danach hat er mehrmals versucht, sich umzubringen.

Ich glaube, ich hatte alles verdrängt bis zu dem Tag, als ich die Bilder sah, die meine Nichte gemalt hatte. Nachdem ich meine Schwester angesprochen hatte, lehnte sie es ab, den Vater bei der Polizei anzuzeigen. Sie wollte weder in den alten Tagen rumstochern und hätte es – ebenso wie meine Mutter damals – lieber geduldet, dass mein Vater sich an ihrer Tochter vergeht.

An diesem Punkt der Vernehmung brach Silke in Tränen aus. Lena hatte Silke in die Arme genommen und mit ihr geweint. Silkes Bruder wurde drogenabhängig und setzte sich den goldenen Schuss. Die Schwester wurde in die Landesnervenklinik eingewiesen und lebt dort heute noch in der geschlossenen Abteilung. Lena fand wochenlang keine Ruhe. Das Unerträglichste war die Tatsache, dass der Missbrauch an Silke und ihren Geschwistern zwischenzeitlich verjährt war. Das Leid, das der Vater seinen leiblichen Kindern zugefügt hatte, blieb somit ungesühnt. Er konnte nur noch für den Missbrauch der Enkelin belangt werden.

Lenas Gedanken kreisen bis zum heutigen Tag immer wieder um diese Familie, in der das Unglaubliche geschehen war. Silkes Geschichte löste Gefühle aus, die Lena damals nicht zuordnen konnte. Irgendwie schien es, als sei das alles ein Stück von ihr. Warum war speziell dieser Fall der Auslöser für ihren Zusammenbruch? War es der berühmte Tropfen, der ein Fass irgendwann zum Überlaufen bringt?

Damals glaubte sie sich auf dem Höhepunkt ihrer Leistungsfähigkeit. In der psychosomatischen Klinik lernte sie viele Menschen aus sozialen Berufen kennen. Erst heute ahnt sie, dass der wahre Grund ihres Zusammenbruchs trotz der vielen Therapiestunden damals nicht erkannt wurde. Sie liest das Urteil. Fünf Jahre Haft für Silkes Vater. Mit jeder Zeile auf den vergilbten

Blättern steigt eine dunkle Ahnung in ihr auf. Warum hatte sie gerade diese Akte aufbewahrt?

Langsam tauchen Bilder auf, Bilder aus ihrer Kindheit. Bilder von der kleinen Lena, die in kein Fotoalbum eingeklebt wurden. Vor ihrem geistigen Auge läuft der Film ihrer Kindheit ab. Schwarz. Weiß. Kurz nach Vaters Tod war es geschehen. Jetzt erinnert sie sich, als sei es erst gestern geschehen.

Sie sucht in der Schublade die »Notzigarette«.

Mit zitternder Hand zündet sie die Marlboro an.

Sie muss etwas tun. Für Sabine. Für sich selbst.

Wie sagte Sabine? Carpe diem! Nutze den Tag! Heute ist der erste Tag vom Rest deines Lebens!

Lena ahnte bereits an diesem Abend, dass sie irgendetwas mit dieser jungen Kollegin verbindet. Eine Gemeinsamkeit, die sie spüren, aber nicht greifen konnte. Als würden sie sich schon ewig kennen. Jetzt weiß sie es.

Lena blättert mit zitternden Händen im Telefonbuch und sucht die Nummer einer Therapeutin. Morgen würde sie einen Termin vereinbaren. Es ist höchste Zeit. Fünf vor zwölf.

■■■ 10

Punkt acht ertönt der Gong der Lautsprecheranlage. Nach einem kurzen Rauschen hallt die Stimme von Kriminaldirektor Hinz durch das Haus:

»Achtung! Eine Durchsage an alle Mitglieder der Soko ›Deutsches Eck‹! Einsatzbesprechung um Viertel nach acht im Frühbesprechungsraum der Kriminaldirektion!«

Als Lena und Tom den Frühbesprechungsraum erreichen, sind die vorderen Stühle bereits besetzt. Kriminaldirektor Hinz betritt als Letzter den Frühbesprechungsraum und blickt vom Rednerpult auf die versammelte Mannschaft. Er räuspert sich kurz, wie immer, wenn er nervös ist. Dann bittet er mit einer stillen Geste um eine Schweigeminute. Alle erheben sich von den

Plätzen. Hinz blickt auf den Sekundenzeiger seiner Uhr. Nach exakt einer Minute deutet er mit einer nach unten führenden Handbewegung an, alle mögen sich wieder auf die Stühle setzen. Lena erinnert sich dabei an Priester kurz vor den salbenden Worten einer Predigt. Hinz legt sein Manuskript auf das Rednerpult. Er überlässt nichts dem Zufall, ist immer auf alle möglichen Fragen vorbereitet und denkt sich Antworten für Fragen aus, die niemals gestellt werden. So schräg wie Hinz kann kein anderer Polizist denken. Der Leiter der Kriminalpolizei erhebt ohne weitere Begrüßung die Stimme.

»Nur eine operative Fallanalyse kann zur Aufklärung dieses mysteriösen Gewaltverbrechens führen.«

»Guten Morgen, liebe Kolleginnen und Kollegen«, ruft eine verärgerte Stimme. Hinz ignoriert den Zwischenruf, schiebt mit Zeigefinger und Daumen die Hornbrille auf die Nasenspitze und blickt über den Brillenrand auf die Frauen und Männer der Soko.

»Wir wollen doch alle, dass der Mord an der Kollegin aufgeklärt wird!«, sagt er mit fester Stimme.

»Die Kollegin hat einen Namen«, schreit Lena verärgert in den Raum.

Die anderen nicken. Hinz atmet tief ein, verzieht aber keine Miene, zieht das Mikro näher an seinen Mund und redet unbeeindruckt von der spürbaren Unruhe in dem Besprechungsraum weiter.

»Wir müssen bei aller Trauer sachlich bleiben, Emotionen bringen uns nicht weiter. Wir müssen akribisch vorgehen und werden Profiler des Bundeskriminalamtes einsetzen, um in die Seele des Mörders blicken zu können. Ich bin davon überzeugt, dass die Spezialisten des BKA die Verbindung vom Opfer zum Täter herstellen. Dazu müssen wir jedoch alles, ich betone, alles, über die Kollegin erfahren, um anschließend auch das psychosoziale Umfeld und das Verhalten des unbekannten Täters zu analysieren.«

Hinz legt das erste Blatt seines Manuskripts zur Seite.

»Wird jetzt Sabines Seelenleben auf den Kopf gestellt?«, schreit eine sich überschlagende Stimme.

Hinz tritt wieder näher an das Mikrofon. »Auch ihr Intimleben. Ja. Wir wissen, dass Intimpartner-Tötungen viel häufiger vorkommen, als wir annehmen. Mehr als die Hälfte aller Tötungsdelikte. Meist sind es Männer, die ihre Beziehungspartnerin töten.«

»Sabine hat sich von keinem getrennt und war Single!«, ruft Lena.

»Es gibt auch heimliche Beziehungen, von denen wir alle nichts wissen, Frau Kollegin! Oder nichts wissen dürften«, erwidert Hinz mit einem süffisanten Lächeln.

»Und das ist gut so!«, murmelt Tom.

»Wir hatten im letzten Jahr in unserem Bundesland sechsundfünfzig Intimpartner-Tötungsdelikte, bei denen vierundachtzig Prozent der Tatverdächtigen männlichen Geschlechts waren. Beim Beziehungsfemizid sind also meist Frauen die Opfer, und meist diejenigen Frauen, die sich aus den unterschiedlichsten Gründen von den Männern trennen wollen oder bereits getrennt haben.« Hinz redet wie ein Dozent.

»Was heißt Femizid?«, meldet sich ein junger Kollege.

»Als Femizid bezeichnet man das gewaltsame Töten einer Frau, als Oberbegriff zum von mir soeben angesprochenen Beziehungsfemizid. Die brutale Vorgehensweise in einem für uns zunächst sinnlosen, brutalen Niedermetzeln könnte ein erster Hinweis sein und unterstreicht das Bild vom tobenden Täter, der im wahrsten Sinne des Wortes rot sieht«, erklärt Hinz und ist froh, dass er sich so gut vorbereitet hat.

»Wollen wir nun im Leben einer lieben Kollegin rumstochern, die nicht mehr unter uns weilt und sich nicht gegen Gerüchte, welcher Art auch immer, wehren kann?«, ruft eine Stimme.

»Welche Gerüchte?«

Niemand meldet sich, und Hinz redet nach kurzer Pause weiter: »Wir müssen mehr über das Privatleben von Sabine Laube erfahren, alle Personen finden, mit denen sie Kontakt hatte, besonders neue Kontakte vor ihrem tragischen Tod.«

»Dann müssen wir auch Bernds Privatleben untersuchen, denn es ist nicht klar, wem der Anschlag galt. Beide könnten tot sein!«, ruft Tom.

»Sehr gut kombiniert!«

Die helle Stimme aus der letzten Reihe kann niemand zuordnen. Viele drehen ihre Köpfe nach hinten. Ein kleiner, unscheinbarer Mann erhebt sich von seinem Stuhl. Die Stimme passt zu seinem äußeren Erscheinungsbild. Er wirkt schüchtern. Der schmächtige Mann trägt einen schwarzen Anzug mit hellen Nadelstreifen und geht gemächlich in kleinen Schritten zum Rednerpult. Keiner hat ihn bisher wahrgenommen. Neugierige Blicke verfolgen den Mann mit der runden Nickelbrille und dem schütteren blonden Haar. Hinz blickt etwas irritiert, räuspert sich und macht eine einladende Handbewegung.

»Ich darf Ihnen Herrn Kriminaloberrat Dr. Rau, einen der fähigsten Profiler des BKA, vorstellen.«

»Wieso erst jetzt? Wieso schleicht er sich von hinten an?«, ruft Tom.

»Das ist eine besondere Situation, Herr Schneider. Besondere Ereignisse verlangen auch besondere Maßnahmen, das dürften Sie doch aus eigener Erfahrung wissen«, erwidert Hinz in gewohnter Schärfe, die keinen Widerspruch duldet. Tom schluckt seinen Ärger runter. Hinz ist ihm rhetorisch haushoch überlegen, und Tom verspürt nicht die geringste Lust auf einen verbalen Schlagabtausch in der großen Runde. Er erinnert sich an den Tag, als Hinz es abgelehnt hatte, eine Belobigung des Ministers für einen besonderen Einsatz von Tom in die Personalakte aufzunehmen. »Das haben Sie doch gar nicht nötig, Herr Schneider. Ich bitte Sie. Wir wissen doch alle, wie gut Sie sind!« Dieses süffisante Lächeln hat Hinz bis zum heutigen Tage nicht abgelegt. Jetzt erst hört Tom wieder Hinz' Stimme:

»... erstmalig ein Fall mithilfe eines Profilers analysiert wird, darf ich Herrn Dr. Rau bitten, uns einige grundlegende Ausführungen seiner Arbeitsmethode zu vermitteln. Bitte sehr, Herr Dr. Rau.«

Der kleine Mann lächelt freundlich und blickt in die Runde, als er hinter das Rednerpult tritt. Er breitet seine Arme aus und klammert sich mit den Händen an den Rahmen des Rednerpults. Dr. Rau spricht leise in der hellen Tonlage eines kleinen Jungen, die unangenehm klingt, aber die flinken Augen suchen den Blickkontakt zu den Frauen und Männern im Frühbesprechungsraum.

»Guten Morgen, liebe Kolleginnen und Kollegen. Mein Name ist Jürgen Rau, und ich möchte mich zunächst für meinen überraschenden Auftritt entschuldigen. Sie haben, ich denke zu Recht, kritisiert, dass Sabine Laube hier nur als Kollegin bezeichnet wurde. Vielleicht ist es gerade deshalb auch wichtig, dass die Ermittlungen vom BKA unterstützt werden, denn Sie sind alle – und wer wollte das nicht verstehen – emotional zu stark an den Geschehnissen beteiligt. Sie und besonders die Kollegen der Schutzpolizei aus der Dienstgruppe von Sabine Laube sind für meine Analyse besonders wichtige Bezugspersonen. Frau Laube war, wenn auch nur kurze Zeit, in der Kriminaldirektion eingesetzt, und einige von Ihnen kannten sie. Wir verbringen mit Kollegen oft mehr Zeit als mit dem Lebenspartner und erfahren Dinge, die in der Familie tabu sind, tabu sein müssen, wenn es um unsere Arbeit geht. Ich möchte Sie daher um Ihre Aufmerksamkeit bitten und unsere Methode erläutern. Wir haben momentan nicht den Hauch einer Ahnung, wer Sabine Laube umgebracht hat. Aber, wie Sie alle wissen, am Tatort verrät der Mörder sein wahres Wesen. Der Ort des Geschehens kann Aufschluss über die individuelle Handschrift des Täters beziehungsweise der Täter liefern. Aber wem sage ich das? Wenn wir erfolgreich sein wollen, sollte nach Erhebung aller Daten die Analyse ein Täterprofil ergeben, das dem noch Unbekannten bestimmte Eigenschaften zuschreibt. Dazu zählen harte Fakten, wie etwa Geschlecht, Alter, Lebensraum und Beruf, aber auch weiche Merkmale wie mentaler Typ, psychische Krankheiten, Gewohnheiten und Hobbys. Wer einen solchen Anschlag verübt, ist kaltblütig und psychisch krank.«

»Ja, ja, mal wieder jemand mit einer schweren Kindheit!«, murmelt Tom vor sich hin.

»Leider liegt Kollege Müller immer noch im Koma, und wir hoffen natürlich in erster Linie für seine Genesung, dass er wieder aufwacht. Aber er ist momentan auch der einzige Zeuge, der uns Hinweise zum genauen Tatablauf und eventuell auch zum Hintergrund dieser schrecklichen Tat geben kann. Die entscheidende Frage, die wir uns stellen müssen, ist: Was bewegte den oder die Täter zu dieser Hinrichtung?«

»Vielleicht ist Mord ja sein Hobby«, kann sich Tom einen Kommentar zu den theoretischen Ausführungen nicht verkneifen.

Dr. Rau blickt Tom in die Augen und lächelt. »Ich teile Ihre Haltung, Herr ...«, Dr. Rau stockt für einen Moment, »... Schneider ist Ihr Name, richtig?« Rau bewegt sich vom Rednerpult weg und stellt sich vor die erste Stuhlreihe.

»Also, Herr Schneider, meine Damen und Herren. Sie sind nicht nur als Ermittler für die Aufklärung des Falles eine wichtige Gruppe, und ich bitte Sie um Ihr Vertrauen. Wir wollen alle den Mord an Sabine Laube und das versuchte Tötungsdelikt an Bernd Müller aufklären. Aber erlauben Sie mir noch einige Anmerkungen zur operativen Fallanalyse. Die OFA ist ein kriminalistisches Werkzeug und sammelt objektive Daten und möglichst umfassende Infos zum Opfer. Ich möchte, dass wir uns auch noch so absurd erscheinende Tatabläufe und Hintergründe dieses Verbrechens vorstellen und ungeschminkt beim Namen nennen. Wir müssen Widersprüche herausarbeiten und insbesondere auch aushalten, wenn unser Weltbild von Sabine Laube oder Bernd Müller bei den Recherchen angekratzt oder sogar zerstört werden sollte. Ich sage das bewusst, auch wenn mich einige von Ihnen jetzt in Gedanken am liebsten erschlagen würden.«

Da viele Blicke auf den Boden wandern, fühlt sich Rau bestätigt, und seine Fähigkeit, Gedanken zu lesen, irritiert einige in der Runde. Man täuscht sich nicht mehr als in einem Menschen. Dieser kleine, unscheinbare Mann ist alles andere als unsicher. Er redet frei, benötigt kein Manuskript, an das er sich klammern kann. Hinz wäre ohne Manus verloren. Dr. Rau geht langsam auf und ab, schwingt die Lesebrille in der rechten Hand, und seine linke steckt lässig in der Hosentasche.

»Lassen Sie uns gemeinsam dem Motiv des Täters oder der Täter und eventueller Auftraggeber dieses Mordanschlags annähern und im wahrsten Sinne des Wortes nach allen Seiten offen sein.«

»Wer nach allen Seiten offen ist, kann nicht ganz dicht sein«, flüstert Tom, aber er spürt an den Blicken seiner Kollegen, dass das der falsche Satz zum falschen Zeitpunkt ist.

Dr. Rau unterbricht kurz seine Ausführungen, blickt Tom an und schüttelt verständnislos den Kopf. Der Mann scheint nicht nur Auge wie ein Falke, sondern auch Ohren wie ein Luchs zu haben. Dann erhebt Rau wieder seine helle Stimme:

»Herr Schneider, alles ist möglich und erlaubt. Es ist verständlich, dass durch die Ungewissheit über die Hintergründe des Verbrechens die Nerven blank liegen. Lassen Sie Ihren Emotionen freien Lauf, ich halte das aus. Aber, wenn Sie was anmerken möchten, dann sagen Sie es bitte laut, damit wir alle neue Denkanstöße für unsere Ermittlungen gewinnen.«

Tom spürt Lenas vorwurfsvollen Blick. »Besser, du stellst jetzt auf Sendepause!«, faucht sie.

Dann formuliert Dr. Rau einige Fragen, zwischen denen er immer eine kurze Pause einlegt, damit diese sich in den Köpfen der Fahnder besser einprägen.

»Sie sollten sich diese Fragen stellen und eine Erklärung suchen, auch wenn sie noch so absurd klingen mag. Nur wer verrückt denkt, kann sich dem Täter nähern. Und im Zusammenspiel mit Ihren eigenen Gedanken werden wir das Puzzle gemeinsam zusammenstecken und den Fall lösen.«

Dr. Rau ignoriert die steigende Unruhe und die lauter werdenden Zwiegespräche, geht zum Rednerpult zurück und setzt seinen Vortrag fort. In gleichem Maße, wie seine Stimme immer leiser wird, reduziert sich auch der Geräuschpegel, und dem Profiler gelingt es wieder, die Aufmerksamkeit auf seine Ausführungen zu richten.

»Wir dürfen die persönliche Komponente nicht außer Acht lassen, auch wenn es Ihnen momentan nicht behagt, sich auf dieses Gleis zu begeben. Überlegen Sie auch, ob wir pro-aktive Strategien einsetzen können.«

»Was bedeutet das?«, meldet sich ein junger Kollege.

»Gut, dass Sie den Mut haben zu fragen. Fragen Sie bitte, wenn Sie irgendetwas nicht verstehen. Pro-aktive Strategie bedeutet, dass wir unter gewissen Umständen und mit klaren Reaktionsvorstellungen den oder die unbekannten Täter erreichen, indem wir gezielt Informationen, durchaus auch gezielt gestreute Falschinformationen der Öffentlichkeit zugänglich machen, um den Täter zu unüberlegten Handlungen zu veranlassen oder ihn von weiteren Verbrechen abzuhalten.«

Dr. Rau geht zurück zum Rednerpult, erhebt kurz die Hand mit dem ausgestreckten Zeigefinger eines Oberlehrers.

»Erlauben Sie mir ein letztes Wort zu den möglichen Erfolgsaussichten dieser Methode. Wir sind beim BKA vom Erfolg der Analysemethoden überzeugt. Die Grundlagen sind nicht auf unserem eigenen Mist gewachsen, sondern wurden bereits in den Siebzigerjahren vom FBI erarbeitet.«

»Und wie hoch ist die Erfolgsquote?«, fragt Lena.

»Wir haben die Ermittlungsverfahren, an denen Profiler des BKA beteiligt waren, im Hinblick auf die Prognosen auf das weitere Ermittlungsverfahren untersucht. Bei der Auswertung kamen wir bei der richtigen Analyse des Tathergangs auf eine Trefferquote von dreiundneunzig Prozent und beim Täterprofil auf achtundachtzig Prozent. Ich hoffe, ich kann Sie mit dieser Aufklärungsquote überzeugen und freue mich auf eine gute Zusammenarbeit, denn Sie liefern mir die wichtigen Eckdaten, um ein Erfolg versprechendes Profil des Mörders von Sabine Laube zu erstellen. Und da der Kollege Müller bis zum heutigen Tage nicht vernommen werden konnte und es aufgrund seines jetzigen Zustandes fraglich ist, ob er in absehbarer Zeit Angaben machen kann, sind wir auf die kleinste Kleinigkeit in diesem mysteriösen Fall angewiesen. Ich danke für Ihre Aufmerksamkeit.«

Dr. Rau klappt die Brille zusammen, steckt sie in die Brusttasche seiner Jacke und entfernt sich vom Rednerpult. Man könnte in dem Moment die berühmte Stecknadel fallen hören. Nach fünf Schritten dreht er sich um, geht zurück und ergreift noch einmal das Mikrofon.

»Fast hätte ich es vergessen. Erlauben Sie mir noch eine persönliche Anmerkung. Ich bin kein Seiteneinsteiger und auch keine Mischung aus Sherlock Holmes, Sigmund Freud und Bill Gates. Ich bin Polizist. Polizist mit Leib und Seele. War sechs Jahre bei der Schutzpolizei, und nach dem Kommissarlehrgang habe ich Psychologie studiert. Wenn Sie mich heute noch skeptisch betrachten, vergessen Sie nicht, ich bin einer von Ihnen und werde, egal wie sich dieser Fall entwickeln wird, immer einer von euch bleiben! Und gemeinsam sind wir stark. Wir müssen es nur wollen.«

Er öffnet den untersten Knopf seines Jacketts und vergräbt beide Hände tief in den Hosentaschen. Die letzte Aussage beeindruckt einige Ermittler der Sonderkommission so stark, dass sie zum Zeichen der Anerkennung leise auf die Stühle klopfen. Rau bedankt sich mit einem kaum merklichen Lächeln. Der Applaus scheint ihm fast ein wenig peinlich zu sein. Er erntet den Applaus, auf den Hinz vergeblich hofft.

Was hat Rau, was ich nicht habe?, denkt Hinz. Vermutlich könnten ihm die meisten im Polizeipräsidium diese Frage beantworten, aber Hinz würde nichts verstehen. Seine Wahrnehmung ist in diesem Punkt gestört. Er blendet Kritik an seiner Person vollkommen aus und ist in jeder Situation beratungsresistent. Harald Sauer ist der Einzige, auf den er hört. Manchmal.

■

Als Lena an ihren Arbeitsplatz zurückkehrt, liegt auf ihrem Schreibtisch eine Kopie des aktuellen Zeitungsartikels.

Noch keine heiße Spur nach Mord an der jungen Polizistin

Wut und Trauer in der Rhein-Mosel-Stadt: Es ist eine unheimliche Tat und niemand weiß, was genau passierte. Nach den tödlichen Schüssen auf eine Polizistin in Koblenz tappt die Sonderkommission »Deutsches Eck« im Dunkeln.

Koblenz: Der wichtigste Zeuge im Koblenzer Polizistenmord ringt weiter mit dem Tod. Die Ärzte im Bundeswehr-Zentralkrankenhaus kämpfen um das Leben des Polizeibeamten, dessen Kollegin am Mittwoch erschos-

sen wurde. Seither suchen Beamte der Sonderkommission »Deutsches Eck« nach dem oder den Tätern.
»Wir sind über den Schock noch nicht hinweg. Es hätte jeden von uns treffen können«, sagte Polizeisprecher Ralph-Helmut Schomfas.
Trotz Trauer und Wut setzen die Ermittler ihre Arbeit fort. Der Vorfall zeigt, dass der Polizeiberuf gefährlich ist.
»Man muss immer mit dem Schlimmsten rechnen. Aber bei diesem Fall erschüttert uns besonders die Kaltblütigkeit, mit der eine junge Kollegin hingerichtet und ein Kollege mit einem gezielten Kopfschuss schwer verletzt wurden.«
Harald Sauer, der Leiter der Mordkommission, ist sichtlich erschüttert und kreidebleich, als er die Pressekonferenz mit diesen Worten beendet.

■■■ 11

Viele Menschen pilgern zum Parkplatz, wo das Unfassbare geschehen ist. Der Platz um die Container gleicht einem Blumenmeer. Neben unzähligen Kerzen, Grablichtern und Blumen werden auch Briefe, Spielsachen und Kuscheltiere abgelegt.

Während viele Menschen in der Stadt trauern, gehen die Ermittlungsteams der Mordkommission »Deutsches Eck« fieberhaft dem geringsten Hinweis nach, sprechen mit möglichen Zeugen, vernehmen potenziell Verdächtige und überprüfen Straftäter, insbesondere diejenigen, die Sabine Laube und Bernd Müller einen Aufenthalt hinter Gittern zu verdanken haben. Die fieberhafte Suche nach weiteren Ermittlungsansätzen führt sie aber nicht zu einer einzigen heißen Spur.

■

Dr. Rau lässt die Ereignisse Revue passieren. Der Profiler hat sich ein Büro am Ende des Flurs in den Räumlichkeiten der Sonderkommission eingerichtet und studiert akribisch alle Berichte, Vernehmungen, Fotos und Videos vom Tatort und den Obduktionsbefund, um auf der Basis des vorhandenen Informationsmaterials ein Täterprofil zu erstellen. Im Zentrum der Fallanalyse steht zunächst die Tatrekonstruktion, die sich an der objektiven Spurenlage orientiert. Aus dem daraus vermuteten Täterverhalten wird er erste fallspezifische Aussagen ableiten. Um sich ein konkretes Bild zu verschaffen, muss er intensiv Einsatzberichte, Verständigungspläne, Wetterauskünfte und besonders alle kriminaltechnischen Gutachten studieren. Die Rechtsmediziner können aus dem Verletzungsbild die Abläufe zum Tatzeitpunkt rekonstruieren. In Großbritannien wurden Computerprogramme entwickelt, die in Form eines Films mehrere alternative Geschehensabläufe der Tat simulieren lassen. Er wird morgen bei EUROPOL anrufen, um mit dem neuen Visualisierungsverfahren weitere Erkenntnisse zu gewinnen. Dr. Rau weiß aber auch, dass ihm der entscheidende Durchbruch nur gelingen kann, wenn er sich mit dem persönlichen Umfeld der Opfer beschäftigt. Und immer wieder stellt sich die Frage nach dem Motiv.

Entweder hatten sich beide arglos in die tödliche Situation begeben, oder das Lockmittel war so faszinierend, dass sie alle Vorsichtsmaßnahmen vergessen hatten.

Woher kannten der oder die Täter den Aufenthaltsort?

Wurden die Polizisten in eine Falle gelockt?

Hatten die Täter das Polizeifahrzeug observiert, bis die Gelegenheit für den hinterhältigen Überfall günstig war?

Und der einzige Zeuge, der Fragen beantworten könnte, liegt immer noch im Koma, aus dem er vielleicht nie mehr erwachen wird. Und selbst wenn Müller erwachen sollte, stellt sich immer noch die Frage, ob er sich an den Tathergang erinnern kann.

Inzwischen steht einwandfrei fest: Beide Schüsse wurden aus Sabines Dienstwaffe abgefeuert. Weitere Patronenhülsen wurden nicht gefunden.

Sollte ein erweiterter Suizid vorgetäuscht werden?

Dabei hatten die Täter übersehen, dass Sabine Linkshänderin war. Das lässt vermuten, dass die Täter Sabine nicht gut kannten. Ansonsten hätten sie die Waffe in Sabines linke Hand gedrückt, und es wäre ihnen vermutlich gelungen, die Ermittler zunächst auf eine falsche Fährte zu führen. Zumindest bis zum Ergebnis des LKA zur Lage der Schmauchspuren. Pulverrückstände auf Haut und Kleidung sind auf Anhieb nicht erkennbar, und es bedarf umfangreicher kriminaltechnischer Untersuchungen, bis endlich ein Ergebnis vorliegt. Auch die sternförmige Stanzmarke nach dem aufgesetzten Kopfschuss wurde erst einige Stunden nach dem Tod von Sabine durch das Austrocknen der Haut sichtbar. Der für eine Selbsttötung ungewöhnliche Schusskanal ist ein weiteres Indiz, dass Sabine Laube durch fremde Hand getötet wurde.

Gibt es ein Motiv im Privatleben der Polizistin?

Oder sollte Bernd Müller erschossen werden?

Auch sein Umfeld muss erhellt werden. Manuela Mandel, die soziale Ansprechpartnerin des Präsidiums, unterstützt Müllers Ehefrau in dieser schwierigen Situation und ist für Dr. Rau eine wichtige Kontaktperson, um mehr über den lebensgefährlich verletzten Kollegen zu erfahren.

War es eine Verdeckungstat, um ein noch schwerwiegenderes Verbrechen zu verheimlichen? Oder wirklich ein terroristischer oder, wie der Angriff auf zwei Polizisten in Köln, ein islamistischer Hintergrund?

Man kann als Ermittler nie so verrückt denken, wie sich die Tat abgespielt haben könnte. Es gibt nichts Trügerischeres als einen offenkundigen Tatortbefund, der Hinweise über mögliche Varianten unterdrückt, und dann wird das Nächstliegende oft übersehen, denkt Rau und blättert weiter in den Vernehmungsprotokollen.

Zuerst liest er die Vernehmung des Kollegen Heinz Schwarz, der mit ihm gemeinsam den Ratslehrgang an der Polizeiführungsakademie in Hiltrup absolviert hat und bereits vor zwei Jahren zum Direktor befördert wurde. An der Fachhochschule Polizei kann man sich scheinbar einer rechtzeitigen Beförderung nicht entziehen, denkt Kriminaloberrat Rau und fragt sich, was

Schwarz, der Mann ohne Praxis, den jungen Polizeistudenten mit auf den Weg geben kann. Schwarz hat, wie Hinz auch, außer einigen Monaten Durchlauf in den verschiedenen Abteilungen von Schutz- und Kriminalpolizei, der Verwaltung und bei der Staatsanwaltschaft keine praktischen Erfahrungen in den Ermittlungskommissariaten sammeln können. Und in vielen Entscheidungen wird die klaffende Lücke zwischen Theorie und Praxis erkennbar. Beide Kollegen sind Seiteneinsteiger und haben ihr Handwerk nicht so von der Pike auf gelernt wie er selbst.

Heinz Schwarz (49), Kriminaldirektor
Ich unterrichte Kriminologie und Kriminalistik an der Fachhochschule Polizei. Sabine Laube war eine meiner Lieblingsstudentinnen. Eine sehr aufgeschlossene und lebenslustige junge Frau. Bis später die Sache mit diesem verheirateten Mann war. Na ja, Sie haben sicherlich schon von der Sache erfahren.

Welche Sache? Wie? Das hat Ihnen noch niemand gesagt?

Vielleicht ist dies den Koblenzer Kollegen nicht bekannt, aber bei uns war das ein offenes Geheimnis. Sabine hatte ein Verhältnis mit einem älteren Mann, der hier oben im Hunsrück keinen sehr guten Ruf genießt. Der Mann ist beruflich erfolgreich. Unter anderem besitzt er eine Disco, aber er soll auch in krumme Geschäfte verwickelt sein. Er ist wesentlich älter als Frau Laube. Etwa mein Alter. Könnte ihr Vater sein. Tja, wo die Liebe hinfällt. Ich habe das nie verstanden. So ein nettes Mädchen. Aber das hat ja wohl nichts mit diesem schrecklichen Ereignis zu tun? Die beiden haben sich schon lange getrennt. Mehr kann ich nicht sagen.

Wie bitte?

Der Name? Moment, gleich fällt er mir ein. Zuhältertyp. Es soll ihm mit einer unwahrscheinlich charmanten Art immer wie-

der gelingen, junge Frauen zu betören. Warten Sie mal, einen Moment, bitte. Ja, Günther Schleicher. Richtig, Günther Schleicher heißt er.

Wenn Sie eine Personenüberprüfung machen, werden Sie sehen, welche Latte an Straftaten der bei uns hat. Aber das dürfte wohl nur die Spitze des Eisbergs sein. Der ist mit allen Wassern gewaschen. Aalglatt, dreimal chemisch gereinigt. Schleimt immer rum, wird auch »der Lächler« genannt. Ist trotz der vielen Gerüchte dennoch keiner, dem man einen Mord zutrauen würde.

Die Kollegen sagen, das meiste würde man ihm nicht nachweisen können. In dubio pro reo. Sie verstehen, was ich meine. Im Zweifel für den Angeklagten. So ist unser Rechtssystem nun einmal aufgebaut.

Richtig, da können Ihnen die Kollegen von der PI Simmern sicherlich noch mehr erzählen.

Vor einigen Tagen hat Sabine mich angerufen und wollte mehr über Pädophilie und sexuellen Missbrauch von Kindern wissen. Sie kontrollierte auf Minderjährig getrimmte Mädchen. Dieser Lolita-Sex kotzte Sabine an. Nicht die Mädchen. Die taten ihr leid. Aber sie hasste die Freier. Haken Sie da auch noch mal nach.

Also, diese Frage kann ich beim besten Willen nicht beantworten. So gut habe ich sie auch nicht gekannt, aber ich glaube nicht, dass sie persönlich betroffen war. Andererseits geht engagiertes Verhalten in bestimmten Bereichen oft mit einer persönlichen Betroffenheit einher. Sabine hat sich nach rechtlichen und kriminologischen Aspekten erkundigt, und ich habe ihr einige meiner Veröffentlichungen aus der Zeitschrift Kriminalpolizei heute *zugesandt.*

■

Andrea Bühler (24), Polizeikommissarin

Wieso fragen Sie, wenn Sie es schon wissen? Ja, sie hatte ein Verhältnis mit diesem Günther. Die beiden wurden von der Frau erwischt, in flagranti sozusagen. Das war ein richtiger Skandal. Aber die beiden haben sich getrennt, als Sabine nach Koblenz versetzt wurde. Das hatte aber nichts damit zu tun, dass sie nun auch räumlich getrennt waren. Er hat Schluss gemacht.

Ja. Sie haben mich schon richtig verstanden. Er war es, nicht Sabine.

Warum ich das nicht erwähnt habe? Sie meinen, das wäre wichtig?

Ja, natürlich habe ich das auf der Polizeischule gelernt. Aber das war was Privates. Das hat mit der Ermordung doch nichts zu tun.

Ja, ja, ich weiß, dass jede Kleinigkeit wichtig ist, aber ich möchte nicht in alten Sachen rumstochern.

Nein, soweit ich weiß, haben sich die beiden nicht mehr getroffen. Zumindest hat Sabine es mir nicht erzählt.

Sie war vorher mit Ralf Schmidt aus unserer Hundertschaft zusammen. Mein Gott, war der in sie verliebt. Für den ist damals eine Welt zusammengebrochen. So nach dem Motto, lass uns wenigstens Freunde bleiben, hat Sabine ihn immer wieder an sich gebunden. Ob sie danach noch Kontakt hatten, kann ich nicht sagen. Das ist doch alles schon eine halbe Ewigkeit her.

Ralf ist bei der Polizeiinspektion in Andernach. War unser Lehrgangsbester und konnte sich schon immer gut einschleimen. Ich habe ihn nie besonders gemocht. Wir haben damals Witze darüber gemacht, man müsse vor dem Büro der Dozenten einen Zebrastreifen anlegen, damit die Radfahrer die Arschkriecher nicht überfahren. Ralf passt in beide Kategorien.

Nein, Sabine war keine, die von einer Beziehung in die nächste stolperte. Aber ich glaube, sie war wahnsinnig in den Typen verliebt.

■

Ralf Schmidt (25), Polizeikommissar
Sabine und ich waren während der Ausbildung in einer Lehrgruppe.

Ja, das ist richtig. Wir waren aber nur kurze Zeit zusammen. Sind miteinander gegangen, wie man so sagt. Wir waren ein Paar. Das klingt alles so blöd. Ich war total verknallt in sie. Von mir aus wäre es heute noch so.

Ich hatte schon Pläne für unsere berufliche Zukunft geschmiedet. Habe ihr gesagt, dass ich mich so schnell wie möglich für den Aufstieg in den höheren Dienst bewerben würde und sie nach meinem Ratslehrgang nicht mehr arbeiten müsse und ich mich sehr auf gemeinsame Kinder freue. Aber sie hatte andere Pläne.

Ja, Sabine hat einen Vaterkomplex, hatte einen Vaterkomplex. Dann hat sie die Affäre mit diesem Arschloch begonnen. Sorry, aber kennen Sie den? Dieser Prolo mit seinen Goldkettchen und der Bodybuilder-Figur. Ein Zuhälter, wenn Sie mich fragen. Habe nie verstanden, was sie an dem Typen so aufregend fand. Hätte sie ihren Job kosten können, wenn sie länger mit einem Kriminellen gegangen wäre. Der konnte sich gut verkaufen. Ist ein guter Schauspieler. Macht einen auf Weichei und Frauen-Versteher und hat es faustdick hinter den Ohren.

Woher ich das weiß? Sabine hat mir von ihm erzählt, und das hat mir sehr wehgetan. Sie war total verknallt. Habe den Typen manchmal in seiner Disco beobachtet. Außen hui, innen pfui, kann ich nur sagen. Bin den beiden auch mal nachgefahren, als sie sich im Waldhotel trafen.

Nein, sie haben mich nicht bemerkt.

Bisher konnte man dem Typen nicht einen Bruchteil der Straftaten nachweisen, die er vermutlich begangen hat.

Nein, das kann ich nicht beweisen.

Wieso sollte ich mit solchen Äußerungen vorsichtig sein? Wir sind doch bei der Polizei. Sie sollten sich mal um ihn kümmern. Würde mich nicht wundern, wenn er…nein, vergessen Sie das wieder. Das war blöd von mir.

Wie bitte? Das ist doch wohl nicht Ihr Ernst. Wo ich gestern Abend war? Sie glauben doch nicht etwa, dass ich? Das ist ja vollkommen absurd.

Was meinen Sie?

Klar können Eifersucht und gekränkte Eitelkeit ein Motiv sein. Ich habe auch gelernt, dass man sich in der Mordkommission nicht von falscher Trauer täuschen lassen darf. Entschuldigen Sie, dass ich meine Gefühle zeige, aber das alleine macht mich ja wohl nicht zum Tatverdächtigen. Und wenn Sie es genau wissen wollen: Ich war gestern mit Freunden bis etwa halb neun in Gretchens Garten *auf der anderen Rheinseite. Notiere Ihnen gerne Name, Anschrift und telefonische Erreichbarkeit zur Überprüfung meines Alibis. Keiner von denen hat polizeiliche Erkenntnisse.*

Aber da fällt mir ein: Die Jungs können mir für die Tatzeit ja überhaupt kein Alibi geben, da waren wir ja schon weg, und ich war alleine zu Hause.

Was wundert Sie?

Woher ich die Tatzeit weiß? Haben Sie doch soeben gesagt, oder?

Nein, haben Sie nicht? Dann habe ich es vermutlich im Rapport gelesen. Aber lassen wir das. Vermutlich bin ich rübergeschwommen und habe die beiden erschossen. Klar. Logisch. Gut kombiniert, Frau Lieck. Kein Motiv und zur Tatzeit in Tatortnähe. Bitte nehmen Sie mich fest! Darf ich vorher noch meinen Anwalt anrufen? Oder haben Polizisten keine Rechte? Müssten Sie mich nicht belehren, dass ich nur Angaben zur Person machen muss?

Ach, Sie weigern sich, mir die Festnahme zu erklären, weil die Gründe nicht ausreichen? Dann unterlassen Sie bitte diese Unterstellungen, und quälen Sie mich nicht länger. Ich habe genug mit Sabines Tod zu kämpfen.

■

Maria Laube, Sabines Mutter
Nein, ich weiß nicht, ob meine Tochter aufgrund des frühen Ablebens ihres Vaters einen Hang zu älteren Männern hatte. Gott sei Dank war der Bruder meines Mannes so was wie ein Vaterersatz.

Ja, Sie haben den Namen richtig behalten. Laube, Alfred Laube von der CFS. Ist zurzeit auf allen Wahlkampfplakaten in der Stadt zu sehen.

Warum ich Ihnen das mit dem älteren Mann nicht erzählt habe? Sie haben mich nicht danach gefragt. Das habe ich alles verdrängt. Ja richtig, obwohl es noch nicht so lange her ist. Und ich habe das ja erst viel später erfahren. Da war schon alles vorbei. Und übrigens will ich daran nicht mehr erinnert werden. Nachdem Sabine sich von ihm getrennt hatte, ging es ihr besser, aber seit einigen Tagen war sie nicht mehr so unbeschwert. Da muss irgendwas passiert sein.

Nein, alles hat Sabine mir ja auch nicht erzählt. Kinder müssen auch Geheimnisse haben. Dann kommen sie immer wieder gerne ins »Hotel Mama« zurück.

Ja, natürlich, Sabine hat sich von ihm getrennt. Was denken Sie denn? Er ist ihr zu sehr auf den Leib gerückt. Hat sie mir erzählt. Zweifeln Sie etwa daran? Aber irgendetwas schien sie in den letzten Tagen zu bedrücken.

Ein paar Mal habe ich gefragt, aber sie hat sich mir nicht anvertraut. Ich bin sicher, da ist irgendetwas gewesen. Als Mutter spürt man das. Hier tief drinnen. Ob es mit diesem Mann zusammenhing, kann ich nicht sagen. Kann sein, vielleicht.

■

Günther Schleicher (48), Discothekenbesitzer
Das mit dem Verhältnis müssen Sie nicht mehr aufwärmen. Das ist Schnee von gestern. Kalter Kaffee. Und nochmals zu Ihrer Frage: Ich habe Sabine seit unserer Trennung nicht mehr gesehen, also schon mehrere Wochen.

Ist doch absurd, was Sie da konstruieren. Was werfen Sie mir vor? Dass ich sie geliebt habe. Sie war so herzerfrischend und unkompliziert, und ich hätte ihr nie ein Haar krümmen können. Aber wir hatten leider keine Zukunft.

Hören Sie auf mit diesem Unsinn. Nur weil ich in einem anderen Milieu arbeite. So nennen Sie es doch. Ich verdiene meine Brötchen mit einer Disco. Punkt. Und Sabine hat mir zu keinem Zeitpunkt Interna von der Polizei erzählt. Dafür war sie viel zu korrekt, und auch das hat mich an ihr beeindruckt.

Ich habe Ihre Belehrung sehr wohl verstanden. Habe meine Angaben zur Person gemacht, und zur Sache werde ich nichts aussagen, weil ich keine Angaben machen kann. Wenn Sie mich verdächtigen sollten, an Sabines Tod in irgendeiner Weise beteiligt gewesen zu sein, verweise ich Sie an meinen Anwalt und werde jetzt diesen Raum verlassen. Und tschüss!

■

Manuela Mandel (43), Dipl. Sozialarbeiterin
Ich bin die soziale Ansprechpartnerin beim Polizeipräsidium.

Ja, das ist richtig, alle nennen mich Ma-Ma, aber für manche bin ich etwas in dieser Art nicht nur wegen meiner Initialen.

Bernd war wie ein älterer Bruder für sie, der Bruder, den sie sich besonders nach dem frühen Tod des Vaters immer gewünscht hat. Das Verhältnis mit diesem Discobetreiber hatte sich auch bei uns schnell rumgesprochen.

Wieso niemand diese Beziehung erwähnt hat? Das kann ich nicht sagen. Das war vor ihrer Versetzung nach Koblenz. Sabine hat sehr darunter gelitten, dass sie in eine bestimmte Schublade gesteckt wurde. Die ständigen Sticheleien und anzüglichen Bemerkungen der Kollegen waren für sie fast unerträglich. Apropos Gleichberechtigung: Wenn Frauen und Männer dasselbe tun, ist es noch lange nicht dasselbe. So viel zum Thema: »Alle sind gleich«. Von wegen: Manche sind eben immer noch gleicher, wenn ich das mal so ausdrücken darf. Und in diesem Fall sind das die Männer.

Ich bin kein Alice-Schwarzer-Fan, aber ich möchte mal vorsichtig formulieren: Eine Frau hat schnell einen schlechten Ruf, einen Mann bewundert man, besonders, wenn er eine jüngere Geliebte hat.

Vielleicht haben die Kolleginnen und Kollegen aus der Schicht nichts über diese Liaison erzählt, weil sie ein schlechtes Gewissen haben?

Ja, vielleicht auch, weil sie diese Beziehung zu wenig kannten und nicht auf die Idee gekommen sind, dass hier ein Zusammenhang mit dem Anschlag möglich ist. Was ich persönlich auch für unwahrscheinlich halte.

Aber da war noch was. Sabine hatte vor einigen Tagen etwas erfahren, das sie sehr bedrückte und über das sie die ganze Zeit nachgrübelte. Mehr weiß ich auch nicht.

Irgendetwas ist wohl geschehen. Aber sie hat an dem entscheidenden Punkt immer geblockt. Sie müsse es erst für sich klären, bevor sie mit anderen Menschen drüber spricht. Sie hatte Angst, dass ihr Leben wie ein Kartenhaus einstürzen könnte. Ja, genau, so hat sie sich ausgedrückt.

▪

Michelle Layen (25), Freundin von Sabine
Sie war in Uniform ein anderer Mensch. Wirkte stark, unbeschwert und war für alle eine richtig toughe Frau. Und dabei war sie so verletzbar. Ein richtiges Seelchen. War sehr nahe am Wasser gebaut. Keiner blickte hinter ihre Fassade. Sie hatte einen Schutzwall um sich errichtet, und wenn sie in der Uniform steckte, verstärkte die Kleidung diese Mauer.

Als Günther mit ihr Schluss gemacht hat, wollte sie sich das Leben nehmen. Ja echt, sie wollte sich von der Winninger Autobahnbrücke stürzen. Hat mir noch ein altes Polizeifoto beschrieben, auf dem eine junge Frau kopfüber in ein offenes Cabriolet gestürzt ist. Der Kopf war im Fußraum zertrümmert und die Beine über der Windschutzscheibe abgeknickt. Der Fahrer soll sich bis heute nicht von dem schrecklichen Ereignis erholt haben. Manchmal konnte sie richtig makaber sein. Sie machte Witze, das würde sie sich auch wünschen, wenigstens einmal im Leben in einem Cabrio zu fahren. Und dann erzählte sie von der neuen Brücke in Neuborn: Die neue Selbstmörderbrücke hat sie die Umgehungsstraße genannt. Da könnte sie die Erste sein. DSDS, Deutschland sucht den Suizid der Woche. Mehr als makaber.

Nein, sie würde sich niemals erschießen, hat sie gesagt. Obwohl sich Polizisten doch meist mit ihrer Dienstpistole das Leben nehmen, oder?

Ich habe sie dringend gebeten, sich in psychotherapeutische Behandlung zu begeben und ihr die Adresse einer Therapeutin aufgeschrieben, die mir persönlich sehr geholfen hat, als ich in einer Krise steckte. Die meisten geben das ja nicht zu, nicht wahr?

Letzte Woche hatte sie einen Termin. Vielleicht kann Ihnen die Therapeutin mehr erzählen.

Klar, bei Frau Dr. Fillinger.

Das stimmt wirklich. Günther hat Schluss gemacht. Er wollte sich nicht von seiner Frau trennen, und Sabine wollte nicht weiter die Frau für gewisse Stunden sein. Sie hat sich sogar ein Kind von ihm gewünscht. Da wurde es ihm zu eng, und er hat die Affäre beendet. Was Sabine an dem Typen fand, kann ich bis heute nicht verstehen. Aber sie war richtig glücklich, und irgendwie hatte ich das Gefühl, er war die große Liebe ihres Lebens. Also irgendwie hatte es auch bei ihm richtig gefunkt. Und Sabine erwähnte auch, dass es schwierig sei wegen seiner Frau. Wie sagte sie damals: Männer sind wie Toiletten, entweder beschissen oder besetzt.

Okay, auf den ersten Blick konnte er sehr charmant und einfühlsam sein, und wir Frauen mögen nun mal sensible Männer. Aber Günther hatte zwei Seiten. Er konnte auch knallhart sein.

Nein, er hat sie nie geschlagen: Das hätte Sabine sich auch nicht gefallen lassen. Sie hätte sich gewehrt, hatte doch den braunen Gurt in Judo. Aber sie ist irgendwie voll auf ihn abgefahren. Er hat so was Animalisches an sich, wenn Sie verstehen, was ich meine. Er war irgendwie beides. In ihm steckten zwei Persönlichkeiten. Ist schon ein interessanter Mann. Aber nicht meine Kragenweite.

Marlene Meier (64), Besitzerin Altstadt-Café
Sabine war Stammgast und frühstückte oft bei uns. Sie wohnte ja um die Ecke. Vor etwa zwei Wochen traf sie sich nachmittags mit einem älteren Mann in unserem Café.

Ja, ich hatte den Eindruck, dass die beiden sich kennen.

Der war wesentlich älter, obwohl er einen auf jung gemacht hat. Hätte ihr Vater sein können. Habe ihn auch nie zuvor gesehen. Es war kein Altstädter Jung. Da kenne ich fast jeden. War so ein Typ mit goldenen Kettchen behangen. En Hejel, würde man in Kowelenz sagen. Hat hier ziemlich den Grellen gemacht, weil ihm der Kaffee nicht schmeckte. Diese Dumpfbacke. Dabei haben wir seit Generationen den besten Kaffee in ganz Koblenz.

Und ob ich ihn beschreiben kann: so ein Rausschmeißer-Verschnitt mit dicken Muckis und einer Vokuhila-Frisur, aber nicht unattraktiv. Hat trotzdem irgendwie sympathisch ausgesehen.

Was? Sie wissen nicht, was das ist? Na ja, Sie sind aus der Generation Golf, und ich gehöre zur Manta-Generation. Vokuhila heißt vorne kurz und hinten lang.

Ja, den Typen würde ich auf jeden Fall wiedererkennen. Solche schrägen Vögel findet man selbst in der Altstadt selten. Das heißt, an die anderen habe ich mich vermutlich gewöhnt.

■■■ 12

Lena kann in ihrer Wohnung nicht abschalten. Eine Polizistin ist vierundzwanzig Stunden im Dienst. Sie lässt die Vernehmungen Revue passieren, findet mehrere Verdachtsmomente, aber keinen Lösungsansatz.

Die halbe Tablette erzielt nicht die gewünschte Wirkung. Soll sie die andere Hälfte noch einwerfen? Sie öffnet stattdessen eine Flasche Rotwein, um die richtige Bettschwere zu erzielen, kann die grausamen Bilder und verzerrten Gesichter in ihren Träumen nicht mehr ertragen. Lena hat noch nie die Anzahl der Todesermittlungsverfahren gezählt, aber die Namen der Opfer und Täter haben sich für immer und ewig in ihr Gedächtnis eingebrannt. Zum Beispiel Ahmed Gögce, der mit einem Schuss das Leben seiner siebzehnjährigen Tochter Ayse auslöschte, weil sie einen deutschen Mitschüler heiraten wollte, aber in der Heimat schon »versprochen« war.

Tom Drescher, der mit einem Bauchschuss in ihren Armen verstarb, weil sie vergeblich auf den Notarztwagen wartete, der auf spiegelglatter Straße verunglückt war.

Kevin, der auf der Dorfkirmes aus verschmähter Liebe seine Cousine Anja erwürgte, die Fünfzehnjährige entkleidete und ihre Kleidungsstücke verbrannte.

Sarah, die zerfetzt in einer Moselschleuse gefunden wurde, nachdem sie unter mysteriösen Umständen verschwunden war.

Die junge Fixerin Jana tot auf der Parkbank in den Rheinanlagen. Eine endlos lange Liste von Namen.

Und dann taucht vor ihrem Auge wieder die Nacht auf, in der zwei Brüder und deren Schwester bei einem Verkehrsunfall getötet wurden. Heute noch hört sie das ungläubige Lachen von Alois Funk, als sie ihm die Todesnachricht überbrachte. Sie müsse sich irren, seine Kinder würden friedlich im Bett liegen. Sie könne sich selbst davon überzeugen. Und dann gingen sie gemeinsam die Treppe hoch und standen vor den leeren Betten. Der schockierte Vater rang verzweifelt nach Worten, und als sie ihm ihre schmale Hand auf die kräftigen Schultern legte, brach der Mann wie ein Klappmesser zusammen. Gemeinsam mit einem Kollegen setzte sie den Mann auf einen Stuhl. Sie musste noch eine einzige Frage stellen. Drogen? Nein, seine Kinder hätten nie Drogen genommen. Er zitterte am ganzen Körper, vergrub das Gesicht in seine riesigen Hände und weinte hemmungslos wie ein kleines Kind. Auch diese Begegnung wird Lena nie vergessen. Sie würde die Bilder gerne verdrängen, die Namen ausradieren, aber es gelingt ihr nicht. Die Bilder tauchen immer wieder auf.

Unsichtbare Hände blättern in dem Fotoalbum ihrer Erinnerung weiter. Es sind unzählige Gesichter, jüngere, ältere und Kindergesichter, die in einer Endlosschleife vor ihrem geistigen Auge kreisen. Morgen früh könnte sie sich wieder auf die Vernehmungen konzentrieren, und die Bilder würden verschwinden. Sie hasst die Nacht. Sie liebt den Tag, denn im Dienst kann sie die quälenden Gedanken verdrängen, obwohl ihr Job der Grund für das Auftauchen der alten Bilder ist. Mit jedem neuen Fall dreht sich dieser Kreislauf weiter, dieser imaginäre Strudel, der sie runterzieht.

Morgen wird sie Marlene Meier vom Altstadt-Café ein Lichtbild von Günther Schleicher vorlegen.

Marlene Meier, Besitzerin Altstadt-Café
Hundert Pro, das ist der ältere Typ, mit dem Sabine sich hier getroffen hat. Wo haben Sie denn das Bild so schnell hergezaubert?

Ach so. Schneller, als die Polizei erlaubt.

Meiner Bedienung ist übrigens noch was aufgefallen, was von Bedeutung sein könnte.

Sabine hat vergangene Woche mit einem jungen Mann bei uns gefrühstückt.

Wann genau? Weiß ich nicht. Ich hatte letzte Woche Urlaub.

Nein, sie ist momentan nicht erreichbar.

Gabi Schönlein. Hat einen Kurztrip nach Südfrankreich gebucht. So ne dubiose Butterfahrt. Busreise mit Einkaufstour und Besuch von Monte Carlo und so.

Nein, Gabi ist eine der aussterbenden Spezies, die noch kein Handy haben. Unglaublich, aber wahr.

Klar, ich sage Ihnen sofort Bescheid, wenn sie wieder zu Hause ist. Oder geben Sie mir Ihr Kärtchen. Dann kann Gabi sich direkt bei Ihnen melden.

Sie sind ne echte Hauptkommissarin? So was kennt unsereins ja nur aus dem Fernsehen. Irgendwie sehen Sie der Furtwängler ähnlich. Die sehe ich mir besonders gern an. Haben Sie auch einen älteren Mann?

Oh, Entschuldigung! Sie müssen zum nächsten Termin. Schade. Hätte gerne mehr von einer echten Kommissarin erfahren. Haben Sie eine Waffe?

▪

Günther Schleicher
Warum ich Ihnen nicht gesagt habe, dass ich Sabine im Altstadt-Café getroffen habe? Ich hätte mich doch direkt verdächtig gemacht. Und dieses Gespräch hat wirklich nichts mit ihrem Tod zu tun.

Natürlich überlasse ich diese Entscheidung Ihnen, Frau Kommissarin. Also, was möchten Sie noch wissen?

Ja, Sabine hatte um das Gespräch gebeten. Sie hatte gesagt, sie sei schwanger. Angeblich von mir. Das war nur ein mieser Trick.

Sie wollte unsere Beziehung wieder aufleben lassen. Meine Söhne hatten mich bedrängt, diese Beziehung zu beenden.

Wieso? Natürlich habe ich das in meiner ersten Vernehmung zur Person bei meinen Familienverhältnissen angegeben.

Also, da steht es doch. Max und Paul Schleicher. Meine Söhne sind im Alter von Sabine. Wer lesen kann, ist im Vorteil, Frau Kommissarin!

Bitte sehr. Gern geschehen. Man hilft der Polizei halt, wo man kann.

Die beiden sind ein Kopf und ein Arsch, wie man so sagt, und ich habe auf den Rat meiner Söhne gehört.

Nein, meine Söhne wohnen nicht mehr bei uns. Max lebt in Bad Kreuznach und betreibt dort einen Gebrauchtwagenhandel, Paul ist nach Frankreich ausgewandert und macht in Antiquitäten.

Irgendwo in der Provence.

Nein, ich war noch nie dort. Sie möchten wohl gerne unter südlicher Sonne ermitteln?

Nein, die beiden haben Sabine nie kennengelernt.

Natürlich könnte sie ihre Schwester sein. Sie hätte auch meine Schwiegertochter werden können, wenn meine Söhne sie kennengelernt hätten.

Ich kann aufgrund des letzten Geschlechtsverkehrs mit Sabine ausschließen, dass ich der Vater bin. Soll ich Ihnen das Datum nennen, oder möchten Sie nähere Einzelheiten wissen?

Was ist daran geschmacklos? Sie *bohren doch in meinem Intimleben rum? Ich habe Sabine gesagt, sie könne eine Vaterschaftsklage anstreben. Die Beziehung war beendet. Ende. Aus. Schluss. Basta. Finito.*

Meinen Sie wirklich, das wäre ein Motiv für den Mord? Ich werde jetzt nichts mehr sagen und meinen Rechtsanwalt zu Rate ziehen. Da drehen Sie mir einen Strick, der mir langsam zu eng wird. Ich weiß doch, wie schnell so etwas geht. Bin lange genug im Geschäft, und man hat schnell was an der Backe kleben, wenn es in das Bild eines Ermittlers, Entschuldigung, einer Ermittlerin, passt. Aber nicht mit mir. Die Vernehmung ist für mich beendet. Schönen Tag noch!

Ein Wort noch: Ich möchte auch wissen, wer Sabine umgebracht hat. Ich habe sie geliebt, und wenn Sie es nicht schaffen, werde ich auf eigene Faust ermitteln. Gnade ihm Gott, wenn ich das Schwein erwische!

Was? Sie wissen, dass Sabine nicht schwanger war, sonst hätten Sie es bei der Obduktion festgestellt. Hoffentlich betrachten Sie das jetzt als entlastendes Material.

Wieso *nicht?*

So ein Quatsch! Ich sage ja, Sie wollen mir unbedingt einen reinwürgen, aber da müssen Sie früher aufstehen. Warum sollte ich sie umbringen? Weil sie mir einen Balg andrehen wollte? Da hätte ich schon viele umbringen müssen, bei den jungen Dingern, die das Gleiche bei mir versucht haben, weil sie den Disco-König für sich alleine haben wollten. Tja, dann wäre ich ein Massenmörder. Und jetzt habe ich genug von diesem Quatsch. Ich habe meine Zeit auch nicht gestohlen. Und lassen Sie meine Familie aus dem Spiel!

Max Schleicher (25), Gebrauchtwagenhändler

Man soll über Tote nicht schlecht reden, aber diese kleine Schlampe hat unsere Familie zerstört und meine Mutter kaputt gemacht.

Mutter wurde damals in die geschlossene Abteilung der Rhein-Mosel-Fachklinik nach Andernach eingeliefert. Sie ist momentan stationär in einer Klinik im Allgäu. Ist vollkommen durchgeknallt, nachdem sie von der Beziehung erfahren hat. Nur für den Fall, dass Sie meine Mutter verdächtigen. Mord aus Eifersucht? Wäre möglich. Aber meine Mutter ist momentan noch nicht einmal in der Lage, mit Messer und Gabel zu essen.

Und wenn Sie mich tausendmal fragen. Nein, ich habe die Geliebte meines Vaters nicht gekannt und erst von meiner Mutter erfahren, was sich da abgespielt hat. Ich konnte meinen Vater davon überzeugen, dass er nicht weiter schwanzgesteuert durchs Leben rennen soll. Entschuldigung, aber es ist doch so.

Mein Bruder? Was hat mein Bruder denn damit zu tun? Paul hat sich in der Provence ein kleines Haus gekauft, malt, töpfert, handelt mit Antiquitäten und führt ein Leben wie Gott in Frankreich. Glauben Sie im Ernst, der schießt aus tausend Kilometer Entfernung einer Polizistin in den Kopf? Sie haben eine rege Phantasie, sollten Science-Fiction-Romane schreiben, anstatt Unschuldige zu verdächtigen.

Ich weiß wirklich nicht, wann er das letzte Mal in Deutschland war. Ich habe kein gutes Verhältnis zu meinem Bruder. Mag sein, dass er am Telefon meinem Vater Vorwürfe gemacht hat.

Was? Mein Vater hat gesagt, wir seien ein Kopf und ein Arsch? Das hätte er wohl gern. Mein Vater hat keine Ahnung. Mein Bruder ist ein Arsch, das stimmt. Und zu meinem Vater habe ich auch nur eine gute Beziehung, wenn wir uns nicht sehen. Nach fünf Minuten kracht es schon zwischen uns beiden. Mama tut mir leid. Was sie alles so ertragen muss. War ja nicht das erste

Mal, dass er sie mit einer Jüngeren betrogen hat, die seine Tochter sein könnte.

Nein, ich weiß auch nicht, wie sie aussieht. Mein Vater hat mir kein Bild von ihr gezeigt. Sie muss verdammt gut ausgesehen haben, wie alle seine Miezen. Aber das hier hat zu lange gedauert. Sie war bestimmt attraktiv. Jetzt wohl nicht mehr.

Ja, Entschuldigung, aber ich habe immer noch so eine Wut in mir, wenn ich an meine Mutter denke. Die hat meine Mutter auf dem Gewissen. Erwarten Sie bitte nicht, dass ich hier vor Trauer zusammenbreche.

Warum wollen Sie ein Bild von mir? Wollen Sie auch ein Autogramm? Was soll das hier? Welcher Film läuft denn jetzt ab? Suchen Sie lieber den Mörder, und lassen Sie unsere Familie in Ruhe.

■

Gabi Schönlein (34), Kellnerin Altstadt-Café
Ja, wir hatten super Wetter, Sonne pur. Meine Chefin hat mich schon informiert. Sabine war so ne richtig Nette.

Sabine saß mit einem jungen Typen am Tisch. Etwa ihr Alter. Sehr nett, charmant, sah gut aus, und deshalb habe ich mich auch mal kurz an den Tisch gesetzt und mich ein wenig am Small Talk beteiligt. Um die Uhrzeit war nicht viel los. Man muss immer mal wieder seinen Marktwert testen. War wirklich ein attraktiver Bursche. Für mich schien er sich nicht zu interessieren, obwohl ich ja nicht gerade die Hässlichste bin. Oder, was meinen Sie, Herr Kommissar?

Danke. War das ein Kompliment?

Nein, ich habe den jungen Mann vorher noch nie gesehen, leider. Zumindest nicht bewusst. Die Granate wäre mir bestimmt aufgefallen. Sabine fand es merkwürdig, dass er weder nach ihrer Adresse noch nach der Telefonnummer gefragt hat.

Nein, von einem Streit habe ich nichts mitbekommen. Ich habe kein einziges lautes Wort gehört. Der hat sie angebaggert, und es war schon merkwürdig, dass er sich nicht mit Sabine verabredet hat.

Wie bitte? Ja, das hätte Sabine mir erzählt. Nicht nur ihr Männer tauscht Erfahrungen mit dem anderen Geschlecht aus. Normal fragt man doch zumindest nach der Handynummer, oder? Ich habe leider kein Handy. Vielleicht sollte ich mir doch mal so was zulegen.

Ja, ich würde ihn auf jeden Fall wiedererkennen. Der hat doch fast eine Stunde mit Sabine am Tisch gesessen.

Zeigen Sie mal das Foto, Herr Kommissar.

Klar, das ist er. Der macht aber einen mürrischen Eindruck. Dabei konnte er so herzerfrischend lachen.

Ach so. Ist ein Polizeifoto. Ja, dann. Dann hat er natürlich auch keinen Grund zum Lachen, oder?

Nein, der Name sagt mir nichts. Noch nie gehört. Schade, ich hätte Ihnen gerne weitergeholfen, Herr Kommissar. Wenn Sie Fragen haben, ich bin jederzeit für Sie da. Oder beehren Sie uns einfach mal auf eine Tasse Kaffee. Gerne auch auf einen Sekt bei mir. Ich wohne um die Ecke in der Gemüsegasse. Allein.

▪

Max Schleicher
Ja, okay, es stimmt. Ich wollte wissen, was das für eine ist, die unserem Vater nach der Trennung auch noch ein Kind unterjubeln will. Habe keine Lust auf kleine Geschwister.

Vater war fix und fertig, meine Mutter hätte das nicht verkraftet. Ich wusste, dass sie oft im Altstadt-Café sitzt und hatte in seinem Portemonnaie ein Foto gesehen.

Ich habe sie gebeten, Vater in Ruhe zu lassen. Und sie sollte gefälligst den Typen heiraten, der ihr den Braten in die Röhre geschoben hat. Aber ich habe sie nicht umgebracht. Das ist völlig absurd.

Wieso die blöde Bedienung sagt, sie hätte von dem lauten Streitgespräch nichts mitbekommen, weiß ich doch nicht. Die hatte doch noch anderes zu tun und hat nur kurze Zeit an unserem Tisch gesessen. Da habe ich mich aber zurückgehalten und den netten Jungen gemimt.

Wie? Wie soll sie reagiert haben? Sie hat mir versprochen, dass sie das Kind alleine großziehen wird. Ich hatte keinen Grund, ihr was anzutun.

Was soll das denn wieder?

Aha, wer einmal aus dem Blechnapf frisst. Nur weil ich mit zwanzig eine Tankstelle überfallen habe, wohlgemerkt mit einem Schreckschussrevolver, bin ich automatisch verdächtig. Das war ne Jugendsünde. Jeder macht mal Fehler. Hören Sie, ich habe meine Zeit im Knast abgesessen, den Wehrdienst verweigert und Zivildienst bei den Maltesern abgeleistet, weil ich gegen das Töten bin.

Mein Bruder hat keine Erkenntnisse. Er ist ein unbeschriebenes Blatt. Der hat noch nie was mit der Polizei zu tun gehabt.

Ja, das können Sie gerne kontrollieren. Haben Sie doch bestimmt schon gemacht, oder?

Sehen Sie. Keine Akte. Sag ich doch. Ein braves Arschloch.

■

Frau Schmidt, Sabines Nachbarin
Das sind aber gut aussehende junge Männer auf den Fotos, einer hübscher als der andere. Muss ich mir noch mal in Ruhe anschauen. Sehen aus wie Kandidaten für Mister Germany.

Irgendwie sehen sie sich alle ähnlich. Aber das hier ist der Mann, der Sabine letzte Woche besucht hat.

Ja, absolut sicher. Was ist das denn für eine Uniform auf dem Foto?

Ach so, ein Kollege. Na ja, dann kann das ja nichts mit dem Mord zu tun haben. Aber warum haben sich die beiden denn so angeschrien?

Ach, das wissen Sie auch nicht? Würde mich aber interessieren.

Nein, nein! Habe ich ja schon gesagt. Ich habe nichts gehört. Leider.

Ich habe den jungen Mann nur an diesem Tag gesehen.

▪

Waltraud Laube (79), Großmutter von Sabine
Warum hat der liebe Gott nicht mich anstelle von Sabine zu sich genommen? Ich bin eine gläubige Frau, aber nun zweifele ich an unserem Herrgott. Wieso kann er so was zulassen? Das Kind hatte doch noch sein ganzes Leben vor sich. Da habe ich den Krieg überlebt und viele Krankheiten, bin dem Tod immer wieder von der Schippe gesprungen, und dann wird eine gesunde junge Frau einfach ermordet.

Warum fragen Sie das?

Nun gut. Das Verhältnis zwischen mir und Alfred ist nicht besonders. Er besucht mich nur zweimal im Jahr im Altersheim, obwohl er in seiner Partei lautstark fordert, man müsse sich mehr um alte Menschen kümmern. Es gibt nirgends mehr Lügner als in der Politik. Auch in der CFS wie in jeder anderen Partei. Wenn die Wahlen gewonnen worden sind, erinnert sich doch keiner mehr an seine Versprechungen so nach dem Motto: Was interessiert mich mein dummes Geschwätz von gestern. Da sind sie doch alle gleich, ob schwarz oder rot und welche Farben es sonst noch so gibt.

Alfred war schon als Kind anders als sein Bruder, schüchtern und immer in sich gekehrt. Er hatte keine Freunde und war ein Eigenbrötler. Hat sich nie was zugetraut. War ängstlich. Ist oft von den anderen Jungs verprügelt worden. Das Verhältnis der Brüder war nicht gut. Alfred hatte das Gefühl, alles falsch zu machen, während sein Bruder alles richtig machte und mein Lieblingssohn war. Ja, es war schon so, obwohl ich versuchte, es Alfred nicht spüren zu lassen, doch Kinder sind da sehr sensibel.

Mein Mann ist aus dem Krieg nicht zurückgekehrt.

Mein verstorbener Sohn hat Alfred bei einer Familienfeier vor allen Leuten gesagt, er sei doch zu blöd, ein Loch in den Schnee zu pinkeln, und da haben alle gelacht. Schon merkwürdig, wie verschieden die eigenen Kinder sein können. Auch komisch, dass Alfred bis zum heutigen Tage keine Frau abgekriegt hat. Ich hatte Streit mit meiner Schwiegertochter, als sie Alfred als Vaterersatz für die Kleine einspannen wollte. Der kann sich doch gar nicht in Kinder hineinversetzen. Irgendwann hatte meine Schwiegertochter begriffen, dass Alfred sich doch nicht so sehr als Babysitter eignet. Sie hatte das Gefühl, dass Sabine sich bei ihrem Onkel nicht wohlfühlt. Die Kleine war dann wieder öfter bei mir.

Warum ich den Namen meines verstorbenen Sohnes nicht nenne? Wenn ich Karl sage, sehe ich ihn vor mir. Dann kommt wieder alles hoch. Er war meine Stütze, aber Alfred war wirklich für nichts zu gebrauchen.

Wie bitte? Das verstehe ich nicht. Wie meinen Sie das?

Um Gottes willen. Wie können Sie so was Schlimmes sagen. Nein, da ist nichts vorgefallen. Alfred hatte irgendwann weder Lust noch Zeit, auf Sabine aufzupassen. Er war damals schon in der Jugend-CFS aktiv. Hat ja zumindest da Karriere gemacht. Dort hat er seine Nichte, Quatsch, Nische, gefunden, und nun kandidiert er sogar für den Landtag. Hat seiner Mama auf die alten Tage noch mal bewiesen, dass er doch zu was fähig ist. Und das andere, das vergessen Sie wieder ganz schnell.

Mädchen, bitte, bring nicht noch mehr Leid über unsere Familie!

13

Auf der Rückfahrt ins Präsidium hallen die letzten Worte von Sabines Großmutter immer wieder in Lenas Ohren. »Mädchen, bitte, bring nicht noch mehr Leid über unsere Familie!« Die alte Frau hatte dabei mit ihrer knochigen Hand Lenas Unterarm umklammert. Lena hatte ein leichtes Stechen verspürt, nur Bruchteile von Sekunden. Kein Schmerzgefühl, aber ein Stich in ihrer Seele. Es war fast so, als würde dieser Satz eine alte Wunde aufreißen. Auch Worte können verletzen, und diesen Satz hatte sie schon einmal gehört. Jedes einzelne Wort hallt in ihrem Kopf. Wer hatte sie schon einmal darum gebeten, nicht noch mehr

Leid über eine Familie hereinbrechen zu lassen? Könnte vielleicht die Ähnlichkeit mit einem bereits abgeschlossenen Fall neue Erkenntnisse bringen?

Lena sitzt am Schreibtisch und protokolliert die Befragung von Sabines Großmutter, die sie auf dem Diktiergerät aufgezeichnet hatte. Gleich hat sie es geschafft. Nur noch der letzte Satz. »Mädchen, bitte, bring nicht noch mehr Leid …« Lenas Hände zittern, stärker als die Hände von Großmutter Laube bei der Verabschiedung. Sie sieht das Gesicht der alten Frau vor ihrem inneren Auge: grauweiße strähnige Haare zu einem Knoten gebunden, und die prägnanten Wangenknochen erinnern Lena an ihre eigene Großmutter. Und an ihre Kindheit. Das Stechen kommt wieder. Wird stärker. Und begleitet von einem heftigen Donnerschlag in ihrem Kopf überlagert die Vergangenheit die Gegenwart. Bruchteile von Sekunden später schlägt der Blitz ein, und Lena erinnert sich schmerzhaft an den Grund, warum dieser Satz ausgesprochen wurde. Der Grund verletzt mehr als die Worte. Es rauscht in ihrem Kopf, ihr Gehirn wandelt auf einem schmalen Grat zwischen Bewusstsein und der Angst, wahnsinnig zu werden. Schemenhaft tauchen diese blutleeren Lippen vor ihrem inneren Auge auf. Lena hört sich schreien. Wie damals. Nicht laut. Gegenwart und Vergangenheit überlagern sich mit einem einzigen Satz. Das Bild aus Kindertagen wird klarer. Lena sitzt wie gelähmt vor dem PC. Das Herz schlägt ihr bis zum Hals. Sie kann den Satz nicht zu Ende schreiben, schließt die Datei, speichert ab, schaltet den Computer aus, greift nach dem Diktiergerät, drückt auf Wiedergabe.

»… über unsere Familie!«, schnauft die alte Frau in das Mikro, und Lena schaltet mit zitternder Hand das Gerät aus. Sie versinkt mit unwirklicher Langsamkeit in ihrem Sessel, kann sich in diesem endlos langen Moment genau daran erinnern, als sei es gestern gewesen. Sie möchte aber nicht in ihre eigene Vergangenheit eindringen.

Nicht hier.

Nicht jetzt.
Vielleicht später.
Am besten nie.

■

»Lena? Ist was? Du bist so blass um die Nase!«

Sie hatte nicht bemerkt, dass Tom das Zimmer betreten hat, und wischt sich die Tränen auf ihrer Wange fort.

»Quatsch, was soll denn sein? Bin etwas überarbeitet.«

Tom wirft die Rhein-Zeitung auf Lenas Tisch.

»Endlich mal ne gute Nachricht!«.

Sie blickt ihn irritiert an. Ist ihm dankbar, dass er die Mosaiksteine der Kindheitserinnerungen aus ihren Gedanken schleudert.

»Lies selbst, erste Seite!«

Lena nimmt die Zeitung in die Hand.

Polizist nicht mehr in Lebensgefahr

Die Ärzte kämpften erfolgreich um das Leben des bei dem Überfall auf die Streifenwagenbesatzung durch einen Kopfschuss verletzten Oberkommissars Bernd M. Er liegt jedoch immer noch im Koma. »Sein Zustand ist weiter kritisch, aber inzwischen etwas stabiler«, sagte Polizeisprecher Schomfas.

Wie erst jetzt bekannt wurde, gaben die Polizisten keinen Notruf ab. Sie wurden nach Einschätzung der Ermittler überrascht. Die Hintergründe der schrecklichen Tat liegen immer noch im Dunkeln, es gibt keine einzige konkrete Spur.

Die Polizeigewerkschaft fordert ein schärferes Vorgehen bei Kontrollen. Es sei möglich, dass Polizisten künftig viel häufiger mit gezogener Waffe auf Verdächtige zugingen und sie nach Waffen durchsuchten, sagte der Bundesvorsitzende in einem dpa-Gespräch. Der Normalfall sei bisher, dass Beamte auffällige Bürger bei einer Kontrolle offen und relativ ungeschützt ansprechen. Innenminister Peter Schurp ordnete Trauerflor an allen Streifenwagen im Land an. Seit 1945 seien bundesweit 388 Polizisten bei Gewalttaten ums Leben gekommen. Allein im Jahr 2008 hätten Straftäter im Südwesten 394 Polizisten verletzt, sagte Schurp.

»Gestern war doch auch die Pressekonferenz, in der Schomfas den Journalisten mitteilen sollte, dass Sabine nicht undercover eingesetzt war.«

»Ja, das steht in einem kleineren Artikel auf der Regionalseite.«

Lena blättert weiter. Auf der letzten Seite findet sie neben der aktuellen Berichterstattung zu dem die Medien beherrschenden Kriminalfall die Kurzmeldung der dpa.

Polizistin kein »Lockvogel«

Die getötete Polizistin Sabine L. war im Sommer in Zivil an Drogeneinsätzen beteiligt. Nach Angaben von Polizeipräsident Hardteck sei sie aber weder verdeckte Ermittlerin noch »Lockvogel« gewesen. Wenige Wochen vor dem tödlichen Anschlag auf die beiden Polizisten hatten Koblenzer Drogenfahnder allerdings bei einer groß angelegten Aktion gegen die Rauschgiftszene 28 mutmaßliche Täter hinter Gitter gebracht.
Nach SWR-Informationen ist diese Spur jedoch längst überprüft, ohne einen erkennbaren Zusammenhang mit dem Polizistenmord ergeben zu haben.

■■■ 14

Eine säuerliche Geruchsmischung aus Urin und Katzenkot steigt in ihre Nase. Ein intensiver Geruch. Ekelerregend. Sie will instinktiv mit Daumen und Zeigefinger ihre Nase zuhalten, aber ihre Hände sind auf den Rücken gefesselt. Eine warme Brühe auf ihrem Gesicht vermischt sich mit einer kalten Flüssigkeit, die von oben in dieses dunkle Verlies tropft. Ihre Kleidung ist völlig durchnässt. Sie fröstelt. Aus der Ferne dringen Geräusche. Ein Pferdegespann? Ihr Kopf liegt auf dem Boden in einer dreckigen Brühe. Sie versucht, ihren Körper aufzurichten. Wer hat sie in diesen dunklen Schacht geworfen? Wurde sie entführt? Ist sie das nächste Opfer des Polizistenmörders? Langsam gewöhnen sich ihre Augen an die Dunkelheit. Der dunkle Schacht ist nur wenige Zentimeter hoch mit Wasser gefüllt. Ein breites Pflaster klebt auf ihrem Mund. Kalte und warme Flüssigkeiten breiten sich abwechselnd auf ihrem Gesicht aus. Ein Wechselbad der Gefühle durchströmt ihren Körper. Eisigkalter Schüttelfrost wechselt mit starken Hitzewallungen. Die warme Brühe im Gesicht kann nur ihr eigenes Blut sein, die kalte Flüssigkeit ist Abwasser aus einem Kanalisationsrohr oberhalb des Schachtes, das auf ihren Körper tropft. Sie hat das Gefühl für Raum und Zeit verloren. Nur ihr Magen spricht mit ihr in dieser dunklen Einsamkeit. Sie hat Hunger und Durst. Ihre Kehle ist trocken. Sie versucht, die Tropfen des Abwassers mit dem Mund aufzufangen. Plötzlich dringt ein blendender Strahl in die Finsternis, und jemand wirft ein Seil in den Brunnen. Rette dich! Sie will mit den Zähnen in das Seil beißen, das über ihren Augen tänzelt. Es gelingt nicht. Das Lachen einer Frau hallt von oben herab. Sie winkt mit dem Zeigefinger, der eine überdimensionale Größe annimmt. Das Gesicht verschwindet hinter einem goldenen Daumen, so groß wie das Kunstwerk vor dem Ludwigmuseum. Dann strahlt das grelle Licht eines Halogenscheinwerfers in ihre Augen. Der Mann steigt langsam die Leiter herunter. Sie blinzelt nach oben, erinnert sich an Vernehmungssituationen, wenn Straftäter mit der Schreibtischlampe angeleuchtet werden, weil sie im Mittelpunkt der Ermittlungen stehen. »Bring nur kein Leid über deine Familie«, krächzt der Mann. Die verzerrte Stimme hallt wie ein Echo in ihren Ohren. Ihre Augen fixieren die Stiefel auf der Leiter. Sie spürt die Gefahr. Jetzt steht er auf der letzten Leiterstufe.

Eine Stiefelspitze rast blitzschnell auf sie zu.

Volltreffer.

Mitten ins Gesicht.

Ein tierischer Schmerz.

Nasenbeinbruch?

Warme Flüssigkeit breitet sich auf ihrem Gesicht aus. Ein zweiter Tritt in die Nieren nimmt ihr für kurze Zeit den Atem. Zwei kräftige, stark behaarte Arme ziehen sie hoch. Der Schlag trifft sie mit voller Wucht in den Bauch. Sie ringt nach Luft. Der Eisenring um ihre Brust wird immer enger. Sie kann nicht schreien, pustet mit letzter Kraft gegen das breite Pflaster auf ihrem Mund. Dann lassen die kräftigen Hände des Angreifers sie wieder los. Aus Angst vor einem erneuten Angriff kauert sie sich wie eine geprügelte Hündin auf den schmutzigen Boden. Der Mann hält die Taschenlampe unter sein Kinn. Dennoch kann sie kein Gesicht erkennen. Sieht nur einen Schädel. Die Situation erinnert sie an die Kindheit, als sie es albern fand, bei den St.-Martins-Umzügen die Laternen als Sonne, Mond oder Sterne zu tragen. Damals höhlten sie Zuckerrüben aus, schnitzten Augen, Nase, Mund hinein und leuchteten sich mit Taschenlampen an. Aber dies hier ist kein Kinderspiel, das ist grausame Realität. Kein Traum.

Die kräftigen, stark behaarten Hände fassen zwischen ihre Beine. »Wenn du Leid über deine Familie bringst, komme ich morgen wieder«, flüstert der Schädel, und hohle Augen starren sie an.

»Bitte, bitte, nur etwas Wasser …«, stammelt sie, als die Stiefel die erste Leiterstufe betreten. Die Stiefel drehen sich um, bewegen sich auf sie zu, drücken ihren Kopf auf den Boden.

»Es ist doch genug Wasser da, mehr, als du trinken kannst«, flüstert die Stimme. Das Lachen des Mannes ist furchterregend, und dennoch möchte sie, dass er bei ihr bleibt. Stockholm-Syndrom? Sich mit dem Geiselnehmer verbrüdern. Gibt es so was wirklich? Lieber Qualen erleiden, als alleine zu sein?

Sie fürchtet sich vor der Einsamkeit in dieser rabenschwarzen Finsternis, aber ihr Peiniger klettert wieder nach oben. Die dunkelgrünen Gartenstiefel werden immer kleiner und wechseln mit jeder Stufe die Farbe. Wie ein Chamäleon. Und sie erinnert sich an gelbe Kinderstiefel, die sie früher oft getragen hat. Dann vermischen sich ihre Tränen und das Blut mit der Brühe auf dem Boden. Der Gullydeckel senkt sich ab. Sie ist wieder allein mit der Dunkelheit.

»Hi-i-lfe. Hi-i-lfe. Ich will hier raus!«

Der verzweifelte Schrei bleibt in der Kehle stecken. Sie kann ihre Stimme nicht hören, dafür dröhnt es in ihren Ohren: *Mädchen, bitte, bring nicht noch mehr Leid über unsere Familie ... bring nicht noch mehr Leid über unsere ... Leid über unsere Familie ... unsere Familie ... Familie.*

▪

Dieser Satz hallt in ihrem Kopf nach, als sie aus dem langsam verblassenden Albtraum schweißgebadet erwacht.

Seit gestern weiß sie, wer den Satz vor Sabines Großmutter ausgesprochen hatte. Sieht, wie sich die blutleeren Lippen lautlos bewegen, die zitternd diesen Satz formulierten. Aber damals war es keine Bitte. Mehr ein Befehl. Nein, mehr noch! Eine Drohung! Wenn du das tust, dann! Dann was?

Was wäre geschehen, wenn sie den Mut gehabt hätte, alles zu sagen? Es laut herauszuschreien. Zur Polizei zu gehen.

Sie spürt den nassen Rücken. Das Herz schlägt ihr bis zum Hals. Der Puls rast. Die Handinnenflächen sind feucht. Das Wasser der Angst fließt über den Körper. Lena streckt beide Arme aus, dehnt die Beine fast bis zum Bettende und krallt sich mit den Fingern in der Bettdecke fest. Sie hat wieder eine jener Nächte, in denen ihre Ängste im Traum überdimensionale Größen annehmen, überlebt.

Lena flieht im Traum oft vor bedrohlichen Situationen: einer zehn Meter hohen Welle, einem einstürzenden Wolkenkratzer, einer glühend heißen Lavamasse nach einem Vulkanausbruch, einem heranrasenden Zug, einem schnellen Auto und vielen anderen Gefahren, die sie unter sich begraben wollen. Sie flieht in ihren schlimmsten Träumen auch vor Giftpfeilen, einer Kugel, einem Wurfmesser oder einem anderen gefährlichen Gegenstand, der ihren Körper zerstören will. Oder wie heute Nacht vor einem menschlichen Angreifer, der sie brutal verletzt, vergewaltigt, oder sie liegt zwischen den Zähnen einer wilden Bestie, die ihren Körper in Stücke reißt. Und das Schlimmste ist: Die Flucht gelingt nur durch Erwachen. In den Träumen kann sie sich keinen Meter weiterbewegen, steht fest verwurzelt an einer Stelle und muss dem drohenden Unheil hilflos entgegensehen, bis sie ertrinkt, überrollt, zerschmettert, vergewaltigt, zerschnitten, aufgefressen, erstochen, aufgeschlitzt oder auf andere grausame Weise getötet wird.

■

Der Albtraum hat seinen Schrecken verloren, als Lena um sieben das Büro betritt. Sie ist eine Weltmeisterin im Verdrängen. Heute will sie mit Tom zwei Personen vernehmen. Die dritte Vernehmung hat sie Tom verschwiegen. Die würde sie alleine durchführen.

Die Spur zu dem Klassenkameraden von Sabine, der in das Aussteigerprogramm des Verfassungsschutzes aufgenommen wurde, konnte inzwischen abgeklärt werden. Negativ. Aber sie hatte vom Sittenkommissariat eine wichtige Mitteilung erhalten, und morgen würde bei der Vernehmung von Alfred Laube die Stunde der Wahrheit schlagen.

Heute müssten sie noch prüfen, inwieweit sich aufgrund der aktuellen Erkenntnisse der Tatverdacht gegen Schleicher erhärten lässt, oder ob sie ihn auch den negativen Spuren zuordnen können. Auch die Spur zu dem Kollegen Ralf Schmidt ist noch offen.

Und die dritte Vernehmung würde sie alleine durchführen: von Frau zu Frau.

Bei einem Tötungsdelikt muss jede Spur, sei sie auch noch so unwahrscheinlich, abgeklärt werden, damit ein Rechtsanwalt bei der Hauptverhandlung nicht auf Nebenschauplätze ausweichen und den Ermittlern unsaubere Recherchen vorwerfen kann.

Günther Schleicher
Ich will auf der Stelle tot umfallen, wenn ich gewusst habe, dass Max sich mit Sabine getroffen hat.

Nein, Sabine habe ich nach diesem Treffen nicht mehr gesehen. Wir haben auch nicht mehr miteinander telefoniert. Finde ich Scheiße, dass Max sich da einmischt.

Und? Haben Sie mein Alibi überprüft?

Was sagen Sie? Zu wasserdicht? Sie geben wohl nie auf, Herr Kommissar. Vermutlich schwenken Sie auf die Version mit dem russischen Auftragskiller um. Aber wie Sie es drehen und wenden, ich habe mit dem Mord nichts zu tun. Und einen Ruf habe ich auch nicht mehr zu verlieren. Denn ist der Ruf erst ruiniert, dann lebt es sich ganz ungeniert. Und diesen Ruf haben Ihre Kollegen von der Trachtengruppe in Simmern bereits seit langem kaputt gemacht. Also, was soll's? Noch Fragen?

Dann darf ich mich empfehlen. Arbeitsreichen Tag. Und tschüss!

Ralf Schmidt
Ich war bei Sabine in der Wohnung. Sie hat mich angerufen, und ich Idiot habe mich wieder rumkriegen lassen.

Warum ich das verschwiegen habe? Na, dann hätte ich mich doch direkt verdächtig gemacht. Sie hatten mich doch ohnehin schon auf dem Kieker. Ich zählte doch von Anfang an für Sie zum Kreis der Verdächtigen. Glauben Sie wirklich, das habe ich nicht gespürt? Das war übrigens das einzige Mal, dass ich in ihrer neuen Wohnung war.

Sie wollte, dass ich Schleicher eifersüchtig mache und in seiner Disco mit ihr flirte. Sie wollte seine Reaktion testen. Da bin ich total ausgerastet, habe rumgeschrien wie ein Wahnsinniger und auch eine Vase auf dem Boden zertrümmert. Ich war maßlos enttäuscht, dass sie mich so ausnutzen wollte. Das war so mies.

Nein, sie hat mir nicht gesagt, dass sie schwanger ist. War sie es denn?

Ja, ja, hören Sie auf damit. Wenn Sie meinen, das wäre ein Motiv, sie umzubringen, kann ich Sie nicht davon abhalten. Ich weiß, dass viele Dinge gegen mich sprechen und ich als Kollege ihren Dienstplan gekannt habe. Aber ich war's nicht. Ich war's nicht! Warum glauben Sie mir nicht? Genügt es nicht, dass schon zwei Polizistenleben zerstört wurden? Wollen Sie mich auch noch kaputt machen?

▪

Dr. Henrike Fillinger (39), Psychologin
Ja, Frau Lieck. Sie liegen mit Ihrer Vermutung richtig. Wie sind Sie auf diese Idee gekommen?

Ich wusste nicht, dass Sabine ein Tagebuch geführt hat. Der Inhalt hat Sie wohl sichtlich bewegt, Frau Kommissarin.

Ja, ja, ich meine Sie persönlich.

Der Missbrauch durch ihren Onkel wurde nie angezeigt. Sie selbst hat dieses Ereignis auch lange verdrängt. Sabine war übrigens eine Weltmeisterin im Verdrängen, wenn ich das so salopp sagen darf.

Sabine wusste, dass ihr Onkel von der Sonderkommission »Kinderpornografie« als intensiver Nutzer im Internet ermittelt und sein PC sichergestellt wurde. Da überfiel sie zunächst nur eine dunkle Vorahnung. Als sie mit dem Sachbearbeiter die sichergestellten Daten überprüfte, musste sie mit eigenen Augen die schrecklichen Bilder ansehen. Und mit einem Mal war alles wieder präsent, was sie jahrelang verdrängt hatte. Sabine war in diesen Tagen sehr stark suizidgefährdet. Sie war nicht arbeitsfähig, lehnte aber ein ärztliches Attest ab und wollte sich im Dienst ablenken. Sie wusste nicht, was sie tun sollte. Würde sie den Onkel anzeigen, wäre alles öffentlich geworden, und damit hätte sie nicht leben können. Sie konnte sich nicht entscheiden. War auch besonders schwierig in dieser Konstellation zwischen Täter, Opfer und ihrem Beruf. Sie hatte Angst, dass sie mehr darunter leiden als dass es ihr helfen würde, hielt sich vor Augen, wie schnell die Information im Kollegenkreis verbreitet wäre. Andererseits konnte sie es nicht ertragen, dass er ungestraft davonkommt. Sie wollte ihn zwingen, sich aus der Politik zurückzuziehen, alle seine Ämter aufzugeben. Wollte ihm drohen, seine Vergangenheit publik zu machen und ihn an den Pranger zu stellen. Dachte daran, seine Wahlkampfplakate mit großen Lettern KIFI zu übermalen.

Nein, soweit ich weiß, hat sie nicht mehr mit ihrem Onkel gesprochen.

Auch ich kann nur vermuten, welche Gefühle diese Erlebnisse in ihr ausgelöst haben. Ihre Beziehung zu dem älteren Mann hatte sicher auch etwas mit dem frühen Tod des Vaters zu tun. Und dann der Missbrauch durch den Onkel.

Ja, eigentlich sollte man annehmen, dass sie älteren Männern gegenüber Ekel empfindet. Ich konnte leider nicht mehr mit ihr über diese Dinge reden. Und manchmal verstehen wir alle nicht, wo die Liebe hinfällt.

Nein, ich weiß nicht, ob ihre Mutter den Missbrauch durch den Schwager ahnte. Vielleicht werden wir das nie erfahren. Ich befürchte, auch Sie nicht, Frau Kommissarin.

Gestatten Sie mir noch eine persönliche Anmerkung? Ich spüre, dass Sie Sabines Tod und die Hintergründe dieses Falls stark belasten. Wenn es Ihnen weiterhilft, können Sie mich jederzeit anrufen.

15

»Tom, für wann hast du Laube vorgeladen?«

»Punkt zwölf!«

»Okay!«

Lena wirft einen Blick auf die Uhr und steht auf.

»Dann habe ich ja noch ein wenig Zeit!«

»Wo willst du denn noch hin?«

»Lass dich überraschen«, erwidert Lena und verlässt den Raum. Aufgrund der Aussagen der Therapeutin und nach Auswertung von Sabines Tagebuch und dem Ermittlungsverfahren wegen des Verbreitens kinderpornografischer Schriften hatten Lena und Tom beschlossen, den in der Stadt bekannten Politiker vorzuladen. Sie muss sich auf die Vernehmung vorbereiten und hat mit Tom die Taktik bereits besprochen. Sie würde diesem Dreckschwein nicht nur seine politische Karriere versauen, sondern ihn des Mordes an seiner Nichte überführen. Mit allen Mitteln, die ihr zur Verfügung stehen. Das war sie Sabine schuldig. Er hatte ein Motiv und hoffentlich kein Alibi.

»Sorry, habe mich etwas verspätet«, flötet Lena, als sie die Tür zum Vernehmungszimmer betritt. Tom sieht seine Kollegin erstaunt an. Sie hatten zwar die Vernehmungstaktik abgesprochen, aber nicht über eine »neue Kleiderordnung« geredet. Lena hat die langen Haare streng nach hinten gekämmt und trägt einen Pferdeschwanz. Die ovalen knallroten Ohrringe baumeln hin und her. Warum hat sie denn das kleine Schwarze angezogen? Am Hals hochgeschlossen, aber einen kürzeren Rock kann sie nicht mehr in ihrem Kleiderschrank haben. Und dann schwarzer Lippenstift. Tom blickt seine Kollegin erstaunt an. Er trinkt den letzten Schluck Kaffee und kann seinen Blick nicht von der atemberaubenden Figur lösen. Ist ihm in Jeans nie so aufgefallen.

Lena bewegt sich graziös auf hohen Pumps durch den Raum, tritt hinter den Tisch und platziert sich wie eine Königin auf den alten Chefsessel in schwarzem Leder mit einer hohen Rückenlehne. Sie sitzt wie eine Richterin hinter dem Schreibtisch, vor dem Tom zwei Kindergarten-Stühle gestellt hat, die er sich aus dem Kinderzimmer des Sittenkommissariats ausgeliehen hat.

»Ist Laube schon im Haus?«

»Ja, er sitzt draußen auf unserem Sünderbänkchen.«

»Wirkt er verunsichert?«

»Nein, eher wie ein arrogantes Arschloch. Als der junge Kollege der Schutzpolizei an der Wache nach seinem Namen fragte, soll er fast ausgerastet sein, weil er ihn nicht erkannt hat. Ob er blind sei, wenn er in seinem Streifenwagen durch die Stadt fahre und sein Gesicht noch nie auf einem der zahlreichen Riesenplakate in der Stadt gesehen habe!«

»Ach, sieh mal an! Der öffentliche Saubermann mit Dreck am Stecken spielt hier den Grellen, weil er für den Landtag kandidiert. Meint das bornierte Arschloch etwa, nur weil sein Pickelgesicht auf den Wahlkampfplakaten in der Stadt präsent ist, müssten ihn alle kennen? Mit dem Aushängeschild kann Koblenz nie den Preis ›Unsere Stadt soll schöner werden!‹ gewinnen. Na, dann werden wir ihm mal zeigen, was ne Harke ist. Ab sofort schlüpfe ich in meine Rolle, Herr Kollege!«

Lena setzt sich aufrecht in den Sessel und faltet die Hände.

»Sie können Herrn Laube hereinbitten, Herr Schneider«, säuselt Lena, zwinkert Tom zu und eröffnet den ersten Schritt der

Taktik für die bevorstehende Vernehmung von Sabines Onkel. Tom bittet Alfred Laube, der ungeduldig seit zwanzig Minuten auf der unbequemen Sitzbank im Flur gewartet hat, in das kahl eingerichtete Vernehmungszimmer.

Lena blickt zweimal hin, als Laube das Zimmer betritt. Laube trägt einen zerknitterten Anzug und ist viel kleiner, als er auf den Plakaten wirkt. Nicht nur klein, sondern hässlich und übergewichtig. Trägt er auf den Wahlkampfplakaten ein Toupet? Dieser Mann vor ihr hat fast eine Glatze, die er ziemlich ungeschickt mit den ihm verbliebenen fettigen Haarsträhnen bedeckt hat. Sieht aus, als hätte er sich mit Sardinen einen kleinen Kopfkranz binden wollen. Hatte er dies wirklich so beabsichtigt? Sieht irgendwie lustig aus. Lena muss innerlich lachen. Das ist also die Zukunft unseres Landes. Gott schütze Rheinland-Pfalz.

Tom bietet Laube einen der beiden kleinen Stühle an und setzt sich selbst auf den Heizkörper an der Fensterwand. Laube blickt sich kurz in diesem trostlosen Büro um, das schon beim Betreten den Wunsch auslöst, sich nicht länger als nötig in diesem Raum aufzuhalten. Der einzige Wandschmuck ist eine vergilbte Landkarte von Rheinland-Pfalz, auf der die alten Zuständigkeitsbereiche der fünf Polizeipräsidien markiert sind. Damals lag der südliche Teil um Bad Kreuznach noch im Dienstbezirk des Polizeipräsidiums Koblenz.

Lena verzichtet auf eine Begrüßung per Handschlag.

»Guten Morgen, Herr Laube. Mein Name ist Lena Lieck. Wir haben Sie ins Präsidium gebeten, um mit Ihrer Hilfe noch einige offene Fragen im Zusammenhang mit dem gewaltsamen Tod unserer Kollegin zu klären!«

»Dr. Laube, Frau Hauptkommissarin, so viel Zeit muss sein.«

»Tut mir leid, dass Sie so lange auf dem Flur warten mussten, Herr Dr. Laube. Einem Menschen in Ihrer Position fällt das Warten sicherlich schwerer als normalen Bürgern. Und wir sind Ihnen dankbar, dass Sie uns einen kleinen Teil Ihrer wertvollen Zeit opfern. Besonders, da jeder in Koblenz Ihr interessantes Gesicht kennt und Sie der Hoffnungsträger der Stadt für die Bundesgartenschau sind. Und wir möchten uns auch für das ungebührliche Benehmen unseres jungen Kollegen an der Pforte entschuldigen. Aber Sie wissen doch, wie junge Leute sind. Der Kollege ist im Alter Ihrer Nichte.«

Laube spürt nicht den Zynismus in ihrer Stimme. Er ist es in der Tat nicht gewohnt, dass man ihn lange warten lässt. Zumindest nicht länger als unbedingt nötig. Politiker haben nie Zeit.

Lena beugt sich kurz nach vorn, faltet die Hände wie zum Gebet und blickt ihrem Gegenüber tief in die Augen. Die unterschiedliche Höhe der Sitzpositionen verunsichert Laube. Er dreht sich mit dem kleinen Stuhl nach links und richtet seine Worte an Tom.

»Ich weiß zwar nicht, ob ich Ihnen weiterhelfen kann, aber ich werde alles tun, um Ihnen bei der Aufklärung dieses schrecklichen Vorfalls behilflich zu sein!«

»Das ist ja wohl selbstverständlich und auch eines jeden Bürgers Pflicht und daher nicht besonders erwähnenswert. Dennoch sind das gute Voraussetzungen für eine Vernehmung, Herr Laube. Aber wenn Sie so freundlich sind: Meine Kollegin führt die Vernehmung. Es wäre schön, wenn Sie sich zu Frau Lieck umdrehen würden. Ich sitze hier nur zu ihrem Schutz.«

»Zu meinem oder zum Schutz Ihrer Kollegin?«

Laube sieht Tom an und wirft Lena einen kurzen Blick zu. Ruhe legt sich über den Scherz, der Laube bereits peinlich ist, als die Worte seinen Mund verlassen.

»Wie hätten Sie es denn lieber?«, fragt Tom lächelnd.

Laube antwortet nicht und kehrt Lena weiterhin den Rücken zu. Er zieht es scheinbar vor, sich mit dem männlichen Ermittler zu unterhalten. Lenas Augen funkeln hinter Laubes Rücken. Tom ahnt, was gleich geschehen wird. Urplötzlich schlägt Lena wütend mit der Faust auf den Tisch und erhebt die Stimme:

»Ich finde es mehr als unhöflich, mir als vernehmende Beamtin den Rücken zuzuwenden. So schön ist Ihr Rücken nun auch nicht, dass er mich dermaßen entzücken könnte. Oder haben Sie ein Problem mit Frauen, Herr Dr. Laube?«

Und dabei betont sie das Wort Doktor besonders.

Laube rutscht mit dem kleinen Stuhl wieder nach rechts. Er stützt beide Hände an den Kanten des kleinen Schreibtischs ab, lehnt sich leicht nach hinten und schaukelt wie ein kleines Kind auf dem niedrigen Stuhl. Dabei grinst er Lena an.

Arrogant. Überheblich. Lüstern?

»Oh nein, ganz und gar nicht. Ich mag Frauen, werte Frau Hauptkommissarin. Besonders, wenn sie so hübsch sind wie Sie. Und so nett gekleidet. Extra für mich heute in Schale geworfen?«

»Die Frau Hauptkommissarin können Sie sich sparen. Frau Lieck genügt mir vollkommen! Und ich mag absolut nicht Ihre selbstgefällige Art. Falls es Ihnen noch nicht bewusst geworden ist: Sie befinden sich hier in einer polizeilichen Vernehmung und nicht beim Komödianten-Stadl.«

Mensch, geht die ran, denkt Tom.

Mädchen! Mach langsam! Nimm Gas weg. Das wollten wir doch lockerer angehen. Geh doch nicht direkt auf Konfrontation. Wie willst du dich denn später noch steigern? Lass ihn nicht schon jetzt spüren, was du alles von ihm weißt! Auch wenn wir die Vernehmungstaktik: »Böse Polizistin – lieber Polizist« vereinbart haben: du Furie, ich Pfarrer Sommerauer. Trotzdem! Leg den Rückwärtsgang ein!

Als Lena ihm einen kurzen Blick zuwirft, zeigt Tom mit der offenen Handfläche nach unten. Sie lächelt, und Laube glaubt, das Lächeln gelte ihm. Er grinst zurück.

»Ich verbitte mir diesen Ton, Frau Hauptkommissarin. Wissen Sie eigentlich, wer hier vor Ihnen sitzt?«

»Ja, natürlich weiß ich das. Aber nicht nur von den Wahlkampfplakaten. Ich habe mich sehr intensiv mit Ihrer Person beschäftigt und Ihre aktuelle Akte im Sittenkommissariat studiert.«

Laubes Gesicht wird kreidebleich. Damit hat er nicht gerechnet.

»Und nun zu meiner Person. Also, ich bin eigentlich ein Nichts. Mein Bild hängt nicht in jeder Ecke. Bin keine bedeutende Politikerin oder Managerin. Nur eine kleine Hauptkommissarin in Besoldungsgruppe A12 und weiß, dass Sie mehr

Geld verdienen in der B-Besoldung. Das heißt, ob Sie es wirklich verdienen, lassen wir mal dahingestellt. Sagen wir mal, Sie erhalten es jeden Monat. Und dennoch habe ich in diesem Gespräch die Hosen an. Symbolisch, versteht sich.«

Ein unbeabsichtigtes Grinsen huscht über Lenas Gesicht. Laube findet noch immer keine Worte und starrt sie nur ungläubig an.

»Aber kommen wir zur Sache, Herr Dr. Laube. Wir sitzen doch alle in einem Boot. Nur bitte nicht nach dem Motto, die einen rudern, die andern angeln. Sie sollten schon mitrudern, denn auch Sie wollen den Mörder von Sabine seiner gerechten Strafe zuführen. Darf ich doch so annehmen, oder?«

Laube nickt. Die Courage dieser Frau, die sich seines politischen Einflusses durchaus bewusst ist, irritiert und fasziniert ihn zugleich. Es wäre ein großer Fehler, eine Frau in diesem Alter zu unterschätzen. Sie hat die besseren Karten. Es besteht keine Waffengleichheit. Ob er sie früher auch rumgekriegt hätte? Er versinkt in Gedanken und zuckt zusammen, als die Polizistin wieder ihre Stimme erhebt.

»Mein Kollege hat bereits Ihre Angaben zur Person aufgenommen und Sie belehrt, dass Sie verpflichtet sind, die Wahrheit zu sagen, nichts zu verschweigen und auch nichts Unwahres hinzuzufügen. Sie müssen aber keine Aussage machen, die Sie selbst belasten könnte.«

Laube räuspert sich kurz.

»Frau Hauptkommissarin Lieck. Wie Sie sicherlich wissen, bin ich nicht nur Politiker, sondern auch Jurist. Ich kenne daher sehr wohl die Strafprozessordnung. Aber ich bitte Sie, womit sollte ich mich denn belasten?«

Lena beugt sich vor, stützt ihre Ellbogen auf dem Tisch ab, faltet ihre Hände und legt ihr spitzes Kinn auf beide Daumen ab. Dann sieht sie ihrem Gegenüber tief in die Augen, aber er weicht dem direkten Blickkontakt aus.

»Sehr geehrter Herr Dr. Laube. Zu diesem Punkt kommen wir vielleicht heute noch, wenn wir offen miteinander reden. Aber Sie wissen auch, dass wir diese Formalien nicht einfach übersehen können. Ihr Studium der Rechtswissenschaft und Ihr scharfer Sachverstand machen vieles einfacher, denn manche Zeugen verstehen die Belehrung nicht, und man muss ihnen alles mehrfach erklären. Aber das ist bei Ihnen ja nicht der Fall. Wir sollten uns also auf die wesentlichen Dinge dieser Vernehmung konzentrieren und gemeinsam versuchen, Licht in das Dunkel zu bringen. Sind Sie damit einverstanden, dass wir Ihre Vernehmung auf Tonträger aufzeichnen?«

Laube nickt.

»Okay. Fangen wir an.«

Lena drückt die Aufnahmetaste, diktiert Datum, Angaben zur Person, den Hinweis auf die bereits durch Tom erfolgte Belehrung und stellt die erste Frage:

»Herr Dr. Laube, kennen Sie die getötete Polizistin?«

»Ja! Klar! Warum fragen Sie? Sie wissen doch genau, dass Sabine meine Nichte ist, Verzeihung war. Sie war die Tochter meines verstorbenen Bruders.«

»Hatten Sie Kontakt zu ihr?«

»Wie meinen Sie das?«

»So, wie Sie es verstehen möchten.«

»Ja, aber ich habe sie lange nicht mehr gesehen.«

»Und früher?«

»Wie früher?«

»Habe ich mich unklar ausgedrückt? Wie eng war der Kontakt?«

»Wie in der Familie so üblich.«

»Was ist in Ihrer Familie so üblich, Herr Dr. Laube?«

»Ja was, was weiß ich. Wie, wie meinen Sie das?«

»Stimmt es, dass Sie früher öfter auf die kleine Sabine aufgepasst haben?«

»Ja, aber eher selten, in Notfällen!«

»In Notfällen, hm. Was waren das denn für Notfälle?«

»Ach mein Gott, das ist doch nun fast zwanzig Jahre her. Wie soll ich mich denn daran erinnern? Besonders in den ersten Monaten nach dem Tod meines Bruders. Vorher hatte sie das ja nicht gebraucht.«

»Was gebraucht?«

»Na ja, eine männliche …«

»Ja, was?«

»Sie wissen doch, was ich meine, Frau Hauptkommissarin.«

»Nein, weiß ich nicht. Meinen Sie vielleicht eine männliche Figur, an der sie sich reiben kann!«

»Reiben kann. Nett ausgedrückt! Was wollen Sie eigentlich? Warum grinsen Sie mich so an? Bin ich hier Zeuge oder Beschuldigter? Dann klären Sie mich gefälligst über meine Rechte auf!«

Lena überhört zunächst Laubes Wunsch nach einer Belehrung als Beschuldigter und sieht ihn schweigend an. Fast eine unerträglich lange Minute ist es still. Wie lang doch eine Minute sein kann, denkt Lena. Für Laube musste sie sich noch länger anfühlen. Sie wartet vergeblich auf einen weiteren Wutausbruch. Aber nichts geschieht. Der erste Schlag hat gesessen. Lena setzt sich nun wieder aufrecht in den Sessel und drückt ihren Rücken gegen die Lehne:

»Okay, Herr Dr. Laube. Sie wissen, dass Sie keine Angaben zur Sache machen müssen, wenn Sie nicht mehr Zeuge, sondern Beschuldigter einer Straftat sind. Darüber hat Sie mein Kollege bereits ausführlich belehrt.«

Lena schaltet kurz das Aufnahmegerät aus.

»Also lassen wir die Katze mal aus dem Sack. Wir wissen mehr über Sie, als Ihnen lieb ist. Aber Sie selbst entscheiden, ob Sie aussagen oder schweigen möchten.«

Lena legt erneut eine Pause ein. Die Stille in dem Raum wird nur durch das Ticken der Wanduhr, die schräg über der Verbindungstür in ihr angrenzendes Büro hängt, unterbrochen. Laube wird sichtlich unruhig und reibt seine feuchten Handinnenflächen aneinander. Lena schaltet das Aufnahmegerät wieder ein.

»Fassen wir zusammen, Herr Dr. Laube. In diesem Verfahren wegen des Mordes an einer Polizistin haben wir Sie zunächst als Zeuge eingestuft. Aber wir haben soeben erfahren, dass Kollegen vom Sittenkommissariat Ihren PC mit unzähligen kinderpornografischen Darstellungen übelster Art, meist Fotos mit kleinen Mädchen, sichergestellt haben. Und diesen Vorfall können wir nicht ganz außer Acht lassen, denn er wirft viele Fragen auf, was das Verhältnis zu Ihrer Nichte betrifft, bis hin zu dem Verdacht des sexuellen Missbrauchs einer Minderjährigen.«

»Ich höre wohl nicht recht!«

Laube springt auf, als habe ihn soeben eine Tarantel gestochen. Er wirft den zweiten Kinderstuhl um. Sein Gesicht verfärbt sich. Er atmet heftiger und steht zitternd mit geballten Fäusten vor Lena. Nur der schmale Tisch trennt die beiden voneinander. Schweißperlen tropfen von seiner Stirn. Die fettigen Haarsträhnen glänzen. Er beginnt zu keuchen.

»Was soll das?«, hechelt Laube, löst mit zitternden Händen die gestreifte Krawatte mit den Initialen seiner Partei, reißt den obersten Knopf des Seidenhemds ab und ringt nach Luft. Lena blickt unbeeindruckt von seiner drohenden Körperhaltung und einer eventuell bevorstehenden Herzattacke an die Decke.

Tom ist gleichzeitig vier Schritte vorwärts gegangen und steht nun direkt neben Laube. Er legt ihm fast freundschaftlich die Hand auf die linke Schulter, lächelt ihm zu und macht eine einladende Handbewegung.

»Beruhigen Sie sich, lieber Herr Laube. Die Kollegin tut doch nur ihre Pflicht. Nehmen Sie doch bitte wieder Platz!«, sagt er betont höflich.

»Also doch! Zu ihrem Schutz!«, flüstert Laube, wirft Lena wieder einen verächtlichen Blick zu, schlägt mit der rechten Faust in die linke Handinnenfläche und setzt sich schließlich wieder hin. Er will zum zweiten Schlag ansetzen, aber ein strenger Blick Lenas genügt, und die geballte Faust verschwindet in seiner Jackentasche.

»Und es wäre nett, wenn Sie den anderen Stuhl vorher aufstellen!«, bittet Lena mit einem unterkühlten Lächeln. Laube bückt sich, hebt den zweiten Stuhl vom Boden auf, setzt sich wieder auf seinen Kinderstuhl und rückt vom Schreibtisch weg.

»Mir scheint, ich habe Ihren Schwachpunkt entdeckt. Ihren wunden Punkt. Und das mögen Sie scheinbar nicht. Und getroffene Hunde bellen bekanntlich, Herr Dr. Laube!«

Laube schüttelt den Kopf. Er sitzt mit heruntergezogenen Mundwinkeln auf dem kleinen Stuhl, als habe er soeben einen

Schwächeanfall erlitten und vergräbt beide Hände in den Außentaschen seiner Anzugjacke.

»Wissen Sie was, Frau Kommissarin?«

»Nein, bitte sagen Sie es mir!«

»Wenn man Menschen mit Tieren vergleicht, verachtet man sie!«

»Kein Widerspruch, euer Ehren. Dem habe ich nichts hinzuzufügen!«

Lena beugt sich wieder über den Tisch.

»Wann haben Sie Sabine dass letzte Mal gesehen?«

»Weiß ich nicht mehr.«

»Schon lange her?«

»Ja, kann sein.«

»Als sie noch klein war?«

»Worauf wollen Sie hinaus? Ist das in diesem Fall wichtig?«

»Würden Sie mir die Entscheidung überlassen, was wichtig ist und was nicht. Ich möchte zwei Fälle klären.«

»Wie bitte?«

»Ja, Sie haben richtig verstanden. Zwei auf einen Streich. Wie das tapfere Schneiderlein.«

Sie grinst Tom Schneider an, wechselt von einer Sekunde zur anderen ihren Gesichtsausdruck, und ihre Augen durchbohren Laube mit einem vernichtenden Blick.

»Sie haben sich damals an Sabine vergangen. Ich habe ihr Tagebuch gelesen. Möchten Sie eine kleine Leseprobe?«

Laube zuckt kaum merklich zusammen. Sein Gesicht ist ausdruckslos. Seine Wangen sacken nach unten, seine Gesichtsmuskeln erschlaffen. Er nimmt die Brille von der Nase, legt sie vor sich auf den Tisch und reibt sich die Augen. Sein Blick wandert ins Leere. Dann beugt er sich nach vorne, stützt den Kopf auf beiden Händen ab. Er blickt wie ein kleiner, verängstigter Junge, der zu seiner strengen Lehrerin aufschaut. Sich seiner erniedrigenden Sitzposition bewusst, presst er plötzlich wütend die Finger ineinander und schiebt den Stuhl wieder vom Tisch weg. Dann dreht er die Hände und streckt die verkeilten Fingerspitzen mit ausgestreckten Händen vom Körper weg, bis seine nicht mehr ganz so jugendlichen Gelenke wie berstendes Glas knacken. Er packt sich mit der rechten Hand an den Hals, tastet mit Daumen und Zeigefinger seinen Adamsapfel ab und erwürgt in Gedanken die Frau auf der anderen Seite des Tisches. Dann flüstert er mit gebrochener Stimme:

»In welchem Kindergarten haben Sie denn diese Stühle aufgetrieben? Oder haben Sie die Beine absägen lassen, damit ich mich klein fühle? Wollen Sie mich erniedrigen? Psychisch fertigmachen? Das grenzt ja an verbotene Vernehmungsmethoden. Folter. Ich werde jetzt aufstehen und diesen Raum verlassen.«

»Das werden Sie nicht!«, erwidert Lena mit fester Stimme und schlägt mit der Faust auf den Schreibtisch. »Und das ist auch keine Antwort auf meine Frage. Sie können aber Ihren Anwalt anrufen. Ich werde Sie morgen dem Haftrichter beim Amtsgericht Koblenz vorführen! Sie haben das Recht, Ihre Aussage zu verweigern und jederzeit einen Anwalt zu Rate zu ziehen. Haben Sie die Belehrung verstanden, Herr Dr. Laube?«

Laube sackt immer mehr in sich zusammen. Dann faltet er beide Hände in Brusthöhe. Wie zu einem Gebet. Er blickt nach oben, als erwarte er ernsthaft, dass ein Stoßgebet zum Himmel ihn erlösen würde.

»Und wie bitte lautet Ihre Anschuldigung, Frau Lieck?«

Seine Stimme wird mit jedem Wort leiser.

»Sexueller Missbrauch, Mord an einer Polizistin zur Verdeckung dieser Sexualstraftat und Mordversuch an einem Polizisten, Herr Dr. Laube! Dringender Tatverdacht, Flucht- und Verdunkelungsgefahr. Genügen Ihnen die Haftgründe? Das kann der Jurist in Ihnen doch wohl klar beurteilen, oder?«

Laube blickt Lena entsetzt mit weit aufgerissenen Augen an.

»Mord? Mord? Sie bezichtigen mich des Mordes?«

»Mord und Missbrauch! Jawohl«, zischt Lena, und ihre Augen funkeln vor Zorn. Mord und Missbrauch. Die beiden Worte hallen in dem kleinen Raum nach. Der Ekel in Lenas Worten ist nicht zu überhören.

Laube sitzt auf dem kleinen Stuhl wie eine Playmobilfigur, scheint zu einer Salzsäule erstarrt. Dieser Satz trifft ihn wie ein Blitz aus heiterem Himmel. Lena gibt Tom das verabredete Zeichen. Er tritt näher an den Stuhl heran, legt seine breite Hand sanft auf Laubes linke Schulter, fast tröstend wie ein großer Bruder. Dann setzt er sich auf den zweiten Kinderstuhl, nimmt eine entspannte Kutscherhaltung ein und sitzt nun in Augenhöhe mit Laube. Von Mann zu Mann. Kein Polizist, sondern Seelentröster, ein Priester, einer, dem man sich anvertrauen kann.

Laubes Doppelkinn zittert. Er blickt Tom an und flüstert mit gebrochener Stimme.

»Nur weil man sich einige Fotos aus dem Internet zieht, steckt sie mich in eine Schublade mit Kinderschändern. Und der Vorwurf mit dem Mord ist doch absurd, oder? Herr Kommissar. Bitte sagen Sie was!«

»Ja, Sie tun mir leid, Herr Dr. Laube!«

Laube merkt in seiner Verzweiflung nicht, dass gespieltes Mitgefühl zum beruflichen Repertoire der Ermittler gehört. Er greift als Zeichen der Dankbarkeit kurz nach der Hand des Kriminalbeamten. Tom wirft ihm einen ermutigenden Blick zu. Soll Laube signalisieren: Alles wird gut!

In Wirklichkeit läuft es auch gut. Gut für das Vernehmungsteam, aber schlecht für Laube. Genau wie sie es zuvor abgesprochen hatten.

Laube bäumt sich kurz auf, atmet tief durch und bemüht sich wieder um eine feste Stimmlage, die ihm nicht so recht gelingen will. Dann startet er einen letzten verzweifelten Versuch, das Ruder zu wenden.

»Ich kenne Ihren Präsidenten und werde mich über Sie beschweren, Frau Lieck.«

Lena beugt sich über den Tisch, reibt sich die Hände und greift zum Telefon. »Das können Sie gerne tun. Möchten Sie ihn direkt sprechen?« Sie legt die rechte Hand auf die Wähltastatur.

Laube flüstert nur: »Später. Darauf können Sie sich verlassen. Sie wissen scheinbar immer noch nicht, wen Sie vor sich haben und wen ich alles kenne, die Rang und Namen und damit auch Einfluss haben!«

Lena lächelt unbeeindruckt. »Wissen Sie, in diesem Falle wäre es eher nützlich, Sie würden mich kennen. Aber ich bin Ihnen vermutlich zu alt. Ich lasse mich nicht einschüchtern, selbst wenn Sie mit dem Innenminister Blutsbruderschaft getrunken hätten.«

»Ja, den Schurp kenne ich übrigens auch sehr gut!«

»Ach hören Sie doch auf. Sie können mich nicht beeindrucken, auch wenn Sie auf den Litfaßsäulen und Plakatwänden präsent sind. Und was den Herrn Präsidenten betrifft: Sie waren bei offiziellen Veranstaltungen einige Male mit ihm abgebildet. Sie sind ein bekannter Mann in Koblenz. Na und? Das ist die eine Sache. Aber Präsident Hardteck war not amused, wie Sie in Ihren Kreisen wohl zu sagen pflegen, als ich ihm von Ihren Neigungen erzählt habe. Ich habe übrigens damit gerechnet, dass Sie mich mit der Bekanntschaft des Präsidenten einschüchtern wollen und ihn gefragt, ob er mit Ihnen befreundet sei. Er kennt lediglich Ihren Namen und konnte sich nicht mehr daran erinnern, dass Sie beide bei der letzten Veranstaltung des Kriminalpräventiven Rats wohl eher zufällig nebeneinander auf dem Pressefoto abgebildet wurden. Also ersparen Sie sich bitte diese peinlichen Versuche, mich zu beeinflussen. Nicht alle sind käuflich wie …«

Lena unterbricht bewusst den Satz, baut erneut geschickt eine Pause ein und mustert ihr Gegenüber von oben bis unten. Und dann legt sie noch einen drauf.

»Wo lassen Sie sich eigentlich aktuell bedienen? Bei den jungen Frauen am Deutschen Eck, oder sind die Ihnen zu alt?«

»Das ist ja wohl eine Frechheit. So hat sich noch keiner getraut mit mir zu reden!«

»Dann wird es ja höchste Zeit, Herr Dr. Laube!«

Laube blickt Schneider an, der wieder mit dem Rücken an der Wand lehnt und der Vernehmung aufmerksam folgt.

Sie ist eine perfekte Vernehmungsbeamtin und sieht heute besonders reizend aus, denkt Tom und hängt seinen Gedanken nach.

»Was sagen Sie denn als Mann zu den Vorwürfen?«

Laubes Frage zerstört Toms Phantasien. Tom schenkt Laube ein verschwörerisches Lächeln, spielt den Polizisten, dem man vertrauen kann, den Polizisten, den Straftäter mögen, weil sie glauben, ihn über den Tisch ziehen zu können. Dumme Bullen. Glauben sie. Sollen sie ruhig. Wer zuletzt lacht, schickt den anderen in den Knast.

»Tja, als Mann kann ich Ihre Erregung verstehen. Wenn auch nur einer der Vorwürfe öffentlich bekannt wird, stürzt Ihre politische Karriere wie ein Kartenhaus zusammen. Später fragt niemand mehr, ob an der Sache was dran war oder nicht. Es bleibt immer was hängen. Das wissen Sie doch am besten. Es genügt vermutlich schon, wenn die Sache mit dem Internet bekannt wird. Das wäre doch ein gefundenes Fressen für Ihre politischen Gegner. Fast ein Wahlkampfgeschenk. Nur unsauber verpackt. Ich würde es persönlich sehr bedauern, weil Sie sich doch für die Umwandlung des Zentralplatzes in einen Stadtpark einsetzen. Da haben Sie meine volle Unterstützung.«

Tom, du falsche Schlange, denkt Lena. Du spielst deine Rolle gut. Für diese schauspielerische Leistung eines scheinbar Verbündeten hättest du einen Oscar, mindestens aber einen Bambi verdient. Und Tom kommt jetzt richtig in Fahrt.

»Und weil ich dies mit Blick auf eine politische Veränderung in unserer Stadt bedauere und als Ermittler nicht nur belastende, sondern auch entlastende Argumente sammeln muss, versuche ich mich in Ihre Lage zu versetzen. Aber ich frage mich, was haben Sie zu Ihrer Entlastung vorzubringen?«

»Genügt Ihnen denn nicht mein Wort, Herr Kommissar?«

Laube faltet flehend seine Hände und starrt Tom an. Schleimer, erbärmliche Kreatur, denkt Tom und lächelt freundlich.

»Ihr Wort als Ehrenmann? Nein, dazu habe ich schon zu viele Pferde vor der Apotheke kotzen sehen, wenn Sie mir diese Aussage in dem Zusammenhang gestatten, Herr Dr. Laube. Ich brauche Beweise, keine Ehrenerklärungen. Sie wissen doch, was diese in der heutigen Zeit wert sind. Es genügt ein Blick an zwei aufeinander folgenden Tagen in die Tageszeitung. Da haben immer mehr Dreck am Stecken. Hinter den Kulissen sehen einige Vorbilder aus Politik und Wirtschaft alles andere als vorbildlich aus.« Tom deutet mit einer Handbewegung an, dass seine Kollegin die Vernehmung nun weiterführen möchte.

Laube atmet tief durch und rückt seinen Stuhl näher an den Schreibtisch heran. Lena beugt sich nach vorne.

»Apropos menschliche Abgründe, Herr Dr. Laube. Ich werde nicht nur den Mord an Sabine, sondern auch die Hintergründe aus der Vergangenheit klären. Darauf können Sie sich verlassen!«

»Ja, ja. Dann tun Sie es doch. Suchen Sie den Mörder bei der Drogenmafia oder in anderen kriminellen Kreisen!«

»Genau, das tu ich ja«, antwortet Lena mit fester Stimme. Ohne mit der Wimper zu zucken, blickt sie Laube tief in die Augen.

»Sind Sie mit einer DNA-Probe einverstanden?«

»Nein!«

»Das ist aber schlecht für Sie!«

»Ach so. Wenn man nicht zustimmt, wird man automatisch zum Verdächtigen?«

»Jeder ist verdächtig, der nicht frei von Verdacht ist.«

»Was soll denn dieser blöde Spruch?«

»Kommentar von Dreher. Sollten Sie als Jurist kennen, oder verlieren Politiker mit zunehmendem Maße Kenntnisse aus ihrem originären Beruf, wenn sie in das Zentrum der Macht aufgestiegen sind?«

»Ich verbitte mir derartige Redewendungen, Frau Kommissarin.«

»Hauptkommissarin, Herr Dr. Laube. So viel Zeit muss sein.«

»Das wird ein Nachspiel haben.«

»Wir haben ja noch nicht einmal mit dem Vorspiel begonnen!«

Lena lächelt lasziv. Sie spürt, wie er sie mit seinen wässrigen Augen von oben bis unten verschlingt. Ahnt seinen Wunsch. Der Typ kotzt sie einfach an, aber sie hat erreicht, was sie wollte.

Diese stahlblauen Augen verunsichern ihn. Er hat bis zum heutigen Tag keine Frau kennengelernt, deren Ausstrahlung ihn so stark fasziniert und die ihn gleichzeitig das Fürchten lehrt. Und wieder erfüllt dieses unerträgliche Schweigen den Raum. Die Kommissarin greift mit beiden Armen hinter den Kopf und löst mit ihren schmalen Händen geschickt den Pferdeschwanz. Dann wirft sie wie ein junges Fohlen auf der Weide den Kopf hin und her, fährt sich anschließend mit beiden Händen mehrfach durch die Haare und rollt den Sessel um den Tisch herum. Sie setzt sich direkt vor ihn. Er wagt es nicht, ihr in die Augen zu schauen. Hat Angst, dass sie seine schmutzigen Gedanken errät. Dieses Teufelsweib.

»Nun dürfen Sie Ihren Stuhl wieder nach links drehen, wenn Ihnen diese Stellung lieber ist!«, haucht sie. Laube dreht sich wie in Trance auf dem kleinen Kinderstuhl zu ihr hin. Die Kommissarin schlägt ihre wohlgeformten Modelbeine übereinander, stellt den linken Ellbogen auf der rechten Kniescheibe ab, lehnt sich nach vorn, stützt den Kopf in die offene Handfläche und streicht sich mit der rechten Hand das Haar langsam zurück.

Er verschränkt die Arme vor seinem Körper. Aber er kann seinen Blick nicht mehr steuern. Seine Augen starren auf die endlos langen Beine der Kommissarin. Er spürt seine Erregung, und der Rock rutscht noch ein Stück höher. Sie trägt halterlose Strümpfe. Er schließt die Augen.

■

Das Biest, denkt Tom, sie ist sich ihrer Wirkung vollkommen bewusst, beflügelt Laubes Phantasie, führt ihn fast hypnotisch zurück in seine Erinnerungen an die Stunden seiner Lust. Laubes Herz, wenn er denn eines hat, würde momentan in der Hose schlagen. So detailliert hatten sie den Vernehmungsablauf nicht abgesprochen. Tom spürt ein Gefühl von Eifersucht in sich aufsteigen, als Lena ihre weiblichen Reize einsetzt, um Laube den letzten Stoß zu versetzen. Der letzte Stoß. Blöder Gedanke.

Laubes Augen ruhen immer noch auf Lenas Oberschenkeln. Mädchen, überspann den Bogen nicht, denkt Tom. Als könnte Lena seine Gedanken erraten, steht sie auf, zupft den Rock nach unten und fährt den Drehstuhl wieder hinter den Schreibtisch. Dabei wirft sie Tom einen Blick zu, der erneut seine Phantasie beflügelt. Lena nimmt wieder ihre ursprüngliche Sitzposition ein, lehnt sich über den Schreibtisch. Ihre Hände greifen nach dem Pellegrini-Wasserglas. Sie umgreift mit Daumen und Zeigefinger den schmalen Stiel, und ihre Hand wandert langsam von oben nach unten. Sie wiederholt diese Bewegung am Kelch des Glases. Hoch und runter. Laube verfolgt die Handbewegungen wie ein Pendel. Wie in Trance. Wie hypnotisiert.

»Herr Dr. Laube. Schauen Sie mir jetzt mal wieder zur Abwechslung in die Augen. Haben Sie es wieder gespürt?«, flüstert Lena mit rauchiger Stimme, und als er gehorcht, lässt sie ihre Zunge wie zufällig über die Oberlippe hin und her wandern. Perfekt inszeniert. Die richtige Körpersprache im entscheidenden Moment.

»Spüren Sie auch, dass irgendwo tief in uns animalische Instinkte schlummern? Der Unterschied zu den Tieren ist jedoch, dass die meisten Menschen diese Triebe in der Phantasie ausleben. Sie und alle Sexualverbrecher zerstören das Leben kleiner Kinder, und die Narben in ihren Seelen verheilen nie. Damit haben sie ein Leben lang zu kämpfen, viele können keine intime Beziehung mehr eingehen und entwickeln ein krankhaftes Misstrauen gegenüber allen Menschen. Haben Sie eigentlich mal darüber nachgedacht, als Sie mit Ihrer Partei die Werbekampagne ›Kinder sind unsere Zukunft‹ ins Leben gerufen haben? Mit unserem Hintergrundwissen gewinnt dieser Slogan eine widerliche Bedeutung. Ich könnte hier mitten auf den Tisch kotzen.«

Lenas Stimme klingt nun schärfer. Sie beherrscht dieses Spiel perfekt, den Wechsel zwischen Femme fatale und knallharter Ermittlerin. Und dann schlägt sie wieder eine ruhigere Gangart ein.

»Wie mein Kollege schon betonte: Die Polizei hat nicht nur belastende, sondern auch entlastende Beweise zu sammeln, und eine Speichelprobe würde Ihrer Entlastung dienen, wenn Sie nichts mit dem Fall zu tun haben, Herr Dr. Laube. Das ist doch in Ihrem eigenen Interesse, wenn ich Ihnen das anbiete. Ansonsten lassen wir den Mundhöhlenabstrich durch einen Richter anordnen.«

Laube hat keine Kraft mehr. »Okay, was muss ich tun?«, flüstert er.

»Herr Schneider holt jetzt ein Wattestäbchen, und Sie öffnen weit den Mund. Ist für Sie doch kein Problem, oder? Die Speichelprobe tut überhaupt nicht weh!«

Tom hat bereits das Speichelkit in der Hand, und Laube öffnet den Mund. Nach der Speichelprobe blickt Laube auf den Boden, erkennt die dunkelroten Flecken: Spuren früherer Befragungen unter der Anwendung von körperlicher Gewalt?

»Noch eine letzte Frage: Wo waren Sie zur Tatzeit?«

»Wann war die denn?«

»Das wissen Sie nicht?«

»Woher soll ich das denn wissen?«

»Stand in allen Zeitungen. Haben Sie nicht die Berichterstattungen über den Tod Ihrer Nichte in den Medien verfolgt? Also, wo waren Sie am Tatabend?«

»Den ganzen Abend zu Hause!«

»Kann das jemand bezeugen?«

»Nein!«

»Sie sind jeden Abend auf Achse. Im Wahlkampf nutzen Politiker doch jede freie Minute. Und ausgerechnet am Tatabend haben Sie kein Alibi. Das sieht nicht gut aus.«

»Wieso, brauche ich denn eins?«

»Allerdings. Haben Sie mit Sabine über das aktuelle Ermittlungsverfahren gesprochen?«

»Nein!«

»Sie haben also für die Tatzeit kein Alibi. Das ist schlecht für Sie und für mich ein Grund mehr, Sie morgen dem Haftrichter vorzuführen. Wir haben danach genügend Zeit, unser Gespräch fortzusetzen, wenn Sie Ihren ständigen Wohnsitz gewechselt haben und in ein Einzelzimmer mit schwedischen Gardinen umgezogen sind. In der Untersuchungshaft werden Sie für jede Abwechslung dankbar sein.«

Laube reißt die Augen weit auf. Blankes Entsetzen. Er hält beide Hände vor das Gesicht, dann beugt er sich nach vorne und versucht nach Lenas Hand zu greifen, die sie aber noch rechtzeitig vom Tisch zurückziehen kann.

»Frau Lieck. Bitte! Wegen eines Delikts, das Zehntausend andere begehen, indem sie pornografische Bilder austauschen, können Sie mich doch nicht einfach so einsperren. Dann müsste man halb Deutschland in den Knast stecken!«

Nun hält es Lena nicht mehr auf ihrem Sessel. Das sind genau die Bemerkungen, die sie nicht ertragen kann. Weil alle oder viele andere dies oder jenes tun, kann ich das auch. Sie springt auf und schlägt mit der rechten Faust auf den Tisch. Ihre Stimme überschlägt sich fast: »Wollen Sie damit sagen, es sei eine Art Volkssport, sich an Bildern aufzugeilen, auf denen Kleinkinder die schmutzigen Schwänze von alten notgeilen Männern im Mund haben, anstatt Cola-Lutscher? Ich könnte platzen vor Wut! Wie kaputt sind Sie eigentlich?«

Laube zuckt zusammen, duckt sich nach unten und hält die Hände schützend über seinen Kopf. Er befürchtet jeden Moment einen körperlichen Angriff der Polizeibeamtin. Lena ahnt seine Gedanken. Sie setzt sich auf die Kante des Schreibtischs und macht eine abwertende Handbewegung.

»Keine Angst, Herr Dr. Laube. An Ihrer schmutzigen Weste werde ich mir nicht meine sauberen Finger dreckig machen!«

Laube beugt sich nach vorne, umfasst mit beiden Händen seine zitternden Kniegelenke und blickt zu der Frau hoch, von der er sich so erniedrigt fühlt wie noch nie in seinem Leben. Lena geht wieder hinter den Schreibtisch und stützt sich mit den Fingerspitzen auf der Platte ab.

»Falls Sie es noch immer nicht verstanden haben. Sie wurden in dem Ermittlungsverfahren wegen Verbreitens kinderpornografischer Materialien erkennungsdienstlich behandelt. In diesem Zusammenhang tauchten weitere Verdachtsmomente auf der Suche nach einem Motiv für den Mord an Sabine Laube auf. Sie müssen sich nicht selbst belasten, haben das Recht zu schweigen und können einen Rechtsbeistand zu Rate ziehen. Möchten Sie Ihren Anwalt verständigen?«

»Wie bitte? Nein, das glaube ich einfach nicht! Sie haben nichts gegen mich in der Hand!«

Lena steht wieder auf.

»Diese Entscheidung überlassen Sie doch bitte Ihrem Richterkollegen! Sie haben aufgrund des aktuellen Ermittlungsverfahrens ein Motiv. Sabine hat kurz vor ihrem Tod einer Therapeutin anvertraut, dass sie von Ihnen als Kind missbraucht wurde. Und ich habe ihr Tagebuch sichergestellt.«

»Mein Tagebuch?«

»Nein. Sabines. Haben Sie denn auch ein Tagebuch geführt? Dann werden wir Ihre Bude heute noch auf den Kopf stellen. Ach, das machen wir ohnehin. Sie haben ein Motiv, kein Alibi, und ich bin sicher, wir werden auch nach einem DNA-Abgleich Ihre Spuren am Tatort finden. Reicht Ihnen das als Haftgrund, Herr Jurist? Dringender Tatverdacht und Fluchtgefahr aufgrund der Höhe der zu erwartenden Strafe und, und, und. Das genügt.«

»Wie wollen Sie denn den dringenden Tatverdacht begründen? Daran scheitert es doch bereits: Das ist doch alles an den Haaren herbeigezogen!«, triumphiert Laube.

»Den dringenden Tatverdacht sieht Staatsanwalt Bach begründet. Sie haben beim Sittenkommissariat schon Klavier gespielt, und beim Vergleich der Daktyspuren haben wir Ihre Fingerabdrücke in Höhe der Beifahrertür des Streifenwagens gefunden!«

»Das glaube ich nicht!« Laube sieht sie ungläubig an und jammert in einem weinerlichen Tonfall wie ein kleines Kind.

»Sie ruinieren mein Leben, Frau Kommissarin!«

»Und wie viele Leben haben Sie ruiniert? Es gab sicher mehr als nur eine Sabine in Ihrem Leben!«

»Das wird auch der Presse nicht verborgen bleiben!«

»Richtig. Genießen Sie die Ruhe des Koblenzer Polizeigewahrsams. Denn danach werden Sie so schnell keine Ruhe mehr finden. Lassen Sie ihn abholen, Herr Schneider. Ich kann ihn nicht mehr sehen!«

Dann blickt sie Laube ein letztes Mal kurz an.

»Herr Dr. Laube, darf ich bitten!«, sagt Tom, als wolle er ihn auf ein Tänzchen einladen. Laube ist in den letzten zwei Stunden um mindestens drei Jahre gealtert.

Er folgt Tom wortlos aus dem Zimmer, ohne Lena Lieck noch ein einziges Mal in die Augen zu schauen.

Der Fahrstuhl hält im ersten Untergeschoss.

»Kollege, aufwachen!«, ruft Tom Schneider.

Der Gewahrsamsbeamte sitzt in einem kleinen Raum mit den Bildschirmen der Kameras, die alle Zellen überwachen. Polizeihauptmeister Ahlfeld öffnet mit einem mürrischen Gesicht die schwere Eingangstür.

»Herein, wenn's kein Schneider ist.«

»Ha, ha, der Witz des Tages. Dabei hat der so einen Bart, Ali. Wie immer einen blöden Spruch auf den Lippen. Du Scherzkeks. Nun komm mal in die Gänge.«

»Typisch Kripo, nie Zeit!«

»Nicht so viel wie du!«

»Habt ihr mal wieder einen Gefangenen gemacht?«

Ahlfeld grinst Laube an.

Einen Gefangenen gemacht. Gemacht! Ein blöder Ausdruck. Dieses primitive Polizistenvolk. Einfach strukturiert, aber mit einer Macht ausgestattet, sogar Menschen wie ihn in Schwierigkeiten zu bringen, denkt Laube.

»Hey, dich kenn ich doch. Vom Plakat.«

»Ach, Sie sind das? Ich kann mich nicht daran erinnern, dass wir gemeinsam die Schulbank gedrückt haben«, grinst Laube überheblich. Dabei ist ihm das Lachen längst vergangen.

Ahlfeld hebt die Schultern hoch, und Schneider überreicht ihm das Formular mit der Einlieferungsanzeige.

»Hast du den roten Zettel auch ordentlich ausgefüllt?«

Schneider schlägt die Schuhe aneinander und führt die Hand zur Stirn. »Jawohl, Herr Waldmeister!«

Jetzt dreht sich der Gewahrsamsbeamte zu Laube um.

»Sie sind heute unser Gast! Zum ersten Mal bei uns?«

»Hier unten schon. Aber er ist Mitglied im Arbeitskreis Innere Sicherheit und war erst vor vierzehn Tagen Gast in der Chefetage. Morgen früh kann Herr Dr. Laube dem Haftrichter weitere Eindrücke aus dem Untergrund vermitteln.«

Diese blöde Bemerkung kann Schneider sich nicht verkneifen.

Laube schaut Schneider enttäuscht an. Er hatte gehofft, dass dieser Beamte ihn versteht.

»Folgen Sie mir bitte unauffällig!«, fordert der Gewahrsamsbeamte Laube auf.

Laube muss seine persönlichen Sachen, Hosengürtel und Krawatte in einen kleinen Plastikkorb legen.

»Ziehen Sie sich aus!«, fordert Ahlfeld nun.

»Wie bitte?«

»Ich muss Sie durchsuchen, bevor ich Sie einsperre!«

Laube entkleidet sich widerwillig. Noch nie wurde er so erniedrigt. Nachdem er sich wieder angekleidet hat, führt ihn der Gewahrsamsbeamte zu einer Zelle.

»Bitte sehr! Schuhe ausziehen und vor die Tür stellen!«

Der Gewahrsamsbeamte deutet eine einladende Geste an.

Laube betritt den schmalen Raum. Dann schlägt die Eingangstür zum Zellentrakt ins Schloss. Die Schritte entfernen sich. Eine unheimliche Stille breitet sich in dem Raum aus.

Er blickt aus dem vergitterten Fenster auf die gegenüberliegende Hauswand des Polizeipräsidiums. Der Präsident sitzt im achten Stock. Das Gebäude ist mindestens zehn Stockwerke hoch. Nur ein paar schmale Streifen Tageslicht finden ihren Weg zwischen den Gitterstäben in die Zelle. Den Himmel kann man von hier unten nicht sehen.

Laube zieht die hellgraue Wolldecke über den Kopf, ein einziger Gedanke quält ihn. Wie kann er den Richter von seiner Unschuld überzeugen?

Er fällt in einen tiefen Erschöpfungsschlaf, und die Bilder der Vergangenheit versinken in einer tiefschwarzen Finsternis.

▪

»Lena, meinst du, der geht morgen in den Kahn?«

»Natürlich. Er hat ein Motiv, kein Alibi. Seine Fingerabdrücke am Streifenwagen. Was willst du mehr? In diesem spektakulären Fall wird Richter Alt einen Tatverdächtigen nicht auf freien Fuß setzen.«

»Was ist mit Schleicher? Ist der für dich ganz draußen aus dem Kreis der üblichen Verdächtigen?«

»Wieso? Haben wir Schleichers oder Laubes Spur am Streifenwagen gesichert? Wie ist die denn da hingekommen, Schlaumeier?«

»Vielleicht hat er sich beim letzten Besuch als Mitglied im Arbeitskreis Sicherheit an genau diesen Streifenwagen angelehnt.«

»Das darf doch wohl nicht wahr sein! Sag das bloß nicht laut! Hast du nun schon seine Verteidigung übernommen?«

»Nein, aber ich versuche alle entlastenden Argumente zu erkennen, die auch ein cleverer Anwalt vor Gericht nennen würde.«

»Ich glaube nicht, dass Laubes Rechtsanwalt clever ist. Der hat nicht den nötigen Biss und irgendwie kein Interesse, einen Polizistenmörder zu verteidigen.«

»Wollen wir es hoffen!«

»Irgendwann fällt er um. Spätestens, wenn er im Knast sitzt!«

»Aber heute konnten wir ihn nicht knacken, obwohl wir beide gut waren. Du in deinem kleinen Schwarzen besonders.« Tom grinst.

Lena reagiert nicht auf die anzügliche Bemerkung, sucht in ihrer Handtasche ein Tempotaschentuch, um den schwarzen Lippenstift zu entfernen. Sie möchte im Fahrstuhl keinem Kollegen mit schwarzen Lippen begegnen und sich den dummen Spruch anhören: »Na Lena, hast du jetzt auch noch den schwarzen Gurt im Blasen!«

Männerphantasien, Verbalerotiker. Im Bett vermutlich totale Versager. Bei diesem blöden Spruch könnte sie sich vergessen und den Kollegen beim Verlassen des Fahrstuhls mit einem gezielten Schulterwurf auf den Boden schleudern. Sie könnte es ihm zeigen, was sie als weiblicher Schwarzgurt draufhat. Männer!

Lenas Finger umklammern unbeabsichtigt den Griff der Dienstwaffe. Walther. Neun Millimeter. Acht Schuss im Magazin. Demnächst erhalten sie neue Dienstwaffen mit fünfzehn Schuss. Sie wäre in der Lage, Laube zu töten. Animalische Instinkte. Nur in ihrer Phantasie. Leider. Nein, Gott sei Dank. Und dann taucht wieder Silkes Gesicht vor ihrem geistigen Auge auf, und Lena spürt diese unglaubliche Wut in sich aufsteigen, die ihr manchmal die Luft zum Atmen nimmt.

Silkes Vater konnte seinerzeit wegen der Verjährung der Taten nicht mehr bestraft werden. Das könnte bei Laube auch zutreffen. Aber sie würde Alfred Laube dennoch seiner gerechten Strafe zuführen. Das ist sie Sabine und allen missbrauchten Kindern schuldig. Eine Verurteilung wegen der Verbreitung von Kinderpornografie wäre zu wenig. Sie muss Laube den Mord nachweisen. Mit allen Mitteln.

Das Motiv ist klar. Kein Zweifel. Der Onkel hat seine Nichte umgebracht, weil sie sein Leben zerstören konnte. Deshalb musste Sabine sterben. Letztlich blieb ihm keine andere Wahl außer Selbstmord. Aber dazu wäre diese mickrige Kreatur zu feige.

Der Fall ist so gut wie aufgeklärt. Richter Alt muss morgen nur noch den Antrag der Staatsanwaltschaft auf Erlass eines Haftbefehls bestätigen, und dann würde Laube im Knast auf seine Verurteilung warten. Ein gefährlicher Aufenthaltsort für Kinderschänder. Lenas Kündigungsschreiben liegt bereits in ihrer Schreibtischschublade. Sie muss nur noch das Datum einsetzen. Sie schleudert wütend die Pumps in die Ecke.

»Glotz nicht so. Ich zieh mich nur um, und dann mache ich hier die Fliege«, zischt sie und geht barfuss in ihr Zimmer nebenan. Kurze Zeit später betritt sie in einer hautengen Jeans, die in hohen Stiefeln steckt, und ihrer ausgebeulten Lederjacke wieder den Raum. Ihr Ton klingt wieder versöhnlicher: »Sorry, komm lass uns im Mühlental beim Wagner noch einen Schoppen trinken.«

»Fahren wir danach zu dir oder zu mir?«

»Ach, Tom. Du weißt doch, dass ich Berufliches und Privates strikt trenne!«

»Wie damals bei Fredy?«

Lenas Hand holt blitzschnell zu einer Ohrfeige aus. Tom fährt sich fassungslos mit der Hand über die Wange und blickt sie ungläubig an. Er findet keine Worte.

»Die hast du verdient. Jetzt hast du Arsch uns den Abend verdorben. Ich fahre nach Hause, und du überlegst dir mal, warum du immer wieder alte Wunden aufreißt. Denk drüber nach, aber versauf nicht dein bisschen Verstand, zumindest was die Psyche der Frauen betrifft!«

Sie betreten schweigend den Fahrstuhl. Tom drückt die Taste für das zweite Untergeschoss, in dem die Bediensteten noch ihre Privatfahrzeuge abstellen dürfen. Demnächst will das Ministerium Parkgebühren erheben. Entweder man zahlt, oder man muss morgens früh einen der wenigen kostenlosen Parkplätze rund um den Saarplatz finden.

»Wirklich keinen Absacker mehr?«, wagt Tom einen letzten Versuch. Er hält seinen Schlüssel mit dem Transponder an die Zeiterfassungsuhr, die minutiös Betreten und Verlassen des Gebäudes registriert.

»Es gibt Frauen, die meinen auch Nein, wenn sie Nein sagen«, flüstert Lena, und nichts ist von der Energie der letzten Stunden zu spüren. Dann loggt sie sich auch aus und drückt den Türöffner für den Ausgang zur Tiefgarage. Seitdem das Rad eines Kollegen am helllichten Tag vom Fahrradabstellplatz des Polizeipräsidiums gestohlen wurde, stellt Tom sein wertvolles Bike immer in der Tiefgarage ab. Sie gehen in verschiedene Richtungen der riesigen Garage im zweiten Untergeschoss. Lena setzt sich ans Steuer ihres Mini Cooper, lehnt den Kopf gegen die Nackenstütze. Sie wartet, bis Tom auf seinem Rad die Tiefgarage verlassen hat. Erst dann startet sie den Motor.

Warum können die Kollegen nicht auf blöde Bemerkungen über ihre Liaison mit Fredy verzichten? Bei Tom verletzt es sie besonders. Dann kippt ihre Stimmung direkt um. Sie kann jetzt nicht nach Hause fahren. Lena wird schlagartig klar, dass sie im Grunde genommen allein ist. Ihr fällt auf Anhieb niemand ein, mit dem sie sich um diese Uhrzeit aussprechen könnte. Traurig, aber wahr. Tom ist der Einzige, den sie Tag und Nacht anrufen kann. Sie hätte sich gerne mit Sabine angefreundet, weil die Chemie zwischen ihnen stimmte. Die junge Kollegin wäre sicher eine einfühlsame Gesprächspartnerin gewesen. Zu spät.

Lena kurvt um den Saarplatzkreisel und nimmt die Ausfahrt

Richtung Pfaffendorfer Brücke. Rechts und links vom Friedrich-Ebert-Ring sind die Fahndungsplakate der Polizei nicht zu übersehen.

Die Polizei bittet um Ihre Mithilfe

Am Montag, dem 25. August, gegen 21:45 Uhr wurden zwei Polizeibeamte Opfer eines Verbrechens.
Eine 24-jährige Polizeibeamtin wurde durch einen gezielten Kopfschuss getötet, ihr 32-jähriger Kollege erlitt lebensgefährliche Kopfverletzungen. Zum Zeitpunkt der Tat hatten sie ihren Streifenwagen auf dem Parkplatz vor dem Ludwigmuseum abgestellt.
Die Sonderkommission »Deutsches Eck« sucht Zeugen, die Angaben zu folgenden Fragen machen können:
Wer hat die Tat beobachtet?
Wer kann Angaben zu den Tätern machen?
Wer hat in dem relevanten Zeitraum Personen oder Fahrzeuge im Bereich des Deutschen Ecks gesehen?
Wer hat in dem zuvor genannten Zeitraum Schüsse gehört?
Wer hat im tatrelevanten Zeitraum ansonsten verdächtige Beobachtungen gemacht, die im Zusammenhang mit der Tat stehen könnten?
Hinweise, die unter bestimmten Voraussetzungen auch vertraulich behandelt werden, bitte an die Sonderkommission beim Polizeipräsidium Koblenz unter 5 43 21 oder an jede andere Polizeidienststelle.
Für Hinweise, die zur Festnahme der Täter führen, ist eine Belohnung von 150 000 € ausgesetzt.
Diese Belohnung ist ausschließlich für Privatpersonen und nicht für Amtsträger bestimmt, zu deren Berufspflichten die Verfolgung strafbarer Handlungen gehört.

150 000,– € Belohnung

Viele Fahndungsaufrufe wurden direkt neben Laubes Wahlkampfplakate geklebt. Für Lena wirkte diese Kombination wie ein Steckbrief, ein versteckter Hinweis auf den Täter. Am liebsten würde sie auf die Fahndungsaufrufe einen fetten Pfeil malen, der auf Laubes Wahlkampfplakat zeigt. Und dann am besten noch eine entsprechende Kommentierung. Zum Beispiel: KIFI. Wie Sabine es sich zu Lebzeiten vorgenommen hatte. Vielleicht sollte sie morgen selbst weitere Fahndungsplakate neben Laubes Konterfei kleben und sie bei den anderen Politikern wieder entfernen. Das wäre ein stiller Hinweis auf den Beschuldigten, ohne ihre Verpflichtung zur Amtsverschwiegenheit zu brechen. Dann hat sie eine gute Idee.

An der Kreuzung Christuskirche setzt Lena den Blinker und wendet den Mini. Auf dem Friedrich-Ebert-Ring fährt sie wieder in Richtung Polizeipräsidium. Was soll sie um diese Uhrzeit schon zu Hause? Alleine mit ihren Gedanken! Es ist noch nicht zu spät, und er würde sich über ihren Besuch freuen. Warum hatte sie nicht früher daran gedacht?

■

Auch Tom ändert seine Pläne. Er fährt nicht zum *Weinhaus Wagner* ins Mühlental, sondern stellt sein Fahrrad am Fuß der Festung Ehrenbreitstein neben dem Rhein-Museum ab. Dann wandert er auf dem stark ansteigenden schmalen Pfad bergauf und passiert die Stelle in dem steilen Hang unterhalb der Festungsmauer, wo erst kürzlich die Leiche der jungen Amerikanerin aufgefunden wurde. Einer von insgesamt fünf Fällen, die die Mordkommission bis zum heutigen Tage nicht klären konnte. Aber jeder ungeklärte Fall ist einer zu viel, obwohl die Aufklärungsquote bei Tötungsdelikten bei über achtzig Prozent liegt. Meist gibt es eine Beziehung zwischen Opfer und Täter. Apropos Beziehung: Fredy war damals ins Visier der Ermittler geraten. Tom verweilt nachdenklich an dem Felsen, vor dem sie die tote Frau gefunden hatten. Dann steigt er weiter bergauf zur Festung hoch über dem Rhein. Völlig außer Atem und stark verschwitzt erreicht er das Plateau. An der Festungsmauer des Biergartens sind noch mehrere Tische frei. Er setzt sich an den

Tisch vor dem alten Kastanienbaum. *Ferraris Festungsrestaurant* ist sein Lieblingsplatz. Von hier oben hat man einen grandiosen Blick über die Stadt und die nähere Umgebung, und selbst an heißen Tagen weht immer eine leichte Brise. Seitdem die Stadtverwaltung Eintritt für das Betreten des Festungsgeländes verlangt, kommen offensichtlich weniger Gäste. Unterhalb des Biergartens befindet sich eine der schönsten Jugendherbergen Deutschlands, die bis zur Bundesgartenschau renoviert werden soll.

Tom leert das erste Bier in einem Zug und wischt sich mit dem Handrücken den Schaum vom Mund. Er bestellt sich sofort ein zweites Glas. Langsam verblassen die Bilder des Tages. Er braucht einen klaren Kopf. Je mehr er darüber nachdenkt, desto stärker steigt der Verdacht auf, dass Laube diesen feigen Mord nicht alleine verübt hat. Warum fixiert Lena sich so sehr auf Laube? So hatte er sie noch nie erlebt. Für ihn sind die Verdachtsmomente gegen Günther Schleicher noch nicht vollkommen ausgeräumt, obwohl am Tatort keine Spuren von ihm gesichert wurden. Warum hatte er Lena nicht häufiger widersprochen? Weil Laube ein Dreckschwein ist? Ein Saubermann in der Politik mit einer schmutzigen Weste?

Er lässt seinen Blick über die Stadt schweifen. Am Deutschen Eck mit dem Kaiser-Wilhelm-Reiterstandbild erinnert nichts mehr an das tragische Ereignis. Die Polizeiabsperrungen sind abgebaut. Touristen umrunden das Eck, schlendern an Rhein und Mosel entlang, als sei nichts geschehen. Das Leben geht weiter. Der Platz vor dem Mahnmal der deutschen Einheit wirkt wie der Bug eines riesigen Schiffes, das die beiden Flüsse teilt. Die bunten Fahnen hängen schlaff an den Masten. Nur ab und zu flattern einzelne im schwachen Abendwind. Es ist ein herrlicher Sommerabend, einer der wenigen in diesem Jahr. Der Sommer des vergangenen Jahres hat seinem Namen keine Ehre gemacht.

Die großen Ausflugsdampfer der Köln-Düsseldorfer sehen von hier oben aus wie Modellschiffe. Die kleine Personenfähre pendelt zwischen Moselufer und Campingplatz hin und her. Ein Güterzug donnert über die Eisenbahnbrücke. Ein Bild, das

Erinnerungen an seine Modelleisenbahn weckt, die er nach dem Auszug aus der Wohnung verkaufen musste. Die Fähre nach Ehrenbreitstein vor dem Bundesamt für Wehrtechnik und Beschaffung hat ihren Betrieb schon eingestellt. Hatten sie die letzten Fahrgäste auf den beiden kleinen Fähren wirklich alle überprüfen können? Hatte die Fähre über den Rhein zur Tatzeit bereits ihre Verbindung eingestellt? Die kleine Moselfähre zum Campingplatz Neuendorf befördert immer noch Passagiere. Das würde er morgen noch mal kontrollieren und die Kollegen befragen, die für diese Überprüfung von Harald eingeteilt wurden.

Das imposante Dröhnen der Schiffsfanfaren, die vielen Wortfetzen aus den Lautsprechern und der schrille Lagerfeuergesang vom Campingplatz Neuendorf auf der anderen Rheinseite dringen nach oben. Am Moselufer haben die Hotelschiffe angelegt und spucken Senioren aus, die nach dem Abendessen die Altstadt erkunden. Sein Blick schweift weiter zum renovierten Schloss und in die Kaiserin-Augusta-Anlagen, dahinter der Stadtwald mit dem Rittersturz und rheinaufwärts das riesige Gebäude der Königsbacher Brauerei.

Nur wenige Kilometer von Koblenz entfernt erhebt sich vor den Ausläufern des Hunsrück das Märchenschloss Stolzenfels, das man vom Biergarten aus nicht mehr sehen kann. Der Blick von hier oben reicht jedoch weit in die Eifel hinein. Hinter den Vulkankegeln, die sich wie kleine Alpengipfel am Horizont erheben, verabschiedet sich die Sonne in einem wunderschönen Abendrot vom Tag.

Tom atmet die frische Abendluft ein, denkt über sein Leben nach und fragt sich, was er von der Zukunft erwartet. Er lässt das letzte Jahr gedanklich Revue passieren. Wegen dringender dienstlicher Einsätze musste er immer häufiger die Skatrunde oder das Doppel im Tennis absagen. Meist so kurzfristig, dass kein Ersatzmann einspringen konnte. Wer sich für die Arbeit einer operativen Einheit im Polizeidienst entscheidet, muss Abstriche im Privatleben machen und auf vieles verzichten. Er war so stark auf den Dienst fixiert, dass er in den vergangenen beiden Jahren nicht rechzeitig seinen Resturlaub eingereicht hatte. Somit waren insgesamt elf Tage verfallen. »Du hast doch noch so viele Überstunden, die du nicht mehr abfeiern kannst«, tröstete ihn die Sachbearbeiterin von der Personalstelle. Wer den Schaden hat, braucht für den Spott nicht zu sorgen. Wer großen Wert auf sein Privatleben legt, hat beruflich die falsche Entscheidung getroffen. Fast gleichzeitig mit der Trennung von seiner Frau suchten auch Skatbrüder und Tennispartner neue Mitspieler, und schließlich verlor er die alten Freunde aus den Augen.

Damals kannte er nur noch Dienst, Freizeit war für ihn ein Fremdwort. Das hat sich Gott sei Dank geändert.

Seit dem Wiedersehen mit Roger bei einem BAP-Konzert auf der Rheinwiese vor dem Brauhaus Maximilians hat er eine neue Freizeitbeschäftigung gefunden. Beide hatten vor über dreißig Jahren in der Schülerband im Max-von-Laue-Gymnasium gespielt, Roger Schlagzeug, er Gitarre. Viele wechselten später auch beruflich in die Musikrichtung. Ein engagierter Lehrer gründete seinerzeit auch das Jugendtheater, das heute ein wichtiger Bestandteil der Koblenzer Kulturszene geworden ist. Roger war jahrzehntelang rund um den Globus auf Montage, hatte die halbe Welt gesehen. Er suchte einen Gitarristen für seine Rockband. Und so wurde ein Jugendtraum wahr: auf der Bühne der Kulturfabrik oder im *Irish Pub* jene Songs zu spielen, die Leute in seinem Alter nur noch von den schwarzen runden Scheiben kennen, die man Schallplatten nennt. *Talking about my generation!* Die Kids kennen nur noch CD, DVD, MP3, iPhone und andere neue Tonträger. Seit dem Wiedersehen mit Roger probt er mit Luigi, Michael, Blacky und Pit, dem Toningenieur, in unregelmäßigen Abständen in Rogers Keller. Er hat noch keinen einzigen Termin verpasst. Alles feine Kerle. Sie sind weder *too old to rock 'n' roll*, noch *too young to die* und fühlen sich *born to be wild*. Musik ist nicht dazu da, die Welt zu retten. Musik ist dazu da, dir das Leben zu retten. Für ihn trifft diese Erkenntnis von Tony Parsons zu. *All right now. Satisfaction*. Die Band war sein Rettungsanker. Die Mitglieder der »ältesten Boygroup am German Corner« bringen sich den für ein harmonisches Miteinander nötigen Respekt entgegen und haben gelernt, mit den Unzulänglichkeiten der anderen zu leben. Das schätzt Tom besonders an dem neuen Freundeskreis.

Seine schwache Seite ist und bleibt das Gedächtnis. Irgendetwas vergisst er immer: Brille, Songbook, Stimmgerät, Kabel, Ersatzsaiten, Plektron, manchmal sogar die Gitarre, aber er hat noch keinen einzigen Probentermin verpasst. Und wenn nur vier Saiten die letzte Probe überlebt haben, zieht Blacky ihm neue Saiten auf. Aber auch die anderen Bandmitglieder haben schwache Seiten, die man allerdings in dem Alter nicht mehr wechseln kann. Blacky kauft sich teures Zubehör, verzagt an den technischen Details und vergisst immer, mit welchem Fuß er welchen Schalter für den richtigen Sound treten muss. Meist ist es der falsche. Luigi, der musikalische und technisch versierte Kopf der Band, bemüht sich geduldig, Blacky die Funktionen der diversen Schalter zu erklären. Leider vergeblich. Luigi zeigt hingegen weniger Geduld bei der Probe für einen neuen Song. Wenn beim dritten Versuch das Original nicht zu erkennen ist, wirft er den zerknüllten Notenzettel auf den Boden. Michael hat den Kampf mit Fußschalter und Lautstärkeregler seines neuen Keyboards inzwischen aufgegeben und weigert sich beharrlich, die Gebrauchsanleitung zu lesen. Roger legt nach vorheriger Ansage seiner plötzlich auftretenden Konditionsschwäche die Stöcke auf die Trommel: ein untrügliches Zeichen, dass *er* Feierabend macht. Blacky, Michael und Tom spielen dann meist noch *Leaving on a jet plane, 500 miles, House of the rising sun* oder andere alte Schinken, die Roger und Luigi abwertend als »Lagerfeuermusik« bezeichnen. Aber wahre Freundschaft zeigt sich, wenn man trotz alldem zum anderen hält. Auch die kritischen Anmerkungen von Pit, dem Tontechniker, werden akzeptiert: Der Mann am Mischpult sorgt hinter den Kulissen für den guten Ton. Die gegenseitige Toleranz und die gemeinsame Liebe zur Rockmusik überträgt sich auch auf ihr Publikum, das selbst starke musikalische Abweichungen vom Original mit frenetischem Applaus bejubelt.

Magda hatte sich leider von der Band getrennt. Der Grund war jedoch nicht die merkwürdige Geruchsmischung aus Männerschweiß, Parfüm und kaltem Zigarettenrauch in dem kleinen Probekeller. Magda hatte die Liebe zur Musik zugunsten der Liebe ihres Lebens aufgegeben und war ihrem Frischvermählten in die USA gefolgt. Die Suche nach einer neuen Sängerin gestaltet sich schwierig. Würde eine fremde Frau den penetranten Schweißgeruch von sechs Männern in einem kleinen Proberaum ertragen oder beim ersten Date fluchtartig den Raum verlassen? Auch die Frauen der anderen Bandmitglieder haben noch keinen Schritt in den Keller gewagt. Er ist der einzige Single in der Band und hätte Lena gerne in den Kreis eingeführt. Aber Lena kann leider nicht singen. Lena.

Wie gerne würde er mit ihr diesen Blick genießen, aber er hat selbst den gemeinsamen Abend verdorben. Nur dieser eine blöde Satz. Er könnte sich selbst eine reinhauen. Je länger er Lena kennt, desto stärker spürt er dieses Verlangen, aber auch die Angst vor der Zurückweisung seiner Gefühle. Manchmal bildet er sich ein, Lena könne mehr für ihn empfinden, als sie ihm zeigt. Und dann zweifelt er wieder, ob dieser heimliche Wunsch lediglich seinen Gedanken entspringt. Er bestellt sich noch ein Bier und wählt Lenas Handynummer.

Wenn sie sich meldet, was soll er ihr sagen?

Sich entschuldigen?

Würde er die richtigen Worte finden?

»Dieser Anschluss ist vorübergehend nicht erreichbar.«

Vielleicht besser so. Dennoch wählt er bis zehn Uhr alle dreißig Minuten. Ohne Erfolg. Dann trinkt er sein fünftes Bier und schwankt zu seinem Fahrrad. Trunkenheit am Lenker kann auch bestraft werden. Er muss nur noch die Bundesstraße überqueren und am Rhein entlang bis zur *Albatros* radeln.

Ob er in *Gretchens Garten* oder bei Dieter auf der Terrasse noch einen Absacker nehmen soll? Besser nicht, denn Staatsanwalt Bach hat morgen früh um zehn bei Richter Alt einen Vorführtermin vereinbart. Alt besteht auf pünktlichem Erscheinen, denn Punkt zwölf macht er Feierabend. Die Pflanzen in seinem Schrebergarten wollen von ihm höchstpersönlich um die Mittagszeit bewässert werden.

■■■ 17

Er schwebt durch die endlos lange Röhre in eine rabenschwarze Finsternis. Am Ende eines langen Tunnels? Aber er sieht kein Licht. Sein Körper ist von Schweißperlen übersät. Am Rücken, auf der Brust, zwischen den Beinen und in den Handinnenflächen spürt er die Nässe am intensivsten. Angstschweiß? Beißender Geruch steigt in seine Nase. Das Herz schlägt ihm bis zum Hals. Der Herzschlag wird von einem Piepton begleitet. Herztöne?

Und dann der Klang eines Klaviers, ein Akkord nach dem anderen. Langsam, ganz langsam, fast wie in Zeitlupe.

e-Moll. D-Dur. C-Dur.

Immer wieder.

e-Moll. D-Dur.C-Dur.

Dann der leise Gesang einer vertrauten Stimme.

Verdamp lang her, dat ich fast alles ähnz nohm,

Nimmt er den Ernst des Lebens nicht mehr wahr, weil er schon tot ist? Das Schlimme am Leben ist nicht der Tod als solcher, sondern der ständige Gedanke daran.

Verdamp lang her, dat ich ahn jet jejläuv

Glauben? An was?

un dann dä Schock, wie et anders op mich zokohm

Welcher Schock? Was kam anders als geplant?

merkwürdich, wo su manche Haas langläuf

nit resigniert, nur reichlich desillusioniert, e bessje jet hann ich kapiert.

Er versteht überhaupt nichts. Lauscht nach jeder Zeile den Akkorden des Klaviers.

e-Moll. D-Dur. C-Dur.

Woher kommt diese Musik? Es sind die ersten Töne und Worte, die zu ihm dringen, seit er in diesen Zustand der Schwerelosigkeit gefallen ist. Gefangen, zu einer Säule erstarrt in einer Finsternis, die ihm unheimlich, aber irgendwie auch vertraut erscheint. So vertraut, dass er sich nicht erinnern kann, wann er in diesen ewigen Schlaf gefallen ist. Es muss doch etwas vor dieser Dunkelheit gegeben haben. Aber was? Und wieder singt jemand. Für ihn allein? Ganz leise. Nur Klavier und Gesang. Er weiß, dass die Musik lauter wird, wenn die E-Gitarre und das Schlagzeug einsetzen. Das Lied kommt ihm bekannt vor. Wo hat er diesen Song schon einmal gehört?

Ess paar Johr her, doch die Erinnerung fällt nit schwer

Aber seine Erinnerung, woher er dieses Lied kennt, taucht nicht auf.

Hück kütt mer vüür, als wenn et jestern wöör

Wann ist heute? Wann war gestern? Dann unterstützt der Bass das Klavier, und der Boden bebt unter seinem Körper.

Verdamp lang her, dat ich bei dir ahm Jraav woor

An wessen Grab hat er zuletzt gestanden?

Verdamp lang her, dat mir jesproche hann

Mit wem hatte er zuletzt gesprochen? Er kann sich an keinen einzigen Menschen erinnern.

Un dat vum eine och jet beim andre ahnkohm, su lang, dat ich mich kaum erinnre kann.

Häss fess jejläuv, dat wer em Himmel op dich waat, »Ich jönn et dir«, hann ich jesaat.

Wem hätte er gegönnt, dass im Himmel jemand auf ihn wartet?

Ess paar Johr her, doch die Erinnerung fällt nit schwer, et kütt mer vüür, als wenn et jestern wöör.

Wie lange umgibt ihn diese Dunkelheit? Warum kann er außer der Musik und dem monotonen Piepton im Hintergrund nichts hören? Seine Gedanken drehen sich im Kreis. Dann vernimmt er ein Murmeln, und urplötzlich werden die verzerrten Stimmen immer lauter. Er dreht den Kopf langsam nach rechts. Die Lippen der Personen, deren Konturen er nur schemenhaft erkennt, bewegen sich. Sie stehen direkt vor ihm. Angstvoll aufgerissene Augen starren ihn an. Die Gesichter verschwinden hinter einer Nebelwand. Einige tragen weiße Kleidung. Und zwischen ihnen eine Frau, eine hübsche Frau. Er kennt sie nicht, aber er könnte sich in sie verlieben. Wenn dies ein Traum wäre. Seine Traumfrau? Aber träumt er wirklich?

Er bewegt seine Lippen, weiß aber nicht, welche Worte seinen

Mund verlassen. Er hört alle anderen Geräusche, aber er kann seine eigene Sprache nicht verstehen, hört nur die Musik und diesen monotonen Piepton. Man hat ihn eingeschlossen in seinen eigenen Körper. An unsichtbare Ketten gefesselt. Er kann sie nicht sprengen. Die schemenhaften Körper beugen sich zu ihm herab. Und dann ertönt eine zweite Stimme. Wie ein Gong. Eine Computerstimme. Sprachcomputer? Echo oder Wiederholung? Immer wieder die gleichen Worte.

»Was sagt er? Haben Sie es verstanden?«

Eine monotone Stimme, so nervend wie das piepende Geräusch, und hinter dem Schleier drehen sich Köpfe nach rechts und nach links.

»Psst!«

»Herr Müller, können Sie mich hören?«

Eine leise Stimme. Direkt neben seinem Ohr.

Müller? Wer heißt Müller?

Keiner, denn niemand antwortet auf die mehrfach gestellte Frage.

Er stützt sich mit beiden Armen auf dem weichen Untergrund ab und will dieser unwirklichen Situation entfliehen. Eine kräftige Hand drückt ihn zurück auf eine weiche Unterlage.

Unterlage! Luftmatratze? Pfadfinderlager? Bendorf-Sayn. Brexbachtal. Einer der größten Jugendzeltplätze Europas. Im Brexbach tritt er in eine Glasscherbe. Seine Sehne ist durchtrennt. Er setzt sich ans Ufer. Nimmt den rechten Fuß in die Hand. Sieht aus wie eine geplatzte Bratwurst von der Imbissbude. Die Sanitäter in den weißen Kitteln sind plötzlich da, stehen um ihn herum, heben ihn hoch, legen ihn auf eine Trage und fahren das Kind ins Krankenhaus. Verdammt lang her? Aber wie lange? Wie viele Jahre sind inzwischen vergangen? Ist er noch ein Kind?

Ich will wissen, was passiert ist, schreit er lautlos und stürzt in eine dunkle Schlucht. Fällt tiefer, immer schneller. Der eiskalte Wind peitscht ihm ins Gesicht. Immer schneller. Höllentempo. In der nächsten Sekunde wird ein harter Aufprall seinen Körper zerschmettern. Wird es tödlich enden? Klar, aus der Höhe! Aber vielleicht ist er schon tot. Losgelöst von der Erde.

Schwerelos. Und dann breitet er die Arme aus und segelt im Wind. Der Wind treibt ihn höher. Er versucht seinen Körper zu spüren, aber er ist aus seiner körperlichen Hülle entwichen. Körperlos schwebt er durch die Dunkelheit, ohne Netz und doppelten Boden. Er schreit lauter, aber er kann sich nicht hören. Auch die anderen hören seine Schreie nicht. Denn sie stehen weiterhin reglos vor ihm. Dann umgibt ihn wieder diese Dunkelheit, vor der er sich sein Leben lang gefürchtet hat. Die dumpfen Schläge in seinen Schläfen werden stärker: Er will seine Hände an den Kopf führen, die Geräusche wegdrücken, aber seine Hände sind angeschnallt. Gefesselt. Doch er spürt kein kaltes Metall. Also keine Handschellen? Wie bei der Polizei! Polizei? Was hat er mit der Polizei zu tun? Er will seine Knie zum Körper ziehen, aber scheinbar hat man seine Beine auch fixiert. Oder ist er gelähmt?

Er versucht mehr zu erkennen, doch der graue Schleier umgibt ihn wie ein seidener Vorhang, den gelegentlich ein Windstoß umherwirbelt, der dann Blicke auf diese Gestalten freigibt. Er will sich wieder aufstützen, sieht das offene Dreieck, das direkt vor ihm hin und her pendelt. Es hängt in einem geringen Abstand vor ihm. Will man ihn hypnotisieren? Er versucht nach dem Dreieck zu greifen. Hat schon wieder vergessen, dass er gefesselt wurde. Seine Armbeuge schmerzt. Wieso steckt ein Plastikschlauch in seinem Arm? Sein Blick wandert weiter: Er erkennt ein Gestell, daran baumelt eine Flasche, aus der Flüssigkeit in den Plastikschlauch tropft. Und dann wieder dieses nervende Geräusch. Das monotone Piepen erinnert ihn an Techno-Musik. Wie alt ist er? Techno ist doch nur was für junge Leute. Ist er in der Blüte seiner Jugend hier für immer und ewig in diesem Raum eingesperrt? Er will hier raus. Die Tür öffnet sich, die schemenhaften Gestalten verlassen den Raum, und er versinkt wieder in einer rabenschwarzen Nacht.

Er hat das Gefühl für Raum und Zeit verloren, und plötzlich sitzt diese hübsche Fee vor ihm. Ganz in Schwarz gekleidet. Wird sie ihm jetzt sagen, dass er drei Wünsche frei hat? Einer würde ihm genügen. Sie setzt sich neben ihn, streichelt mit ihren schlanken Fingern zärtlich seinen Unterarm. Er erkennt durch den Schleier, wie die Frau ihre Hand hin und her bewegt, aber den Körperkontakt spürt er nicht. Was sagt sie? Ständig bewegen sich ihre Lippen, aber er kann ihre Worte nicht verstehen. Dann erklingt wieder das Lied. Der Rhythmus wird schneller! Dramatischer! Lauter!

Ich weiß noch, wie ich nur davon jedräum hann,
wovunn ich nit woss, wie ich et sööke sollt

Wovon hatte er zuletzt geträumt?

Von einem Haus, einem Haus im Grünen.

Aber mit wem wollte er dort einziehen?

... vüür lauter Söökerei et Finge jlatt versäump hann un övverhaup, wat ich wo finge wollt
es paar Johr her, doch die Erinnerung fällt nit schwer
et kütt mer vüür, als wenn et jestern wöör

Was war geschehen?

Hatte er einen Unfall?

Mit dem Auto?

War er überhaupt im Besitz eines Autos?

Warum trägt er einen Helm? Er sitzt doch auf keinem Motorrad. Hat er überhaupt einen Motorradführerschein?

Sein Kopf ist eingewickelt.

Kopfschuss!

Kopfschuss?

Er spürt den leichten Druck an seinem Hinterkopf.

Plötzlich kommt die schwarze Hand wieder auf ihn zu.

Der große Finger zeigt direkt auf seinen Kopf.

Es ist kein Finger, es ist ein Pistolenlauf.

Dahinter das Gesicht einer jungen Frau mit angstvoll aufgerissenen Augen. Hinter ihr steht der ehemalige amerikanische Präsident George Bush, lächelt und drückt ab.

Lichtblitze verbrennen seine Augen, und dann taucht er in die Finsternis ein. Nun kann er die Fee auch nicht mehr sehen. Hat sie ihn verzaubert?

Und dann erklingt ihre Stimme wie aus einer fernen Welt.

»Bernd, kannst du mich hören?«

Wer ist Bernd? Sie sind doch allein im Raum. Ach so.

»Wenn du mich hören kannst, bewege ganz vorsichtig den Kopf. Ganz langsam.«

Er nickt.

Und jetzt sieht er die Fee wieder deutlicher.

Sie lächelt.

Aber es ist ein trauriges Lächeln.

Und dann drückt er ihre Hand so fest, wie er nur kann.

Und er spürt ihren Händedruck, und ihr Lächeln ist wie Balsam für seine Seele, spürt ihre warmen Hände auf seinem Körper. Ein schönes Gefühl. Dann schwebt er wieder davon in ein endloses Raumgebilde ohne Grenzen.

■■■ 18

Er spürt eine feuchte Hand auf seiner Stirn. Schlaftrunken öffnet er die Augen einen Spaltbreit und blickt in das unfreundliche Gesicht eines uniformierten Polizisten. Im Türrahmen steht breitbeinig Kriminalhauptkommissar Schneider.

»Um zehn ist die Vorführung. Richter Alt wird sauer, wenn wir ihn warten lassen. Haben Sie Ihren Rechtsanwalt gestern noch erreicht?«

Laube nickt.

»Ja, er wollte vor dem Termin beim Haftrichter mit mir sprechen.«

Schneider blickt den Gewahrsamsbeamten fragend an.

«Nein, hier hat kein Rechtsanwalt angerufen!«

Schneider legt Laube die Handfessel an. Dann packt er sanft Laubes rechten Oberarm und geleitet ihn zu einem schwarzen Van, der mit laufendem Motor vor dem hohen grauen Tor wartet. Schneider deutet Laube an, er möge hinter dem Beifahrersitz Platz nehmen. Der Kriminalbeamte drückt Laubes Kopf nach unten, damit er sich beim Einsteigen mit den gefesselten Händen nicht den Kopf verletzt.

»Guten Morgen, Herr Dr. Laube.«

Am Steuer sitzt Lena Lieck. Laube erwidert den Gruß nicht. Das große Rolltor öffnet sich. Schneider setzt sich neben Laube.

»So, dann wollen wir mal!«

Dann rollt der Wagen mit den schwarzen Scheiben fast lautlos durch die Tiefgarage. Rechts und links von der Ausfahrt der Tiefgarage blinken rote Lichter, und oben öffnet sich automatisch die Schranke zum Moselring.

Laube blickt aus dem Fenster. Warum hat der Van schwarze Scheiben? Der Wagen muss an der Kreuzung Hohenfelder Straße bei Rot anhalten. Laube sieht rechts und links seine Wahlkampfplakate, und es trifft ihn wie ein Blitz aus heiterem Himmel. Alle Plakate sind zerrissen oder mit Farbe überschmiert. Er kann die Worte nicht erkennen, aber er ahnt auch ohne Brille, mit welchen Bemerkungen man seine Wahlkampfplakate verunstaltet hat. Sein Pulsschlag erhöht sich mit jeder Sekunde.

»Frau Lieck, wer ist dafür verantwortlich?«

Lena blickt in den Rückspiegel.

»Was meinen Sie, Herr Dr. Laube?«

»Für das Beschmieren meiner Wahlkampfplakate!«

»Ach, das geschieht doch immer wieder.«

»Nein, Sie wissen genau, was ich meine, Herr Schneider. Was steht auf den Plakaten?«

Die Ampel schaltet auf Grün, das Auto setzt sich wieder in Bewegung.

»Da steht *Kinderficker*. Da drüben steht: *Schneidet Laube den Schwanz ab!* Und hier rechts in der Fußgängerzone *Drecksau*«, liest Schneider im ruhigen Ton die Schriftzüge auf den Plakaten.

»Das wird ein Nachspiel haben. Da hat doch jemand unbefugt Informationen weitergegeben und Dienstgeheimnisse verletzt.«

»Was haben Sie denn alles unbefugt angestellt, und wen haben Sie verletzt? Koblenz ist ein großes Dorf. Wir werden der Sache nachgehen«, erwidert Lena.

Laube sucht vergeblich Wahlkampfplakate in ihrem Originalzustand. Der Wagen fährt am Zentralplatz vorbei. Links erhebt sich das Schängel-Center mit den riesigen Glasflächen und dahinter das Hochhaus, in dem die Stadtverwaltung untergebracht ist. Da könnte er sich nie mehr blicken lassen. Auf der rechten Seite der abgewrackte Zentralplatz mit der riesigen Baugrube. Hier stand bis vor einem Jahr das »Haus der Begegnung«. Das Loch wirkt wie ein Bombenkrater und muss spätestens bis zur Bundesgartenschau verschwinden. Im Stadtrat hatten sie sich noch nicht über die Bebauung des zentralen Platzes in der Innenstadt einigen können. Er konnte sich mit seinem Vorschlag, statt des geplanten Baus eines Einkaufszentrums einen Park als »grüne Lunge« und Erholungszone anzulegen, leider nicht durchsetzen. Geld regiert die Welt. Der Zentralplatz ist momentan ein Schandfleck der Stadt am Zusammenfluss von Rhein und Mosel. Die Ampel zeigt Rot. Er blickt nach links Richtung Jesuitenplatz, zum Schängelbrunnen und zum Rathaus. Seine Wirkungsstätte, in der er noch so viel für seine geliebte Geburtsstadt tun könnte. Vergangenheit. Im Sitzungssaal würde ein anderer sein Stadtratsmandat einnehmen. Andreas Krotz-Kübel wartet schon lange auf seine Chance.

Grün. Der Wagen fährt weiter durch die Clemensstraße. Wieso biegt Frau Lieck am Theaterplatz rechts ab? Sie wendet in der Neustadt, fährt Richtung Görresplatz und dann wieder links zurück Richtung Stadttheater. In der Kurve blickt er aus dem Fenster, und mit einem Schlag wird ihm klar, wieso die Kommissarin den kleinen Umweg gefahren ist.

Vor dem Haupteingang des Amtsgerichts parken Übertragungswagen der Fernsehsender ARD, ZDF, RTL, SAT und SWR. Zahlreiche Reporter mit Kameras, Fotoapparaten und Mikrofonen drängeln sich auf dem Vorplatz vor dem Haupteingang des Gerichtsgebäudes.

Tom Schneider ist ebenso überrascht. Wieso hatte sich Laubes Festnahme wie ein Buschfeuer verbreitet? Da muss irgendjemand die Presse informiert haben. Oder hatten die Pressefuzzis wieder den Polizeifunk abgehört? Höchste Zeit, dass der digitale Funkverkehr eingeführt wird.

»War doch gut, den Van zu nehmen«, grinst Lena, und Tom ahnt im gleichen Moment, dass am Lenkrad das Vögelchen sitzt, das gesungen hat.

Lena hupt dreimal am Seiteneingang. Wie auf Kommando öffnet ein Justizwachtmeister hastig das Gittertor. Mit einem Kavaliersstart rast Lena in den Hof. »Hierher!«, schreit einer der Journalisten und rennt wie ein Irrer hinter dem Van her, schießt noch schnell einige Bilder. Bevor die Frauen und Männer mit ihren Fotoapparaten, Kameras und Mikrofonen den Nebeneingang erreichen, hat der Mann in der hellgrünen Uniform die Gittertür bereits wieder verschlossen. Noch bis vor einem Tag hätte Laube keine Gelegenheit ausgelassen, sich den Medien zu präsentieren, aber auf diese Bilder kann er verzichten.

Tom bittet den Justizbeamten um eine Decke, damit er Laube beim Betreten über die kleine Treppe am Hintereingang des Gerichtsgebäudes vor dem Blitzlichtgewitter der Fotografen und den Objektiven der Kameraleute schützen kann, die jede Gelegenheit nutzen, zwischen den engen Stäben des vergitterten Eingangs noch ein Foto zu schießen oder eine Szene zu drehen, die sie für die morgige Berichterstattung den Tageszeitungen oder Fernsehsendern anbieten.

»Wer hat die Presse informiert?«, zischt Laube wütend.

»Weiß nicht. Aber einige der Reporter haben heute Morgen bereits Ihre Nachbarn befragt und politische Weggefährten und Gegner interviewt. Ihre Festnahme hat sich wie ein Lauffeuer verbreitet und wird vermutlich bereits heute Abend von allen Nachrichtensendern ausgestrahlt. Die Zeitungen werden Fotos Ihrer beschmierten Wahlkampfplakate abbilden. Ja, Herr Dr. Laube, so ist das nun mal, wenn man im Blickwinkel der Öffentlichkeit steht, besonders dann, wenn man auf ungewohnte Art auf sich aufmerksam macht. Das ist der Preis der Macht«, erklärt Lena Lieck, die hinter ihm das Gebäude betritt.

Laube schüttelt ungläubig den Kopf. Es hat ihm die Sprache verschlagen.

»Herr Dr. Laube, nehmen Sie bitte noch einen Moment auf der Bank Platz. Es dauert ein wenig, bis der Richter sich eingelesen hat«, sagt Tom und gibt die Akte im Geschäftszimmer des Amtgerichts ab.

Dann packt er Lena mit einem festen Griff am Arm.

»Au, du tust mir weh!«, schreit sie.

»Komm mit!«, zischt er wütend und führt sie zum anderen Ende des schmalen Flurs. Laube würde nicht fliehen wie Dieter Reese, dem vor einigen Jahren mit einem gewagten Sprung durch die Glasscheibe am Ende des Flurs die Flucht vor seiner ersten Inhaftierung gelungen war.

»Woher wusstest du, dass Reporter das Gerichtsgebäude belagern?«, zischt er.

»Das hat der Justizwachtmeister von der Pforte heute Morgen mitgeteilt!«

Lena strahlt über das ganze Gesicht wie ein kleines Mädchen, das eine Neuigkeit verkündet.

»Und mit dem hast du auch vereinbart, dass wir aus diesem Grund den Hintereingang benutzen?«

»Gut kombiniert, Herr Kommissar!«

»Und wer hat heute Nacht die Plakate beschmiert?«

Lena blickt ihn an, ohne mit der Wimper zu zucken. Das Lächeln im Gesicht ist verschwunden.

»Vermutlich Wähler, die andere Vorstellungen von einem Politiker haben, der ihre Interessen vertritt.«

»Und woher wussten die das?«

Lena zieht unwissend die Schultern hoch.

»Ich fass es einfach nicht. Lena, was ist in dich gefahren? Welcher Teufel hat dich da geritten?«

Tom schüttelt ungläubig den Kopf. Das würde ein Nachspiel haben, denn Schomfas hatte keine offizielle Presseerklärung verbreitet. Präsident Hardteck würde vor Wut platzen und Hinz die Hölle heiß machen. Das wäre nicht das Schlimmste.

Untersuchungsrichter Alt sitzt hinter einem massiven Schreibtisch und blättert in einem dicken Gesetzbuch. Links von ihm bemüht sich ein Tischventilator vergeblich, die schwüle, stickige Luft in diesem Raum zu verbessern. An der Wand vor dem kleineren Schreibtisch sitzt eine schwarz gekleidete Frau vor einem Computer. Dem Aussehen nach zu urteilen, hat sie die Pensionsgrenze bereits überschritten. Sie hat pechschwarz gefärbtes Haar, das die graue Originalfarbe nicht komplett überdeckt. Mit strengem Blick und der bestimmenden Handbewegung einer Domina deutet sie wortlos an, Laube möge sich auf den Stuhl vor dem Richtertisch setzen. Laube gehorcht. Er stellt sich den Stuhl zurecht, beugt sich dabei über den Schreibtisch des Richters und flüstert:

»Wir kennen uns!«

»Ach, ja?«

Richter Alt blättert unbeeindruckt weiter in der Akte.

»Mensch, Norbert. Wir haben in Mainz zusammen studiert!«

Zum ersten Mal schaut der Richter in den Raum und grüßt die Anwesenden mit einem kurzen Kopfnicken. Dann blickt er Laube tief in die Augen. Alt ist bekannt für seine arrogante Haltung bei der Vorführung von Tatverdächtigen. Diese steigert sich heute, indem er die Lippen zu einem verächtlichen Grinsen verzieht.

»Ich habe mit vielen zusammen studiert. Schade für Sie, dass man sich bei so einer Gelegenheit trifft. Sie wissen, weshalb Sie hier vor mir sitzen?«

Laube nickt und blickt auf den Boden.

»Das heißt, nein. Ich war es nicht!«

»Sie heißen?«

»Dr. Alfred Laube.«

»Geboren?«

Laube bestätigt seine Personalien. Dann eröffnet ihm Richter Alt den Tatvorwurf.

»Möchten Sie noch etwas sagen?«, hört er die Stimme seines Studienkollegen wie aus weiter Ferne.

»Ich war es nicht! Ich war es nicht!«, flüstert Laube voller Verzweiflung und blickt sich Hilfe suchend in dem Raum um.

Alt blättert weiter in den Akten. Dann wird die Tür aufgerissen, und Anwalt Hagedorn betritt das Zimmer. Er reicht Laube kurz die Hand.

»Entschuldigung. Die Presse hat mich aufgehalten!«

Dem Anwalt scheint sein Medienauftritt wichtiger als die Verteidigung seines Mandanten. Richter Alt erhebt seine Stimme.

»Werter Herr Rechtsanwalt. Die Beweislage ist für mich eindeutig. Haftgründe ebenfalls. Und wer zu spät kommt, den bestraft der Richter!«

»Darf ich dennoch kurz mit meinem Mandanten reden?«

»Bitte!«

Richter Alt deutet mit einer kurzen Handbewegung in die hintere Ecke des Vernehmungszimmers. Nach einer kurzen Beratung setzt sich Laube wieder auf den Stuhl, und der Anwalt ergreift das Wort:

»Die Fingerabdrücke auf dem Streifenwagen hat mein Mandant vor sieben Tagen hinterlassen. Er hat nachweislich als Mitglied des Arbeitskreises Innere Sicherheit die Streifenwagen der Polizeiinspektion 1 besichtigt. Und alles andere entspringt nur der Phantasie der Beamten. Kann ich natürlich verstehen, wenn es um den Mord an einer Kollegin geht.«

»Doch nicht so blöd. Hast du ihm das gesteckt?«, flüstert Lena.

»Nein, aber ich habe weiter gedacht«, erwidert Tom leise.

Er nimmt kurzen Blickkontakt mit Richter Alt auf, räuspert sich kurz und erhebt die Stimme wie zuvor Anwalt Hagedorn. »Herr Rechtsanwalt! Was glauben Sie, wie oft unsere Streifenwagen in die Waschhalle fahren?«

«Was weiß ich, wieso?«

»Herr Dr. Laube war vor sieben Tagen im Präsidium. Das ist richtig. Wenn er wirklich bei dieser Gelegenheit Fingerabdrücke auf einem der Streifenwagen hinterlassen haben sollte, wären sie längst verwischt, denn unser sauberer Willi kann keine schmutzigen Autos sehen und wäscht sie fast täglich. Punkt eins!

Punkt zwei. Ich habe die Fahrtenbücher kontrolliert. Der Streifenwagen RHEIN 11/1 war zum Zeitpunkt des Besuchs von Herrn Dr. Laube im Einsatz, und dementsprechend kann Ihr Mandant an diesem Tag keine Spuren an diesem Fahrzeug hinterlassen haben.«

Laube und sein Anwalt starren Schneider ungläubig an.

»Danke. Wann hast du dir denn diese Strategie überlegt?«, flüstert Lena.

Alt kann sich ein Grinsen nicht verkneifen. Dann werden seine Gesichtszüge wieder ernst, und mit stechendem Blick wendet er sich an Laube.

»Ja, das wär's dann. Wer soll von Ihrer Inhaftierung benachrichtigt werden, Herr Dr. Laube?«

»Meine Mutter!«

»Okay. Die Mama. Die Polizei wird das übernehmen!«

Dieser Standardsatz beschließt immer eine Vorführung.

Richter Alt erhebt sich.

»Danke. Ich wünsche allen einen schönen Tag!«

Laube bemerkt nicht, dass Alt sich von Lena mit einem Augenzwinkern verabschiedet und diese beim Verlassen des Raums den Daumen nach oben hält.

▪

Das drei Meter hohe Eisentor der Justizvollzugsanstalt öffnet automatisch und schließt sich sofort wieder, als der Van in die Schleuse eingefahren ist. Lediglich das offene Fenster an der Pforte ist ein Zeichen dafür, dass in diesem Trog keine Schiffe geschleust werden.

»Gib mir deine Knarre!«

Lena überreicht Tom die Dienstwaffe.

»Gesichert. Nicht durchgeladen«, grinst sie.

Wie im Kindergarten, denkt Laube.

Erst als sich das Tor hinter ihnen schließt, steigt Schneider aus und gibt dem ihm persönlich bekannten Justizwachtmeister an der Glasscheibe beide Waffen. Dann setzt er sich wieder neben Laube. Das vordere Tor der Schleuse öffnet sich, und der Van umrundet den großen Innenhof. Alte und junge Männer in grauer Anstaltskleidung lehnen gelangweilt in einer Reihe an der hohen Gefängnismauer und saugen gierig an ihren Zigaretten. Andere werfen sich einen Basketball zu und versuchen, den Korb an der hohen Wand zu treffen. Als Lena und Tom mit Laube aus dem Auto steigen, übertönen die Stimmen der Männer an den vergitterten Fenstern in den oberen Stockwerken das Gebrüll der Basketballspieler.

»Ki-Fi! Ki-Fi! Ki-Fi!«

Die Männer im Innenhof unterbrechen ihr Spiel und stimmen in den Chor der Beschimpfungen mit ein.

»Woher wissen die, dass …?«, stammelt Laube.

»Es gibt im Knast auch Medien, sozialer Strafvollzug. Dafür haben Sie sich doch immer eingesetzt«, kommentiert Lena nur.

»Das heißt, man hat den Medien nicht nur meine Festnahme mitgeteilt, sondern auch Ihre haltlosen Vorwürfe aus der Vergangenheit. Frau Lieck, das ist ungeheuerlich. Das gibt einen Skandal!«

»Das gibt keinen Skandal. Das ist schon ein voll ausgereifter Skandal«, erwidert Lena kühl und verzieht keine Miene.

Laube blickt mit angstvoll aufgerissenen Augen auf die wütenden Männergesichter. Einige hinter den Gittern im ersten Stock spucken aus den Fenstern.

»Tja, das wird nicht leicht für Sie. Da beneide ich Sie wirklich nicht, aber mein Mitleid hält sich in Grenzen«, kommentiert Lena und blickt in die Gesichter der Männer, die jetzt ein Pfeifkonzert anstimmen.

Laube spürt den Angstschweiß auf seinem Rücken. Er muss mitten in die Höhle der Löwen, darf nicht daran denken, wie man im Knast mit Kinderschändern umgeht. Er ist erleichtert, als die Stahltür zum Verwaltungstrakt hinter ihnen ins Schloss fällt.

»Neuaufnahme?«, murmelt der Justizwachtmeister hinter dem alten Schreibtisch und beginnt mit den Formalitäten.

»Wenn Sie aussagen möchten, wie es wirklich war, können Sie dies über die Geschäftsstelle oder Ihren Anwalt mitteilen lassen«, verabschiedet sich Schneider von Laube mit einem Handschlag.

Als Lena zum Auto geht, ertönt zunächst wieder ein lautes Pfeifkonzert der einsamen Männer. Die schlüpfrigen und ordinären Zurufe vermischen sich im Stimmengewirr. Lena startet das Auto und verabschiedet sich von den Knackis auf ihre Art. Sie hält den ausgestreckten Mittelfinger aus dem Fenster und bewegt ihn hin und her. Der Geräuschpegel steigt noch einmal kurz an, und lautes Lachen hallt aus dem Innenhof.

»Die Jungs sind echt gut drauf. Ich möchte nicht in Laubes Haut stecken!«

Lena lehnt sich zufrieden zurück und lenkt das Fahrzeug wieder durch die Schleuse. Bald würden die ersten Knackwürste in Laubes Körperöffnungen stecken. Laube wird dann hautnah spüren, was er Sabine angetan hat. Nun wird die irdische Gerechtigkeit ihren Lauf nehmen.

»Lena, warum hast du mir das nicht gesagt?«

»Was?«

»Dass du neuerdings Dienstgeheimnisse verletzt.«

»Jetzt halt aber mal die Luft an! Was soll das denn?«

»Weißt du, was das bedeutet?«

»Du glaubst doch nicht im Ernst, dass ich …?«

«Doch, das glaube ich!«

»Was glaubst du?«

»Dass *du* der Presse den Tipp gegeben hast und mit irgendwelchen Verbündeten die Wahlkampfplakate verschönert hast!«

»Du enttäuschst mich!«

»Du mich auch, aber ich kann es verstehen und werde schweigen wie ein Grab!«

»Wir müssen mit allen verfügbaren Mitteln Verbrechen aufklären!«

»Richtig, aber mit rechtsstaatlichen Methoden, und wir müssen akzeptieren, dass wir niemals alle Verbrechen aufklären werden. Bei Mord haben wir eine hohe Aufklärungsquote.«

»Scheiß Statistik. Was ist denn mit denen, die uns nicht bekannt werden, die begraben werden, weil der Arzt einen natürlichen Tod attestiert. Aus welchen Gründen auch immer. Du kennst doch den Spruch: Glaube keiner Statistik, die du nicht selbst gefälscht hast. Und für die polizeiliche Kriminalstatistik gilt dies in besonderem Maße. Die Dunkelziffer ist höher, als wir uns vorstellen können. Wenn alle reden könnten, die das Gras von unten sehen. Aber es ist ja noch keiner zurückgekommen.«

»Lena, wir müssen auch entlastendes Material sammeln! Was ist mit Schleicher? Haben wir da wirklich alle Punkte geklärt? Wieso ist er für dich nicht tatverdächtig?«

»Hör auf! Ich kann es nicht mehr hören. Du wärst besser Rechtsverdreher geworden statt Bulle!«

Lena biegt an der Simmerner Straße nach rechts Richtung Hunsrückhöhenstraße ab.

»Lena, hey! Wo fährst du denn hin? Zum Präsidium geht es links ab!«

»Ich fahr über den Berliner Ring zurück, muss bei der Beihilfestelle noch meinen Antrag einwerfen.«

Auf der Rückfahrt sieht sie mit Genugtuung, dass auch auf dem Höhenstadtteil Karthause Laubes Plakate zerrissen und mit Beschimpfungen übelster Art beschmutzt wurden. Genauso, wie Sabine es sich zu Lebzeiten vorgestellt hatte.

Die Telefonkette hatte funktioniert. Was ein Anruf zur richtigen Zeit beim entscheidenden Mann doch auslösen kann. Und wie wahnsinnig schnell Informationen selbst bis in die abgesperrte Welt eines Gefängnisses gelangen. Eigentlich erschreckend. Selbst, wenn sie falsch wären. Die Macht der Medien und die Ohnmacht der Betroffenen. Und jede Gegendarstellung bringt ein brisantes Thema erst zum Kochen. Es ist vollkommen unerheblich, wer recht hat, wessen Version stimmt. Manchmal sind Kontakte zu Lokalpolitikern nützlich, und wenn es um Wählerstimmen geht, reagieren sie wesentlich schneller als nach der Wahl, wenn die meist leeren Versprechungen umgesetzt werden sollen. Frei nach dem Motto: Was interessiert mich mein dummes Geschwätz von vorgestern.

»Du hast es geschafft, Lena. Bist du nun zufrieden? Was hast du beim nächsten Fall für eine Überraschung? Welche Grenze überschreitest du dann? Lena, mein Gott, das kann dich deinen Job kosten. Entlassung aus dem Dienst. Ist dir das klar?«

»Ich gehe freiwillig. Für mich gibt es keinen nächsten Fall mehr. Meine Kündigung liegt schon im Schreibtisch. Ich werde zunächst meine Überstunden abfeiern. Meine Freundin hat mich in die Provence eingeladen. Sie wohnt dort in einem kleinen Dorf mit anderen Künstlern aus Deutschland. Und dort werde ich meine Seele baumeln lassen.«

Eine unerträgliche Stille breitet sich in dem Fahrzeug aus.

Tom räuspert sich: »Und dann?«

»Was meinst du? Und dann?«

»Ja, was machst du dann? Wovon lebst du?«

»Das weiß ich noch nicht! Edeka!«

»Wie bitte?«

»Edeka! Ende der Karriere. Du wirst es überleben!«

Lena legt ihre Hand besänftigend auf seinen Unterarm, als wolle sie ihn beruhigen. Tom öffnet mit dem Transponder die Schranke für die Einfahrt in das erste Untergeschoss des Präsidiums. Lena lässt den Wagen langsam in die Tiefgarage rollen.

»Ende einer Dienstfahrt«, flüstert Lena, steigt aus und bleibt vor dem Auto stehen. Sie streichelt mit der Hand fast zärtlich über die Motorhaube des Van. Lena dreht sich noch einmal um, drückt auf den elektronischen Schlüssel. Nachdem die Warnblinkanlage signalisiert, dass der Dienstwagen abgeschlossen ist, folgt Lena ihrem Kollegen in den Fahrstuhl.

■■■ 19

»Du bist gestern Abend nicht direkt nach Hause gefahren«, sagt Tom, als sie sich wieder an den Schreibtischen gegenübersitzen.

»Stimmt. Was soll das? Spionierst du mir nach?«

»Quatsch. Du hast auf dem Friedrich-Ebert-Ring gedreht, als ich mit dem Rad Richtung Pfaffendorfer Brücke gefahren bin.«

»Wie war's denn beim *Wagner*?«

»Ich war woanders.«

»Im Call-Center?«

»Wie bitte?«

»Du hast mich mindestens sechsmal angewählt.«

»Und du bist nicht drangegangen. Und im Präsidium warst du auch nicht!«

»Hey, das glaube ich einfach nicht, dass du mir nachschnüffelst. Und es war ja offensichtlich nichts Dienstliches, oder? Kannst du mir mal sagen, was das soll?«

Tom zuckt mit den Schultern. Er könnte ihr mehrere Gründe aufzählen, aber ihm fällt kein einziger ein, den er aussprechen könnte, ohne sich zu blamieren.

»Observiert der ehemalige Drogenfahnder jetzt aus Langeweile seine Kollegin, nur weil sie abends mit ihm keinen trinken geht, nachdem er sich danebenbenommen hat? Spreche Lob und Anerkennung in höchster Form aus! Beifall! Chapeau!«

Lena lüftet kurz einen imaginären Hut und klatscht anschließend in beide Hände.

»Neuen Lover?«, flüstert Tom.

»Ja-a-a-!«, singt sie, steht auf und dreht sich im Kreis mit ausgebreiteten Armen. Tom lehnt sich im Schreibtischsessel zurück. Er kann seine Enttäuschung nicht verbergen.

Lena setzt sich wieder an ihren Schreibtisch und schaltet den PC an.

»Mensch, Tom, ich dachte, das Thema hätten wir durch!«

Tom lehnt sich nach hinten in den Bürosessel, legt die Füße auf den Schreibtisch und schließt die Augen. Mit Lena hat er inzwischen mehr Zeit verbracht als mit seiner Tochter. Es geht ihm besser, wenn sie in seiner Nähe ist. Beide sind ungebunden, und manchmal joggen sie gemeinsam in den Rheinanlagen oder im Stadtwald über den Hasenberg. Lena trägt immer das T-Shirt mit der Aufschrift *Polizei – laufend dabei*. Nach dem gewaltsamen Tod einer jungen Frau, die am helllichten Tag von einem Sexualstraftäter auf dem Fahrradweg der alten Bahnlinie zwischen Koblenz und Mayen ermordet wurde, hatte die Opferschutzbeauftragte eine im Bundesgebiet beispielhafte Aktion gestartet und diese T-Shirts an tausend Kolleginnen und Kollegen verteilt, die auch in ihrer Freizeit viel Sport treiben. Die Psychologen hatten den Mörder entlassen, weil angeblich keine Gefahr mehr von ihm ausging, obwohl er sich selbst als »lebende Zeitbombe« titulierte und die Kollegen vor einer Entlassung warnten.

Als Lena nach dem Kommissarslehrgang ihren Dienst im Präsidium angetreten hatte, suchten viele einen engeren privaten Kontakt mit der attraktiven Kollegin. Tom auch. Aber anders. Glaubte er damals noch. Nicht so direkt wie die jungen Kollegen. Eher zaghaft. »Wenn ich nur fünf Jahre jünger wäre!« Sie hatte ihn in den Arm genommen und liebevoll geflüstert. »Tom, echt, auch dann nicht! Nie mit Kollegen!« Und beim nächsten Versuch wurde sie deutlicher. »Spar dir weitere untaugliche Versuche am untauglichen Objekt, und zerstöre nicht unser kollegiales Verhältnis«, hatte sie in Anlehnung an den Strafrecht-Jargon ihr Desinteresse klar formuliert. Und er war bis heute ihrem Ratschlag gefolgt. Er erinnert sich an Fredys blöde Bemerkung: Sattele nie ein Pferd, das du nicht reiten kannst! Hatte Fredy gespürt, dass Tom sich bei Lena eine Abfuhr eingefangen hatte? Hatte Lena ihm dies etwa erzählt? Und dann hat Lena sich doch tatsächlich mit Fredy, diesem Deckhengst, eingelassen. Tom war eifersüchtig auf den jüngeren Kollegen, der seinen athletisch geformten Körper nach dem Dienstsport auffällig lange zur Schau stellte, selbst dann, wenn weit und breit kein weibliches Wesen zu sehen war. Und manchmal blickte Fredy verächtlich auf Toms Bauchansatz und frotzelte: Bier formte diesen wunderschönen Körper. Keiner hatte bislang die wahren Gründe erfahren, warum Fredy vom MEK in Mainz nach Koblenz wechseln musste. Da war bestimmt irgendein krummes Ding gelaufen. Fredy strahlt eine gewisse kriminelle Energie aus. Vielleicht ist er deshalb ein guter Drogenfahnder, weil er die Fähigkeit hat, sich in andere hineinzuversetzen.

Wie denkt ein Straftäter? Warum hat er die Tat auf diese Art und Weise begangen? Mit welchen Ausreden will er sich bei der Vernehmung freisprechen?

Wer Gangster fangen will, muss eine kriminelle Ader haben. Und im Umgang mit Frauen war Fredy schon immer ein Schwein. Er soll auch Sabine Laube bereits am ersten Tag ihres Durchlaufes angemacht haben. Sie war wohl die Erste, die ihm die kalte Schulter zeigte. Das soll Fredy gekränkt haben, munkelten die Kollegen. Denn er habe sich echt in die junge Kollegin verliebt. Wer's glaubt. Jedenfalls hatte Lena es nicht verdient, so von Fredy behandelt zu werden. Sie könnte an jedem Finger zehn haben und hatte sich ausgerechnet für diesen Macho entschieden. Da soll einer die Frauen verstehen!

»Lena, aber kein Kollege«, hört er sich sagen.

Es war eigentlich nur ein Gedanke, aber die Worte waren schon ausgesprochen. Er kann den Satz nicht mehr zurücknehmen und blickt sie verlegen an.

»Doch!«, erwidert sie.

Warum nimmst du dann nicht mich?, würde er am liebsten fragen. Stattdessen stellt er eine andere Frage.

»Das ist nicht dein Ernst?«

»Nein. Er heißt anders.«

»Ha-ha!«

»Aber er kann mir nicht gefährlich werden!«

»Hast du bei Fredy damals auch gesagt!«

»Ach, Tom. Man könnte ja fast meinen, du wärst eifersüchtig. Und jetzt wechselst du auch noch die Gesichtsfarbe. Hätte ich Männern in deinem Alter gar nicht mehr zugetraut.«

Lena steht auf, geht um die beiden Schreibtische, stellt sich hinter Tom und legt ihre schmalen Hände auf seine breiten Schultern.

»Ich war gestern Abend bei Bernd. Es ist schrecklich, wie er daliegt und nicht wahrnimmt, was um ihn herum geschieht! Plötzlich ist nichts mehr, wie es war. Er kann das Richtfest nicht miterleben. Das heißt, es wurde natürlich abgesagt. Und wenn ich an seine Frau und die Kinder denke, könnte ich verzweifeln.«

Tom atmet erleichtert aus. Wieso war er selbst nicht auf die Idee gekommen, Bernd im Krankenhaus zu besuchen? Immerhin hatten sie eine Zeit lang gemeinsam auf der »Münz«, der Koblenzer Davidswache inmitten der Altstadt, in der B-Schicht Dienst verrichtet. Bernd kam in die Schicht, kurz bevor Tom nach dem Fachlehrgang I zur Kripo wechselte.

»Ich habe mit dem behandelnden Arzt gesprochen«, reißt Lena ihn aus seinen Gedanken.

»Und? Was meint er?«

»Organisch bedingte Amnesie.«

»Was heißt das auf Deutsch für einfach strukturierte Beamte?«

»Das bedeutet: Die Erinnerung an dieses schreckliche Ereignis wird bei Bernd nie wieder wach werden. Als Zeuge können wir ihn nicht mehr befragen.«

»Heute machen wir mal pünktlich Feierabend, okay?«

»Ja, das haben wir uns verdient!«

»Kommst du noch mit aufs Boot?«

»Nein! Ich habe mich heute Abend mit einer Freundin im Kino verabredet!«

»Welche Freundin?«

»Geht dich nix an! Und tschüss!«

Lena wirft die Lederjacke über die Schulter und verlässt den Raum.

20

Kriminaldirektor Hinz öffnet wie jeden Morgen sein E-Mail-Konto. Er löscht die Angebote zur Steigerung der sexuellen Potenz durch Pillen, mittels chirurgischer Penisvergrößerungen oder manueller Betätigung eines Blasebalgs. Er ignoriert auch die Aufforderungen seiner Bank, ihr aus »Sicherheitsgründen« seine Kontonummer mitzuteilen, Bestellungen, die er nie in Auftrag gegeben hat und für die er nun zahlen soll, Angebote für Beruhigungstabletten und zinsgünstige Kredite. Angebote, sich mit netten Frauen aus der Nachbarschaft zu einem One-Night-Stand zu treffen, wecken hingegen seine Neugierde. Hinz lehnt sich nach hinten, versucht sich die Gesichter und Figuren seiner mehr oder weniger attraktiven Nachbarinnen vorzustellen. Und bei dem Gedanken an die alten Schachteln aus seiner Nachbarschaft taucht die atemberaubende Figur von Marina, der jungen Redakteurin der Rhein-Zeitung, vor ihm auf. Den gestrigen Abend wird er so schnell nicht vergessen. Das Läuten des Telefons unterbricht seine Erinnerungen und Phantasien. Er blickt auf das Display. Der Polizeipräsident. So früh? Klar!

»Ich wünsche Ihnen einen wunderschönen Morgen, Herr Präsident. Was verschafft mir die Ehre?«

»Hören Sie mit Ihrem geschwollenen Gesülze auf!«, erhebt Hardteck seine Stimme.

»Was ist denn passiert?«

»Haben Sie schon die neuesten Pressemeldungen gelesen?«

»Nein«, lügt Hinz.

»Kommen Sie sofort hoch. Der Termin für die tägliche Berichterstattung ist hiermit vorverlegt.«

Fünf Minuten später klopft Hinz an die Vorzimmertür.

»So, Hinz, da bin ich mal gespannt, was Sie mir zu sagen haben.«

Polizeipräsident Hardteck erinnert mit seiner körperlichen Erscheinung an Napoleon. Manchmal schiebt er auch die rechte Hand ins Jackett. Hinz hatte geahnt, dass dieser Zeitungsartikel für Unruhe sorgen würde, und sich entsprechend vorbereitet.

Der Präsident knallt die Zeitung auf den Mahagoni-Schreibtisch, hebt sie wieder auf und liest die wichtigsten Passagen einer dpa-Meldung auf der ersten Seite vor.

»Unter der Überschrift *Eilmeldung! In letzter Minute* steht, ich zitiere: Wie Redakteure unserer Zeitung aus sicherer Quelle erfahren haben, wurde der Onkel der getöteten Polizistin Sabine Laube gestern dem Untersuchungsrichter beim Amtsgericht Koblenz vorgeführt und anschließend in die Justizvollzugsanstalt eingeliefert. Im Rahmen von bundesweiten Ermittlungen zur ›Kinderpornografie‹ sei der in der Region bekannte Politiker ins Visier der Fahnder geraten, und bei einer Durchsuchungsaktion soll umfangreiches Beweismaterial sichergestellt worden sein. Es bestünde der Verdacht, dass Dr. Laube seine Nichte als Kind sexuell missbraucht und sie nun sogar umgebracht haben soll. Freunde des Politikers sind fassungslos und so weiter und so weiter. Im Regionalteil ist ein ausführlicher Bericht. Es gab noch keine Pressekonferenz. Wer hat das den Medien gesteckt? Wer ist für diese Scheiße verantwortlich?«

»Ich kann es Ihnen nicht sagen, Herr Präsident.«

Hinz presst seine Daumen und Mittelfinger gegeneinander und formt sie zu einer kleinen Raute. Er hat gestern Abend sein Statement exakt vorformuliert, aber es würde so klingen, als sei es eine spontane Reaktion. Hinz mag den Präsidenten nicht, aber Hardteck ist wie alle Vorgesetzten, also auch er selbst, Verhinderer oder Förderer des beruflichen Glücks. Hinz geht nicht auf die Frage ein und berichtet zunächst über den aktuellen Sachstand. Hardteck hört ihm gelangweilt zu, denn wirklich Neues kann Hinz nicht verkünden. Selbst bei belanglosen Ereignissen neigt Hinz zu ausschweifenden Formulierungen und verirrt sich in Argumentationsstrukturen, die er am Ende selbst nicht mehr versteht.

»Hinz, verlieren Sie sich bitte nicht in Nebensächlichkeiten. Ich will wissen, wo die undichte Stelle sein könnte, der wir diesen Zeitungsartikel zu verdanken haben!«

Hinz zuckt mit den Schultern. Es klopft zaghaft an der Tür.

»Ja!«, brüllt Hardteck fast hysterisch.

Ute Luscher, die persönliche Referentin des Präsidenten, öffnet zaghaft die Tür und hält eine Tasse Kaffee in der Hand.

»Kommen Sie rein!«, fordert Hardteck sie mit einer Handbewegung auf. Ute Luscher reicht Hinz eine Tasse Kaffee.

»Danke, Frau Luscher, sehr liebenswürdig!«

»Für Sie auch noch eine Tasse, Herr Präsident?«

»Nein, danke, Luschi!«

Die Sekretärin lächelt verschämt und verlässt mit einem Grinsen den Raum. Hinz pustet vorsichtig in die Tasse. Kleine Dampfwölkchen vernebeln für Bruchteile von Sekunden sein Gesicht. Er nimmt einen kleinen Schluck und stellt die Tasse elegant mit einem abgespreizten kleinen Finger behutsam auf dem Schreibtisch des Präsidenten ab.

»Woher soll ich denn wissen, wer die Informationen weitergeleitet hat, Herr Präsident?«

»Dann bekommen Sie es heraus! Wenn es einer aus unseren Reihen ist, kann er seinen Hut nehmen!«

»Oder sie?«

»Wie bitte?« Der Präsident springt aus seinem Sessel.

»Entschuldigung, Herr Präsident. Ich meine natürlich nicht

Sie persönlich, sondern möchte die Möglichkeit nicht ausschließen, dass es doch auch eine Frau aus unseren Reihen gewesen sein könnte. Es könnte doch auch eine Frau gewesen sein.«

»Frauen sind zwar geschwätzig, aber unsere Kolleginnen wissen, was Amtsverschwiegenheit bedeutet. Auch wenn die Presse ein noch so berechtigtes Interesse an aktuellen Informationen hat. Wozu haben wir denn Pressesprecher?«

Hardteck holt tief Luft.

»Und je mehr Details Bekloppte über die Medien erfahren, desto schwieriger gestalten sich die weiteren Ermittlungen. Das weiß jeder Polizeistudent. Und hier wird alles miteinander vermischt. Diese Details dürfen nicht an die Presse, bis wir uns selbst Klarheit verschafft haben. Und wir tappen völlig im Dunkeln.«

»Wem sagen Sie das, Herr Präsident?«

»Ihnen Hinz, Ihnen! Oder sehen Sie sonst noch eine Person in diesem Raum? Überlegen Sie sich, wie wir aus dieser unangenehmen Situation wieder rauskommen!«

Der Präsident öffnet seine Schreibtischschublade, bricht eine Packung Bounty in der Mitte auf und schiebt den ersten Kokos-Schoko-Riegel gierig in seinen Mund. Nach einer kurzen Kaubewegung isst er den zweiten, als wolle er sich mit einer imaginären Kokosnuss den Mund stopfen.

»Hinz, Sie können gehen. Ich habe mich genug aufgeregt«, murmelt er mit vollem Mund.

«Wie Sie wünschen, Herr Präsident. Ich werde jetzt mit dem Leiter PE, der Leiterin ZKI, der FüGru von KD, der PS und dem L/K11 oder ViA die Lage besprechen.«

Hardteck schluckt den letzten Bissen runter und schnauft: »Mensch, Hinz! Können Sie nicht mehr normal reden? Das klingt ja fürchterlich. Die internen Abkürzungen sind in einem Organigramm sinnvoll, aber ich kenne keinen anderen aus der Führungsebene, der dies auch in die Sprache überträgt. Warum nennen Sie eigentlich nicht die Namen der Kolleginnen und Kollegen? Oder beurteilen Sie Menschen nur noch nach Dienstgrad, Funktion und Organisationsbezeichnung? Bei aller Liebe zur Hierarchie, das ist doch nicht mehr normal. Wollen Sie mich in den Wahnsinn treiben?«

Hinz antwortet nicht. Hüte dich vor kleinen Männern hinter großen Schreibtischen, denkt er, als er den Raum verlässt. Er wird seiner Sekretärin Ulla Mauser sofort eine »Strafanzeige gegen Unbekannt« wegen des Verdachts der Verletzung von Dienstgeheimnissen diktieren und noch heute an Oberstaatsanwalt Katz weiterleiten. Aber die Ermittlungen werden zu keinem Ergebnis führen. Und das ist gut so. Marina von der Rhein-Zeitung hat ihn heute Abend in die Weinbar *Cofone* eingeladen. Und anschließend wieder zu sich nach Hause. Es würde ein schönes Wochenende.

■■■ 21

Montagmorgen. Lena arbeitet sich durch ihr Posteingangsfach mit unzähligen E-Mails. Vieles ist Schrott. Bei der Flut der Nachrichten wird es immer schwieriger, wichtige Mails von unwesentlichen Mitteilungen zu unterscheiden. Wieso gelingt es den Computerfreaks beim Ministerium nicht, diese gottverdammten Spams zu filtern? Wem soll sie denn die vielen Viagra-Angebote empfehlen? Ob Tom schon mal bestellt hat? Fredy hat so was nie gebraucht. »Der steigt auf alles, was bei drei nicht schnell genug auf den Bäumen ist«, hatte Tom mal bemerkt. »Alles zwischen siebzehn und siebzig, was sich noch bewegen kann«, hatte Lena mit bitterer Miene ergänzt. Und lässt sie wieder wie eine heiße Kartoffel fallen, wenn er sein Ziel erreicht hat, hatte sie gedacht. Seit der SMS hat sie Fredy nicht mehr gesehen. Die Kollegen von der Observationsgruppe des Rauschgiftkommissariats sind meist nachts oder an Wochenenden unterwegs und selten im Tagdienst anzutreffen. Vielleicht ist es auch besser, dass sie sich nicht über den Weg laufen. Dann würden bei Lena alte Wunden aufbrechen, deren Narben noch nicht verheilt sind.

Er hatte ihr den Laufpass gegeben und sich schon vor der Trennungs-SMS mit Franca vergnügt. Franca Mazzari, die linke Titte, ihre Konkurrentin nicht nur bei der Beförderung zur

Hauptkommissarin. Stutenbissigkeit. Zickenalarm. Störfaktoren für eine vertrauensvolle Zusammenarbeit in der Mordkommission. Aber mit Franca hatte es Fredy auch nicht lange ausgehalten. Sie war ihm wohl zu dominant, diese arrogante Schnepfe. Einziger Trost: Fredy hat sich von Franca ebenfalls mit einer SMS verabschiedet. Vielleicht hatte er den Text sogar als Musterbrief »Abschiedsmail an Lebensabschnittspartnerinnen« gespeichert und nur die Namen ausgetauscht. Zwei Tage später hatte Franca ihn so richtig in die Pfanne gehauen.

Eine amerikanische Rucksacktouristin war im Gelände unterhalb der Festung Ehrenbreitstein ermordet worden. In der Jeans der Toten wurde ein Zettel mit Fredys Telefonnummer gefunden. Er behauptete in seiner Vernehmung, er sei zum Tatzeitpunkt mit Franca zusammengewesen. Hatte scheinbar schon vergessen, dass er Franca erst zwei Tage zuvor den Laufpass gegeben hatte. Franca konnte und wollte sein Alibi nicht bestätigen. Später stellte sich heraus, dass Fredy die junge Amerikanerin zufällig in der Eisdiele kennengelernt hatte. War damals blöd gelaufen. Aber keiner hatte wirklich ernsthaft geglaubt, dass Fredy sie umgebracht hat. Fredy, der Mann, den die Frauen mögen. Ein Arschloch, aber kein Mörder.

Heute sieht Lena das anders. In jedem schlummert ein kleiner Mörder. Sie hatten den Rucksack der jungen Amerikanerin bei einem Winzer im Mühlental gefunden, aber der Tatverdacht konnte nicht erhärtet werden. Der Mann hatte ein hieb- und stichfestes Alibi und musste mangels Beweisen wieder freigelassen werden. Einer der wenigen ungeklärten Fälle im letzten Jahr. Und plötzlich fällt es Lena wie Schuppen von den Augen. Alfred Laube wohnte damals noch in Ehrenbreitstein und war Stammgast in der Straußwirtschaft des jungen Winzers. Manchmal übernachtete er sogar im Mühlental, wenn er einen Schoppen zu viel getrunken hatte oder am nächsten Morgen früh zu einer Wanderung aufbrach. Laube ist begeisterter Wanderer und profunder Kenner der Rheinsteig-Route, die über den Ehrenbreitstein am Tatort vorbeiführt. Aus einem Zeitungsartikel über den neu eröffneten Rheinsteig wusste Lena, dass Laube schon frühmorgens die Strecke abwandert und die Wegmarkierungen überprüft. Der Todeszeitpunkt der Touristin lag am frühen Morgen. Ihre Gedanken überschlagen sich. Wenn sie Laube auch diesen Mord anhängen könnte, wäre das der Höhepunkt ihrer Karriere, und der Abschied würde ihr leichter fallen. Tom wird sie vermutlich für verrückt erklären, wenn sie ihm ihren neuen Tatverdacht mitteilt.

Lena blickt auf die Uhr. Kurz vor neun. Wo bleibt Tom?

Als hätte er es gehört, kommt er durch die Tür und legt die Rhein-Zeitung auf den Schreibtisch.

»Hast du heute Morgen schon die Zeitung gelesen?«

»Nein, du bist doch mein Zeitungsbote!«

»Aber nicht dein Vorleser. Die Fortsetzung der dpa-Eilmeldung. Hinz war scheinbar schneller, als die Polizei erlaubt. Hier, lies selbst! Im Regionalteil!«

Lena greift nach der Zeitung und schlägt »Koblenz aktuell« auf.

Polizei sucht Verräter

Nach der Veröffentlichung von nur für den Dienstgebrauch bestimmten Details zum Mord an einer Polizistin hat die Staatsanwaltschaft Koblenz Ermittlungen eingeleitet.
Anlass der Ermittlungen sind Berichte der Medien, wonach am Streifenwagen der getöteten Polizistin und ihres lebensgefährlich verletzten Kollegen Fingerabdrücke eines Onkels der Polizistin gefunden wurden. Es handelt sich um den in der Region bekannten Stadtrat Dr. Alfred Laube, CFS, der auch für den Landtag kandidiert. Zahlreiche Medienvertreter belagerten das Amtsgericht, als Laube dem Haftrichter vorgeführt und anschließend in die Justizvollzugsanstalt eingeliefert wurde. Obwohl die Pressestelle der Polizei keine Erklärung abgegeben hatte, wurde aus »sicherer Quelle« bekannt, dass Laube

seine Nichte als Kind sexuell missbraucht haben soll. Dies wurde anschließend – gezwungenermaßen – von der Pressestelle des Polizeipräsidiums bestätigt.
Der bislang unbekannte Informant, der in Polizeikreisen vermutet wird, steht im Verdacht, sich wegen Verletzung des Dienstgeheimnisses strafbar gemacht zu haben. Laut Strafgesetzbuch wird die unbefugte Preisgabe von Informationen durch einen Amtsträger mit einer Geldstrafe oder mit bis zu fünf Jahren Freiheitsstrafe geahndet.

»Eigentlich müsste es Verräterin heißen. Da musst du dich verdammt warm anziehen!«

»Ich bin enttäuscht, dass du mich verdächtigst.«

■

Nachdem Lena ihre E-Mails abgefragt hat, öffnet sie die Datei, in der sie die Befragung von Sabines Großmutter gespeichert, aber nicht beendet hatte. Der letzte Satz erscheint auf dem Bildschirm. *Bitte, bringen Sie nicht noch mehr Leid …*

Das »Mädchen« hatte sie bewusst nicht übernommen. Sie drückt den Wiedergabeknopf des Diktiergeräts.

»… über unsere Familie!«, rauscht die Stimme von Sabines Großmutter aus dem kleinen Lautsprecher. Lena hört die Stimme ihrer verstorbenen Mutter. Mutter hatte diesen Satz gesagt, als die kleine Lena ihr offenbarte, dass Alfred Schmidt sie immer auf den Schoß setzen würde. Nach Vaters Tod kochte Mutter für den »lieben Onkel« Alfred aus der Nachbarschaft mittags eine Portion mehr mit, und Lena brachte den warmen Topf in das kleine Fachwerkhaus auf der anderen Straßenseite. In den niedrigen Räumen stank es nach ekligem Schweiß, Katzenpisse, Alkohol und verschimmelten Essensresten. Lena hatte immer durch den Mund geatmet und sich nie gewehrt, wenn er sie auf den Schoß setzte und streichelte. Er wolle sich bedanken, hatte er gehaucht und ihr manchmal zum Abschied mit seinen feuch-

ten Händen eine Mark tief in die Hose gesteckt. »So tief, damit du die Mark nicht verlierst!« Es war irgendwie ein unangenehmes Gefühl, das sie als Kind nicht einordnen konnte. Wenn er sie mit seinen trüben Augen durchdrang, spürte sie, dass es nicht normal war. »Das Essen wird doch kalt«, dachte sie. Beim säuerlichen Aufstoßen war er ihr manchmal so nahe, dass sie befürchtete, er würde ihr ins Ohr kotzen. Warum hatte sie nicht »Nein« gesagt? Weil es immer nur kurz war. Und dann hatte der Nachbar immer wieder gebeten, sie möge doch das bunte Kleidchen anziehen, denn darunter könne er mehr als eine Münze verstecken. Ja, verstecken, hatte er geheimnisvoll gehaucht. Als Lena ihrer Mutter das erste Mal davon erzählte, antwortete sie: »Das ist doch nicht schlimm. Alfred ist wie ein Onkel zu dir.« Ein böser Onkel, dachte Lena in ihrer kindlichen Unschuld, aber sie traute sich nicht, dieses Wort auszusprechen.

Und irgendwann sagte Mutter diesen Satz: *Mädchen, bitte, bring nicht noch mehr Leid über unsere Familie!*

Lena schwieg von nun an. Mutter trauerte um den Tod ihres Mannes, und Lena wollte sie nicht noch mehr belasten. Sie hatte die unangenehmen Berührungen verdrängt. Wie Sabine. Nun tauchen die alten Bilder wieder auf. Dieser schmierige Laube erinnert sie an Alfred Schmidt, der heute noch neben Lenas Elternhaus wohnt. Fredy leitet sich doch auch von Alfred ab? Liegt über diesem Namen ein Fluch? Quatsch, spinn jetzt nicht rum!

Ob es mehr als nur oberflächliche Berührungen waren? Befürchten alle missbrauchten Kinder, dass die Mutter daran zerbrechen könnte, wenn die Wahrheit ans Licht käme? Wieso tauchen diese Erinnerungen erst jetzt auf? War mehr geschehen, als ihr Gedächtnis preisgibt? Mehr als die Erinnerung verrät?

■

»Lena, wir müssen zur Beerdigung!«

Tom erinnert daran, dass in einer halben Stunde der Trauergottesdienst für Sabine beginnt.

»Schreibe nur noch den Vermerk zu Ende. Bin gleich fertig!«

»Was schreibst du denn?«

»Ach, nichts von Bedeutung!«

■■■ 22

Das Glockengeläut von den Türmen der Herz-Jesu-Kirche in der Stadtmitte hört man bis hinunter zum Parkplatz am Zusammenfluss von Rhein und Mosel, wo Sabine Laube ermordet wurde. Eine riesige Menschentraube hat sich vor der Kirche versammelt. Über tausend Polizisten aus ganz Deutschland, zahlreiche Politiker und unzählige Bürger wollen die ermordete Polizeikommissarin auf ihrem letzten Weg begleiten. Vor dem Treppenaufgang zur Empore finden Lena und Tom in der hintersten Ecke noch eine kleine Lücke.

Polizeipräsident Hardteck eröffnet seine Trauerrede mit den üblichen Floskeln. Der Lebenslauf von Sabine, ihr dienstlicher Werdegang, dass sie »eine unserer Besten« war und eine tiefe Lücke hinterlassen wird. Es wird selten so viel gelogen wie bei Trauerreden, denkt Lena, aber Sabine war wirklich eine der fähigsten Polizistinnen in ihrer Dienstgruppe. Dann verurteilt Hardteck diese Hinrichtung auf offener Straße.

»Dieser Mord ist ein feiger Anschlag, eine skrupellose Tat und eine Form von Gewalt, die man sich bislang so nicht vorstellen konnte. Sabine Laube und Bernd Müller hatten nicht den Hauch einer Chance, diesem kaltblütigen Überfall zu entkommen.« Am Ende der Rede zittert seine Stimme.

Nach einem bewegenden Gottesdienst verlässt Innenminister Schurp an der Spitze des Trauerzuges die Kirche. Er stützt die von einem Weinkrampf geschüttelte Mutter. Polizistinnen und Polizisten in grünen und blauen Uniformen stehen in langen Reihen bis zum Einkaufstempel Löhr-Center Spalier. Alle legen die rechte Hand zu einem letzten Gruß an die Schirmmützen. Einige haben die Kopfbedeckung heute tiefer als üblich ins Gesicht gezogen, um ihre Tränen zu verbergen. Als das Geläut vom Turm der Kirche verstummt, scheint es fast so, als halte die Stadt den Atem an. Nur das gelegentliche Knistern in den Funkgeräten der Polizisten, die den Trauerzug zum Zentralfriedhof geleiten, durchbricht diese unheimliche Stille am helllichten Tag.

Nach der Trauerfeier in der Friedhofskapelle wandert die lange Menschenschlange zu Sabines letzter Ruhestätte.

»Es fällt mir schwer, angesichts der Kaltblütigkeit, mit der Sabine Laube ermordet und Bernd Müller schwer verletzt wurde, die richtigen Worte zu finden. Dieser feige Mordanschlag macht auf bittere Weise bewusst, dass der Kampf gegen Gewalttaten und Brutalität nicht enden darf. In erschreckendem Maße haben die Angriffe gegen Frauen und Männer im Polizeidienst in den vergangenen Jahren zugenommen. Sabine Laubes Tod ist für uns eine Verpflichtung, aktiv für das Recht einzutreten und alles daranzusetzen, dass Gewalt und Unrecht sich nicht breitmachen«, beendet der Innenminister seine Trauerrede am Grab. Der oberste Dienstherr war vor seiner politischen Karriere selbst Polizist und hat nie den Kontakt zur Basis verloren. Er ist einer der wenigen Politiker, die wissen, wovon sie reden.

Bevor der Polizeipfarrer mit der Bestattungszeremonie beginnt, richtet er sich noch einmal kurz an die Trauergemeinde.

»Ich hoffe, dass die Täter gefasst werden, damit Licht in das Dunkel unserer vielen Fragen gebracht wird. Aber das Licht im Dunkel unserer traurigen und wütenden Gefühle wird es nicht anzünden können.«

Lena und Tom blicken sich an. Ob der Polizeipfarrer nichts von Laubes Festnahme weiß? Zweifelt der Priester an dessen Täterschaft? Oder spricht er aus anderen Gründen in seiner Predigt von unbekannten Tätern?

Frau Laube wird am Grab erneut von Weinkrämpfen geschüttelt. Der Innenminister legt seinen Arm um Sabines Mutter. Aus den Lautsprechern der Leichenhalle singt Xavier Naidoo »Dieser Weg wird kein leichter sein«. Eine junge Polizistin, die den Sarg zusammen mit ihren Kollegen getragen hat, erleidet einen Schwächeanfall.

Lena steht in der letzten Reihe der Trauergemeinde und hört nur Wortfragmente des Pfarrers »... der unermessliches Leid über die Familie gebracht hat!« Und mit diesem Satz tauchen wieder die Bilder von der Beerdigung ihrer Mutter auf. Heute strahlt die Sonne von einem wolkenlos blauen Himmel, damals trieb ein scharfer Ostwind riesige Wolkenfelder über den Friedhof. Obwohl die Sonne auf ihr Gesicht brennt, spürt Lena den eisigen Wind der Vergangenheit. Sie registriert nicht mehr, was um sie herum geschieht, sieht sich zitternd vor dem frisch ausgehobenen Grab ihrer Mutter, als sei es erst gestern gewesen. Fast das halbe Dorf hatte sich auf dem Friedhof versammelt, um Abschied von Waltraud Lieck zu nehmen. Als Lena damals den Sand auf den Sarg geworfen hatte, war ihr klar: Nun ist sie allein. Heute noch spürt sie die klebrigen Hände von Alfred Schmidt, als er sie mit festem Griff umklammerte. »Beileid, Lena. Mein Beileid!« Das widerliche Scheusal krächzte wie eine alte Krähe. Lena konnte es nicht ertragen. Sie ekelte sich schon als Kind vor ihm. Mit Alfreds unangenehmem Körpergeruch tauchten damals erste Erinnerungen auf. Lena löste sich aus der Umklammerung und trat angewidert einen Schritt nach vorne, als sie sich beim Geruch von Alfreds Alkoholfahne fast übergeben musste. Warum erinnerte sie sich damals nicht an die Vorgeschichte? War sie wirklich eine Weltmeisterin im Verdrängen? Statt der Erinnerungen stiegen die Magensäfte hoch, und sie erbrach sich kurz danach hinter der Friedhofskapelle. Immer wieder steigt dieser unangenehme Brechreiz in ihr hoch. Jetzt auch wieder.

Die Aufforderung des Polizeipfarrers, näher an das Grab heranzutreten und sich von der Toten zu verabschieden, ruft Lena in die Gegenwart zurück. Sie reiht sich in die Schlange der Menschen ein, die der ermordeten Polizistin die letzte Ehre erweisen. Lena weiß nicht, wie viel Zeit vergangen ist, als ihr irgendjemand vor Sabines letzter Ruhestätte die kleine Schaufel mit Sand in die Hand drückt. Mit der rechten Hand umklammert Lena krampfhaft den kleinen Blumenstrauß, mit der linken versucht sie die Schaufel zu halten. Das Zittern ihrer Hände überträgt sich unkontrolliert auf den ganzen Körper. Sie verliert den kleinen Haufen, bevor sie die dunkelbraune Erde auf den Sarg werfen kann, spürt einen unsichtbaren Sog und wagt sich nicht, näher an das tiefe Loch heranzutreten. Sie lässt die Hortensien ins Grab und die Schaufel auf den Boden fallen. Für einen kurzen Augenblick glaubt sie, in dieses Loch zu stürzen. Sie zieht ein Tempotaschentuch aus ihrer Hose, schnäuzt sich und tupft Tränen aus den Augenwinkeln.

»Ciao, Sabine. Ich werde dafür sorgen, dass er seine gerechte Strafe erhält. Das schwör ich dir!«, flüstert sie und geht zurück zum Dienstwagen, ohne einem einzigen der Trauergäste in die Augen zu schauen.

■

Tom sitzt hinter dem Lenkrad, und wieder quälen ihn diese Gedanken. Sabine Laube liegt nun unter der Erde. Und wo liegt momentan Sabine Schneider? Lebt seine Tochter noch, oder ist sie auch tot?

Seit Sabines Verschwinden hat Tom über dreißig unbekannte Leichen inspiziert, deren Beschreibung seiner Tochter ähnelten. Vielleicht liegt Sabine auf dem Grund eines Gewässers? Aber er kann nicht alle Flüsse, Seen und Weiher in Deutschland absuchen lassen. Er hat nicht den geringsten Anhaltspunkt, wo er mit der Suche beginnen könnte.

Lena öffnet leise die Beifahrertür und lässt sich mit einem tiefen Atemzug in den Sitz fallen.

»Was haben wir denn heute noch vor?«, fragt sie nach minutenlangem Schweigen.

»Ich werde auf keinen Fall mit in die Gaststätte gehen!«

»Die Haut versaufen? Schrecklicher Ausdruck. Nein, darauf habe ich auch keinen Bock!«

»Und was machen wir dann?«

Lena zuckt mit den Schultern.

»HUNSRÜCK 31 für RHEIN kommen!«

Die Durchsage der Leitstelle lässt die beiden aufhorchen. Die Stimme des Funksprechers klingt aufgeregt. Das ist kein Standardauftrag.

»Hier HUNSRÜCK 31, RHEIN kommen Sie!«, meldet sich der Dienstgruppenleiter der Autobahnpolizeistation Emmelshausen, als spüre er die Dringlichkeit der Durchsage.

»Autofahrer meldet weibliche Person auf der Winninger Autobahnbrücke. Fahrtrichtung Norden. Die junge Frau hat auffällig blondes Haar und trägt eine knallrote Lederjacke!«

»Verstanden. Fahrzeug fährt direkt von hier los!«

»MOSELLA 21 und RHEIN 12 für RHEIN kommen!«

Die Dienstgruppenleiter der Polizeiwache Brodenbach und der Polizeiinspektion 2 in Koblenz-Lützel melden sich sofort.

»MOSELLA 21 hört!«

»Hier RHEIN 12, kommen Sie!«

»Haben Sie Durchsage mitbekommen?«

Beide Dienststellen bestätigen und schicken Streifenwagen unter die Winninger Autobahnbrücke, um die Bundesstraßen rechts und links der Mosel in diesem Bereich zu sperren.

»ADLER von RHEIN kommen!«

»ADLER hört!«, meldet sich die Einsatzzentrale der Polizeihubschrauberstaffel auf dem Flughafen Winningen.

»Haben Sie Durchsage mitbekommen?«

»Natürlich. ADLER 1 steigt soeben auf. Die Kollegen wollten ohnehin zum Rundflug starten!«

Von der Einsatzleitstelle wird telefonisch noch die zuständige Station der Wasserschutzpolizei informiert.

Tom dreht den Zündschlüssel um, startet den Wagen und fährt mit durchdrehenden Reifen los. Als sie sich hundert Meter vom Friedhof entfernt haben, öffnet er das Fenster, greift zur Mittelkonsole, setzt das Blaulicht mit der Magnethalterung auf das Dach und schaltet das Martinshorn ein. Seit der Ermordung von Sabine Laube genügt die geringste Assoziation: ein Mädchen in der Stadt, das Sabine nur annähernd ähnlich sieht oder Kleidungsstücke trägt, an die er sich erinnern kann. Manchmal genügt bereits, wenn in seinem Beisein ein Kollege von seinen Kindern erzählt. Egal, ob voller Stolz oder in Sorge um die Zukunft. Aber von alldem kann Lena nichts ahnen.

»Seit wann sind wir für Selbstmörder an der Mosel zuständig?«, faucht sie ihn an.

Tom antwortet nicht und rast mit hohem Tempo die Steilstrecke der Moselweißer Hohl hinunter in Richtung Cochem. In der letzten Linkskurve der Steilstrecke kann er den schleudernden Dienstwagen im letzten Moment abfangen.

»Willst du uns umbringen?«, schreit Lena. Sie ist ohnehin eine schlechte Beifahrerin, aber das hier grenzt an eine Amokfahrt.

Man darf unter dem Einsatz von Sondersignalen zwar Verkehrsregeln missachten, muss aber besonders aufmerksam fahren. Wenn sich ein Zivilfahrzeug mit Blaulicht und Martinshorn einem vorausfahrenden Fahrzeug nähert, legt der erschreckte Autofahrer meist eine Vollbremsung hin, statt das Tempo zu verlangsamen und an den rechten Fahrbahnrand zu fahren. Gott sei Dank ist die Moseluferstraße Richtung Lay frei. Auf der Autobahnbrücke steht bereits ein Streifenwagen der Autobahnpolizeistation Emmelshausen. Tom fährt auf den Parkplatz unterhalb der Brücke.

Das Martinshorn schweigt, aber die blauen Lichter blinken hektisch weiter. Tom blickt nach oben. Die junge Frau steigt über das Brückengeländer auf der Winninger Seite oberhalb der Weinberge. Zwei Polizisten nähern sich. Dann fällt der Körper in der roten Jacke wie in Zeitlupe von Deutschlands höchster Autobahnbrücke. Den Aufprall kann Tom nicht sehen, da zwischen der Mosel und dem Parkplatz hohe Sträucher die Sicht versperren, aber er glaubt den Aufprall gehört zu haben, so laut, als sei die ganze Brücke mir ihren fünf riesigen Pfeilern in sich zusammengefallen. Und er sieht die Bilder der während der Bauarbeiten eingestürzten Südbrücke vor sich. Damals war er noch junger Polizeihauptwachtmeister auf dem 1. Polizeirevier in der Koblenzer Altstadt. Zweimal ist die Brücke eingestürzt, und das Unglück hat sieben Menschenleben gefordert. Seine ersten Toten im Dienst? Er weiß es nicht mehr.

»RHEIN von HUNSRÜCK 31/10 kommen«, rauscht es kurze Zeit später durch den Funkkanal.

»Hier RHEIN! Kommen Sie!«

»Die Frau ist soeben auf der Winninger Seite gesprungen und in den offenen Güterwaggon eines Zuges Fahrtrichtung Trier gestürzt. Verständigen Sie die Bundespolizei!«

»Sind Sie sicher?«, fragt der Kollege bei der Einsatzleitstelle ungläubig.

»Ja. Wir haben die rote Jacke auf einem Waggon erkennen können!«

»Verstanden. Hier RHEIN Ende. ADLER 1 von RHEIN kommen!«

»ADLER 1 hört!«

»Können Sie den Zug begleiten, falls die Leiche vom Waggon wieder hinausgeschleudert werden sollte!«

»Sind schon unterwegs!«

Die Einsatzleitstelle RHEIN beauftragt die Bundespolizei, die Zugnummer festzustellen, den Zug bei der nächsten Gelegenheit zu kontrollieren, um die Leiche der jungen Frau zu bergen, bevor die Waggons entladen werden.

Im Funkkanal herrscht nun unheimliche Stille, und unter der Brücke breitet sich eine fast gespenstische Ruhe aus. Tom drückt mit zitternder Hand die Sprechtaste des Funkgeräts.

»HUNSRÜCK 31/10 von BERTA 15/11 kommen!«

»BERTA 15/11 kommen!«

»Wie hat sie ausgesehen?«

Der Polizist in dem Funkstreifenwagen auf der Brücke wiederholt die Personenbeschreibung. Tom presst seine Lippen zusammen und verschränkt die Finger so fest ineinander, dass seine Knöchel weiß werden. Sabine trug auch immer eine rote Lederjacke. Sie wollte auffallen. Auf sich aufmerksam machen! Zuerst diese schwarze Grufti-Kleidung, pechschwarze Haare und ein leichenblass geschminktes Gesicht. Danach grellroter Lippenstift, blonde Haare und diese rote Lederjacke. Knallrot.

Tom wirft einen verzweifelten Blick nach oben und betet. Wann hat er das letzte Mal gebetet? Er kann sich nicht erinnern. Doch! Nach Bines Selbstmordversuch hat er seinen Gott das letzte Mal um etwas gebeten. Darum gebeten, dass sich alles zum Guten wendet. Und wer immer da oben am blauen Firmament Schicksal spielen mag, er hat sein Gebet nicht erhört.

Tom reißt das Blaulicht vom Fahrzeugdach, wirft es auf die Rückbank und trommelt verzweifelt auf die Motorhaube des Zivilfahrzeuges.

»Tom, was ist los?« Lena legt den Arm auf seine Schulter.

»Die Beschreibung des Mädchens passt auf meine Tochter!«

Lena blickt ihn erstaunt an.

»Wie bitte? Du hast eine Tochter? Das wusste ich ja gar nicht.«

Lena, was weißt du schon von mir, schreit seine innere Stimme.

Dann setzt er sich hinter das Auto auf den groben Asphalt des Parkplatzes, greift wütend nach kleinen Kieselsteinen, wirft sie in den Fluss. Lena kniet sich vor ihm hin.

»Du hast mir nie davon erzählt.«

»Warum sollte ich?«

»Ich bitte dich. Wir arbeiten seit Jahr und Tag und oft nächtelang zusammen und …«

»Und? Und was? Was weiß ich denn von dir, außer deiner Beziehung mit Fredy?«

»Wenn ich eine Tochter hätte, dann …«

»Was dann? Du hast aber keine!«, schreit er sie an.

Ich hätte eine haben können, aber das kannst du ja nicht wissen, denkt Lena und spürt die Verzweiflung vergangener Tage. Sie war sechzehn. Schwanger von einem Jungen, der ihren alkoholisierten Zustand ausgenutzt hatte. Es war keine Vergewaltigung. Soweit sie sich erinnern kann. Ein Arzt in Holland hatte den Schwangerschaftsabbruch durchgeführt. Mutter bezahlte das komplette Programm. »Du versaust dir dein ganzes Leben mit dem Kind. Und dann ohne Vater. Nein, lass es besser wegmachen!« Wegmachen. Leben töten. An dem Tag der Abtreibung wurde Lena das zweite Mal mit dem Tod konfrontiert. Privat. Was wäre aus mir geworden, wenn ich das Kind bekommen hätte? Trautes Heim, Glück allein? Kann sie sich nicht vorstellen. Nein, das wäre es auch nicht gewesen.

Tom wischt sich mit dem rechten Handrücken über das Gesicht und atmet tief durch. Der junge Schutzpolizist von der Polizeiwache Brodenbach, der mit seinem Streifenwagen kurz vor ihnen unter der Brücke eingetroffen war, blickt die beiden Kollegen irritiert an.

»Ich habe so eine furchtbare Angst. Wenn ich daran denke, dass meine Tochter sich …«

»Ich kann das verstehen.«

»Du kannst gar nichts verstehen!«, schluchzt Tom und erzählt in kurzen Sätzen, dass Sabine seit mehreren Monaten vermisst wird. Tom sieht sich verzweifelt auf dem Steg der *Albatros* stehen, an dem Abend, als er Sabine das letzte Mal gesehen hatte. Sie stand an der Anlegestelle vor dem Steg zur *Albatros*, weil sie mal wieder Geld brauchte. Damals ahnte er noch nicht, wofür. Oder er wollte es nicht wissen. Sie wollte nicht mit auf das Boot kommen, aber er hatte nicht genügend Geld im Portemonnaie. Vater und Tochter hatten es nur kurze Zeit gemeinsam in dem engen Salon der schmalen Barkasse ausgehalten. Er hatte ihr ein Taxi bestellt. Schweigend standen sie nebeneinander auf dem schmalen Steg und hofften mit jedem Lichtkegel, der durch die Bahnunterführung strahlte, dass es endlich das Taxi sei. An diesem Abend fuhren viele Anwohner der Insel Niederwerth von einem Konzert in der nahe gelegenen Wallfahrtskirche nach Hause. Und irgendwann bog das ungeduldig erwartete Taxi langsam um die Ecke und steuerte auf den Steg zu. Vater und Tochter verabschiedeten sich mit einem kurzen Händedruck. Das war der einzige Körperkontakt. Keine stumme Umarmung. Nichts. Warum konnte er damals Sabine nicht in die Arme nehmen? Tom steht auf und lehnt sich mit dem Rücken an den Dienstwagen. Lena steht vor ihm und drückt ihn an sich. Dann rauscht es wieder im Funkkanal.

»RHEIN von ADLER 1 kommen!«

»Kommen Sie!«

»Die Leiche liegt in einem Waggon in der Mitte des Güterzuges. Soweit wir erkennen können, ist dieser Wagen nicht voll beladen. Es besteht keine Gefahr, dass die Leiche aus dem Waggon geschleudert wird.«

»Verstanden. Bleiben Sie dennoch dran, bis der Zug in Cochem anhält.«

»Okay, ADLER 1 verstanden. ADLER mit!«

»ADLER hat mit!«

»HUNSRÜCK 31 von RHEIN kommen!«

»Kommen Sie!«

»ADLER 1 hat den Waggon mit der Leiche lokalisiert. Etwa in der Mitte des Zuges. Die Bundespolizei wird den Güterzug in Cochem zur Bergung der Leiche anhalten. Die Kriminalinspektion wurde informiert. Setzen Sie sich mit der örtlichen Dienststelle in Verbindung!«

»HUNSRÜCK 31 verstanden. Ende!«

Tom reißt die hintere Tür auf, setzt das Blaulicht wieder auf das Dach, knallt die Tür zu, rennt um das Auto, springt auf den Fahrersitz und startet den Wagen. Lena hat die Beifahrertür noch in der Hand, als Tom bereits über den Parkplatz rast.

»Fahr bitte nicht so schnell. Wir werden die Frau nicht mehr retten!«, schreit Lena mit zitternder Stimme und drückt sich in den Beifahrersitz.

»Ich muss wissen, ob es wirklich Sabine ist!«, erwidert er und gibt Gas. Sie wechseln kein einziges Wort und erreichen in Rekordzeit den Bahnhof in Cochem. Erst beim Abbremsen neben dem Güterzug schaltet Tom die Sirenen des Martinshorns aus. Auf den Kohlewaggons laufen vier Kollegen der Bundespolizei.

»Hier ist sie!«, ruft einer. Tom rennt zu dem Waggon in der Mitte des Güterzuges.

»Wer sind Sie denn?«, fragt der uniformierte Beamte.

»Kripo Koblenz«, ruft Tom und klettert auf die schmale Leiter. Als er in den Innenraum des Waggons blickt, läuft ein Schauer über seinen Rücken. Der zertrümmerte Kopf der weiblichen Leiche liegt direkt vor ihm. Das Gesicht ist nicht zu erkennen, nur eine undefinierbare Masse Fleisch wie in der Auslage eines Metzgerladens. Sein Magen dreht sich um. Er muss seinen Blick noch einmal auf die Gleise richten.

»Wieso übernehmt ihr den Fall?«, hört er nur die Stimme des Kollegen, der sich in dem Moment über die Leiche beugt. Tom kann nicht antworten. Er braucht noch ein paar Sekunden, um das Mädchen genauer zu betrachten.

»Sabrina Kröber!«, hört er wieder die Stimme des Kollegen auf dem Waggon. Ein Triebwagen des Personennahverkehrs fährt in den Bahnhof ein.

»Was sagst du?«, ruft eine zweite Stimme.

»Sabrina Kröber heißt sie. Aus Hatzenport. Sie hat einen Ausweis in der Tasche.«

»Gut. Dann hat sie uns viel Arbeit erspart!«

Tom steigt wieder zwei Schritte nach oben. Erst jetzt wagt er es, die Leiche genauer zu betrachten. Das Gesicht ist zwar bis zur Unkenntlichkeit entstellt, aber dennoch ist Tom sicher: Dieses junge Mädchen ist nicht seine Tochter. Er steigt die Leiter hinunter. In dem Moment fährt ein Astra der Kripo Cochem auf das Bahngelände. Kriminaloberkommissar Glocker steigt aus. Lothar Glocker. Mein Gott, wie lange hat er den nicht mehr gesehen. Seit der Grundausbildung bei der Bepo in Mainz. Eine halbe Ewigkeit ist vergangen. Es war zur Zeit der Baader-Meinhof-Prozesse, als die blutjungen Oberwachtmeister die Terroristen im Klinikum Mainz bewachten und anschließend in Kaiserslautern für die Sicherheit des Prozesses eingesetzt wurden.

»Tom, altes Haus. Was machst du denn hier?«

»Wir waren zufällig in der Nähe«, sagt Tom.

Glocker blickt ihn erstaunt an: »Ja und? Bist du nicht mehr beim Rauschgift?«

»Ich hatte gedacht, ich kenne das Mädchen!«

»Eine von den Drogenfuzzies?«

Drogenfuzzies! Tom würde ihm am liebsten eine in die Schnauze schlagen. Glocker säuft sich irgendwann zu Tode. Ist selbst ein Süchtler. Hat die Flasche Schnaps immer im Ordner stehen. Legal. Illegal. Scheißegal.

»Nein, aber der Kollege von der Bahnpolizei hat einen Ausweis bei der Toten gefunden! Freue mich, dich mal wieder gesehen zu haben«, lügt Tom und schlägt Glocker kumpelhaft auf die Schulter.

»Wollen wir nach der Leichenschau nicht noch einen trinken?«

»Nein, ein anderes Mal. Ich habe noch ne Kollegin dabei.«

»Das ist doch super. Dann kann sie zurückfahren! Und wir können uns einen reinhauen. Hat doch auch was für sich mit den Mädels. Wir fahren hin. Die fahren zurück! Ist das keine Gleichberechtigung?«

Glocker lacht. Er hatte schon immer eine seltsame Art von Humor, denkt Tom, schüttelt den Kopf und geht zum Dienstwagen. Als er hinter dem Lenkrad sitzt, spürt er wieder seine feuchten Hände.

»Lena, kannst du fahren?«

»Ich kann nicht nur fahren. Ich habe auch einen Führerschein.«

»Okay, dann lass uns die Plätze wechseln!«
»Du hast doch deinen Lappen wieder, oder?«
Er nickt.
»Oder fährst du etwa die ganze Zeit schwarz?«
Tom versucht zu lächeln, aber es gelingt nicht.
»Wenn du mir von deiner Tochter erzählen möchtest. Ich kann zuhören! Und Dinge für mich behalten! Wie du auch. Es bleibt unser Geheimnis! Unsere Geheimnisse!«

Auf der Rückfahrt sitzen sie schweigend nebeneinander. Nur das Motorgeräusch ist zu hören. Lena fragt sich nach dem Sinn des Lebens. Denkt an die Aussage von Sabines Freundin, dass die lebensfroh wirkende Polizistin sich das Leben nehmen wollte. Kann sich nicht vorstellen, dass die junge Kollegin lebensmüde und schwermütig war. Aber man täuscht sich nicht mehr als in einem Menschen. Keiner blickt hinter die Fassade, und jeder Mensch hat Gründe, wenn er sich für einen Freitod entscheidet. Frei entscheidet? Lena würde frühzeitig den Tag, aber niemals ihr Leben beenden. *Und wenn du denkst, es geht nicht mehr, kommt von irgendwo ein Lichtlein her!*, hatte Großmutter immer gesagt, wenn Lena als Kind weinte. Sie würde Tom gerne ein Licht anzünden. Aber wie?
»Würdest du noch einen Kaffee bei mir trinken? Ich möchte jetzt nicht allein sein!«

■

Lena und Tom reden, bis die Kerzen in der Kajüte der *Albatros* heruntergebrannt sind und Tom die zweite Flasche Rotwein geleert hat. Er kann sich nicht erinnern, jemals mit einem Menschen so ausführlich über seine Vergangenheit und die Angst um seine Tochter gesprochen zu haben. Die Ungewissheit ist das Schlimmste.

Das Anrufsignal des Handys reißt ihn mitten aus dem Schlaf. Er rollt sich zur Seite, tastet nach dem Mobiltelefon, bis seine Finger es unter der Koje berühren, und drückt mit dem Daumen auf das Symbol mit dem grünen Telefonhörer.

»Hallo?«

»Kommst du heute nicht zum Dienst?«

»Wie spät ist es?«

»Halb zehn!«

»Auh, Shit! Ich hab total verpennt.«

»Willst du Überstunden abfeiern? Hast doch genug angesammelt. Dann sag ich Harald Bescheid.«

»Nein, ich springe nur noch schnell unter die Dusche.«

»Dann mach dich mal schön frisch! Bis gleich!«

Lena lacht und legt auf.

Warum bist du heute Nacht nicht bei mir geblieben?, würde er am liebsten in den Hörer schreien, aber die Frage bleibt in seinem Hals stecken. Er will sich nicht wieder blamieren, hält immer noch das Mobiltelefon in der Hand. Er hätte gerne weiter mit Lena gesprochen. Dann dreht er sich langsam zur Seite, steht vorsichtig auf und schwankt in den engen Waschraum mit WC zwischen Schlafkoje und Salon. Aus dem kleinen runden Spiegel starren ihn geschwollene Augen an. Seine Gesichtszüge wirken ernster seit seiner Scheidung. Das jungenhafte Lächeln, das seine Frau so sehr an ihm mochte, verschwindet immer häufiger aus seinem Gesicht. Stattdessen vermehren sich die Jahresringe unter den Augen, mehr als nur einer pro Lebensjahr. Um die Wangen graben sich immer tiefere Falten ein. Von wegen, jede Falte eine schöne Erinnerung! Je öfter er in den Spiegel schaut, desto wehmütiger blickt er zurück. Aber was wäre die Alternative? Wie Robert, Bambus, Hännes, Sam, Gerd, Lanzi, Franz, Kracher, Otmar, Hermann, Ritzo, Burkhardt, Jopa, Harry und Quasi zu enden? Nein, dann lieber in Würde altern, als auch nur einen Tag zu früh diesen Planeten zu verlassen.

Er schneidet eine Grimasse, aber ein echtes Lächeln will ihm nicht gelingen. Was erhofft er sich eigentlich von der Zukunft? Ob sich alle Männer, die auf die fünfzig zugehen, diese Frage stellen? Die Vorstellung, bald ein Fuffie zu sein, gefällt ihm nicht. Und wenn er am Geldautomaten auf den Ausdruck seiner Kontoauszüge wartet, springt ihm das Angebot seiner Bank förmlich in die Augen:

Gehören Sie zur
Generation 50 +?

Dann stellen wir Ihnen diese Frage:
Wie **wichtig** ist es Ihnen, Ihr **Vermögen** im Falle
einer **Pflegebedürftigkeit** zu erhalten?

Wir bieten Ihnen **Beratung** rund um
»Erben und Vererben« an, z. B.
private Pflegerente und **Bestattung**.

Vermögen? Polizeibeamte sind nur vermögend, wenn sie eine reiche Frau geheiratet haben. Viele brauchen noch einen genehmigten Nebenjob, um den Hausbau oder später das Studium ihrer Kinder zu finanzieren. Eine reiche Frau lässt sich genauso gut lieben wie eine arme, hatte Fredy immer gesagt. Bis zum heutigen Tag hat er aber keine Frau mit einem entsprechenden Vermögen gefunden. Fredy, wieso denkt er im Zusammenhang mit Frauen immer an dieses Arschloch? Wer würde ihn im Alter pflegen? Wer ihn irgendwann mal zu bestatten hat, ist ihm egal. Und wieder der Blick in den Spiegel. Noch bis vor Kurzem hatte er seinen Vollbart selten rasiert. Aber erst ab einer gewissen Länge erkennt man die Anzahl der grauen Barthaare, und ein grauer Bart macht verdammt alt! Bei einem Dreitagebart haben die grauen Haare keine Chance. Noch nicht. Deshalb rasiert er sich nun öfter.

Er schaltet den Bartschneider auf »3-Tage-Bart« und erinnert sich an Willis fünfzigsten Geburtstag. Willi war damals sein Praxisanleiter beim Durchlauf in der Mordkommission. Ein kleinwüchsiger, unauffälliger Mann. Sah aus wie ein Double von Peter Falk als TV-Ermittler Columbo. Willi hatte nicht nur eine rote Schnapsnase, sondern auch eine verdammt gute Spürnase. Keiner konnte einen Tatortbefundbericht so detailliert formulieren wie Willi. Tom war damals fünfundzwanzig und Willi für ihn ein uralter Mann.

Und heute stellt er mit Schrecken fest, wie schnell die Zeit vergeht. Das letzte Jahr verging wie im Flug. Würden die jüngeren Kolleginnen und Kollegen von ihm das gleiche Bild haben, das er von Willi hatte? Man sagt, in diesem Alter würden die meisten Menschen Bilanz ziehen, und es wäre die Lebensphase, in der sich nicht mehr viel verändern würde. Das würde ja bedeuten, dass er bis zum Ende seines Lebens allein bliebe. Keine Frau mehr fände. Das will er nicht akzeptieren. Aber nach der Scheidung hatte er mit Frauen eine Niederlage nach der anderen erlebt. Vermutlich müsste die Frau, die zu ihm passt, noch gebacken werden, hatte Lena vor einigen Wochen schnippisch bemerkt. Lena ist zu jung für dich, sagt der Spiegel. Und was hatte Fredy damals gesagt: »Du solltest kein Pferd satteln, das du nicht reiten kannst!« Das Arschloch. Aber wenn Lena wirklich zu einer Beziehung bereit wäre? Wie würde es enden? In Tränen? Die Zerstörung eines beruflich erfolgreichen Teams in einer einzigen Nacht der Begierde? Never change a winning team. Nichts würde mehr sein wie zuvor. Einmal passiert, lässt die Spannung nach. Wäre es bei Lena auch so? Ob Lena sich noch ein Kind wünscht? Sein Plan vom Leben, der Traum vom Glück einer intakten Familie war nicht in Erfüllung gegangen. Er denkt an seine gescheiterte Ehe und an Sabine, die aus seinem Leben verschwunden ist. Er weiß nicht, wo und bei wem sie sich momentan aufhält.

Trotz der ausgiebigen Dusche wollen die Hammerschläge in seinem Kopf und der faulige Geschmack im Mund nicht verschwinden. Gott sei Dank hatte er gestern noch den Frischwassertank aufgefüllt. Er löst sich zwei Aspirin aus der Schiffsapotheke auf. Als Paul Miller mit seinem Fahrgastschiff *Confluentia* am Steiger ablegt, schaukelt die schmale Barkasse *Albatros* leicht hin und her, und sein Kreislauf schwankt im

Rhythmus der Wellen mit. Er öffnet die Schiebetür vom Steuerhaus, hält sich an dem Griff fest und atmet tief die frische Luft ein. Langsam lockert sich die Verkrampfung in seinem Magen. Aber sein Mund bleibt trocken, und seine Lippen kleben immer noch aneinander. Dann steigt er wieder ins Schiff, zieht sich an, geht über den Steg zu seinem Rad, das er immer an dem Geländer mit einem stabilen Schloss sichert. Hier wurde im Gegensatz zum Präsidium noch kein Fahrrad gestohlen. Dann zieht er den Helm auf und tritt in die Pedale. Die Sonnenstrahlen treiben die Nebelschwaden aus dem Rheintal vor sich hin, und heute Morgen hat er auf dem Radweg das Gefühl, als fahre nicht er, sondern das Deutsche Eck mit wehenden Fahnen wie ein großes Schiff auf ihn zu. Und wie jeden Morgen genießt er die halbstündige Radtour am Rhein entlang zum Präsidium.

▪

Als Tom das Büro betritt, steigt der Geruch frisch aufgebrühten Kaffees in seine Nase. Er lässt sich mit einem tiefen Atemzug in den alten Ledersessel fallen. Lena stellt eine Tasse auf den Tisch.

»Wie geht es dir?«, flüstert sie.

Tom lehnt den Kopf zurück und schließt die Augen.

»Es hat gutgetan, alles zu erzählen. Und wie geht es dir? Ich hatte das Gefühl, du wolltest mir auch was sagen, oder liege ich da falsch?«

Lena antwortet nicht. Als sie gestern Abend zum Reden ansetzen wollte, erstickte ein imaginäres Pflaster bereits den ersten Satz. Tom hatte ihre zitternden Hände gehalten und zärtlich die Handrücken gestreichelt. »Willst du mir nicht erzählen, was dich bedrückt?«, hatte er gefragt. Das hatte Fredy nie interessiert. Frauen mögen Männer nicht, die nur von sich erzählen. Tom kann zuhören und hatte seine schwachen Seiten gezeigt.

»Heute nicht. Vielleicht später. Lass mir noch etwas Zeit!«, hatte sie geantwortet, und ihre Tränen lösten die Wimperntusche auf. Er hielt sie bis in die frühen Morgenstunden in den Armen, ohne den Grund für ihre Traurigkeit zu kennen. Nur ab und zu schüttete er sich das Glas voll. Bis die zweite Flasche leer war. Warum hatte er nie von seiner Tochter erzählt? Wieso hat sie nie über die Sache mit Alfred gesprochen? Warum konnte sich Sabine keinem anvertrauen? Warum vertraut sie sich niemandem an?

Tom und sie sind ein starkes Ermittlungsteam. Sie fühlt sich auf eine seltsame Art zu ihm hingezogen. Gibt es wirklich diese platonische Liebe zwischen Mann und Frau? Sie kennen sich schon lange, und dennoch ahnt keiner von den Sorgen und Ängsten des anderen. Im Grunde seines Herzens ist jeder allein. Vielleicht verschweigen sie auch ihre geheimen Sehnsüchte. Sehnt sie sich mehr nach seiner Nähe? Mehr, als sie sich eingestehen möchte? Mussten gewisse Dinge geschehen, damit Gefühle zum Ausbruch kommen?

In den letzten Minuten hat nur das Ticken der Uhr die Stille in dem Büro unterbrochen. Lena atmet tief durch. »Du liegst nicht falsch. Vielleicht erzähle ich es dir mal. Irgendwann. Irgendwo. Irgendwie. Okay?«

»Wann immer du das Bedürfnis verspürst!«

Lena geht zurück zum Schreibtisch.

»Und jetzt wieder dienstlich, Kollege. Ich hab ne Neuigkeit!«

»Schieß los!«

»Bin gespannt, wie Laube auf unseren neuen Beweis reagiert!«

»Welchen Beweis?«

Tom greift nach der Tasse und bläst auf die Oberfläche des dampfenden Kaffees.

»Lass dich einfach überraschen!«

Lena hält den Untersuchungsbericht des LKA hoch. »Hat heute Morgen in meinem Fach gelegen. Und ich habe alles schon genau studiert.«

»Warst du schon so früh hier?«

»Klar, ich habe ja nichts getrunken.«

»Das habe ich für dich erledigt.«

»Ja, das ist doch ein feiner Zug von dir gewesen.«

»Mehr als einer!«, lächelt Tom.

»Auf, Alter. Schwing die Hufe. Wir fahren hoch zur JVA.«

»Da bin ich aber mal gespannt. Was muss ich wissen?«

»Lass mich mal machen!« Lena zwinkert ihm zu.

»Einverstanden, bin heute vermutlich ohnehin nicht zu gebrauchen! Fühl mich noch zu schwach.«

»Du musst nicht immer stark sein. Wer Schwäche zeigt, ist wirklich stark!«

»Gilt dieser Spruch des Tages auch für eine toughe Kommissarin?«

»Nicht immer. Aber immer öfter«, antwortet Lena und greift nach der Fahrtenbuchmappe mit dem Autoschlüssel. »Auf geht's! Ab in den Knast!«

▪

»Guten Morgen, Herr Dr. Laube. Wir möchten Ihnen aufgrund neuer Erkenntnisse nach Rücksprache mit Ihrem Rechtsanwalt noch einmal die Gelegenheit geben, sich zu den Tatvorwürfen zu äußern.«

Lena atmet tief ein. Sie möchte jedes einzelne Wort genießen.

»Herr Dr. Laube. Wir haben DNA-Spuren an der Beifahrertür des Streifenwagens gesichert und mit Ihrer Speichelprobe verglichen. Identisch. Einwandfrei. Nicht nur Ihre Fingerabdrücke, sondern auch Ihre DNA-Spur am Tatort!«

Laubes Hände zittern.

»Haben Sie dafür eine Erklärung, Herr Dr. Laube?«

Laube schluckt.

»Ich wusste, dass Sabine abends oft auf dem Parkplatz steht. Wollte sie fragen, ob sie etwas für mich tun kann.«

Seine Stimme klingt brüchig.

»Die Antwort kommt mir zu schnell. Woher wussten Sie das, wenn Sie sich bei der ersten Vernehmung noch nicht einmal erinnern konnten, wann Sie Ihrer Nichte das letzte Mal begegnet sind?«

»Na ja, meine Schwägerin hatte mir mal erzählt, dass sie abends oft auf diesem Parkplatz-Eck die Umgebung rund um das Deutsche Eck überwacht.«

»Und das soll ich Ihnen wirklich glauben? Und selbst wenn,

das wäre doch die absolut ungünstigste Gelegenheit für ein Gespräch unter vier Augen gewesen. Im Beisein des Kollegen?«

»Wieso? Die unterliegen doch alle der Amtsverschwiegenheit!«

Lena blickt ihn mit einem verächtlichen Lächeln an.

»Da hätte ich Ihnen eine gescheitere Aussage zugetraut. Diese hier ist gescheitert.«

»Es klingt unglaubwürdig, aber ich habe sie nicht umgebracht. Und dann erschienen plötzlich die beiden Männer ...«

Lena lacht laut auf und trommelt mit beiden Händen auf ihre Oberschenkel.

»Was? Ich glaub es nicht. Da erscheinen Ihnen zwei Männer? Direkt zwei große Unbekannte. Ne Nummer kleiner haben Sie es wohl nicht? Das glauben Sie doch selbst nicht, was Sie uns hier auftischen wollen! Das wird Ihnen auch kein Richter glauben! Da brauchen Sie aber einen verdammt guten Anwalt.«

Tom ärgert sich. Wieso unterbricht Lena seine Aussage? Absolut dilettantisch, einen Beschuldigten zu unterbrechen, wenn er mit dem Reden beginnt. Aber Laube erzählt Gott sei Dank weiter. Er will den Druck ablassen.

»Ich weiß, es klingt hanebüchen, aber es hat sich so abgespielt. Die Männer haben geschossen und sind dann in ihrem Auto geflüchtet. Ich bin zu dem Streifenwagen gelaufen und wollte helfen. Aber Sabine war tot. Dann bin ich voller Panik zurück in meine Wohnung und ...«

»... und haben es schlicht vergessen, die Polizei zu verständigen. Aber die unterlassene Hilfeleistung macht den Bock auch nicht mehr fett«, beendet Lena mit sich überschlagender Stimme den Satz.

Verdammt, jetzt hat sie ihn schon wieder unterbrochen, denkt Tom und signalisiert Lena, dass er nun gerne die Gesprächsführung übernehmen würde. Lena nickt zustimmend.

»Es hat keinen Zweck, Herr Dr. Laube. Die Version wird Ihnen nichts nützen. Warum machen Sie nicht reinen Tisch?«, sagt Tom in ruhigem Tonfall.

»Das ist die Wahrheit, nichts als die Wahrheit, und nun möchte ich zurück in meine Zelle.«

»Moment, eine Frage habe ich noch, Herr Laube. Was war das für ein Auto?«, hakt Lena nach. Sie kann es nicht lassen und nimmt Tom die Worte aus dem Mund.

»Ein roter Alfa mit französischem Kennzeichen«, sagt Laube leise.

»Nummer?«

»Die habe ich mir doch in der Aufregung nicht gemerkt!«

»Und woher wissen Sie dann, dass es ein französisches Kennzeichen war?«

»Es war gelb!«

»Haben die Holländer auch. Aber Sie wollen uns sicher French Connection verkaufen. Das waren zwei Killer aus Frankreich, die mal kurz ans Deutsche Eck kommen, um zwei deutsche Polizisten abzuknallen. Immer diese Ausländer. Das war bestimmt die Mafia.«

Lena atmet tief ein. Ihre Stimme wird lauter.

»So eine gequirlte Scheiße habe ich schon lange nicht mehr gehört. Ich habe keine weiteren Fragen mehr.«

Ohne Laube mit einem einzigen Blick zu würdigen, steht Lena auf und schaut durch das vergitterte Fenster in den Innenhof. Sie möchte mit den dunklen Gestalten nicht unter einem Dach wohnen. Tom bittet den Justizwachtmeister, Laube wieder in seine Zelle zu begleiten, und sie fahren zurück ins Präsidium.

▪

Nachmittags gleichen die Ermittler der Sonderkommission ihre Vernehmungen und mögliche Spuren ab, ohne jedoch einen Schritt weiterzukommen. Viele verlassen erst am späten Abend den hässlichen Zweckbau am Koblenzer Moselring, der demnächst renoviert werden soll. Oder abgerissen!

Tom kommt ins Zimmer und wedelt mit einer grünen Umlaufmappe. Nachdem er Lena von seiner Tochter erzählt hat, hat sich der imaginäre Stahlring um seine Brust gelockert. Es war fast wie eine Therapie. Warum hatte er nie die Hilfe eines Psychologen gesucht? Selbst mit Manuela Mandel hatte er nie gesprochen.

Lena sitzt hinter ihrem Schreibtisch.

»Na, schon wieder verschlafen?«

»Nett, wenn man so freundlich begrüßt wird. Da macht die Zusammenarbeit doch richtig Laune!«

»Ja? Wo kommst du denn her?«

»Durch die Tür!«

»Hast du einen Clown verschluckt? Aber Hauptsache, es geht dir gut!«

Lena lacht so unbeschwert wie schon lange nicht mehr. Tom wirft die kleine Mappe in einem eleganten Bogen auf Lenas Schreibtisch.

»Heute habe *ich* eine Überraschung. Ist soeben in unserem Fach gewesen, und ich habe mit dem Verfasser dieser Zeilen noch ein Gespräch geführt! War früh hier. Habe nicht verschlafen, sondern schon gearbeitet. War ausnahmsweise mal vor dir auf der Dienststelle.«

»Was ist das?«

»Dreimal darfst du raten!«

»Sind wir hier in einem Fernsehquiz? Welche Spur hätten Sie denn gerne gelegt? Sag die Wahrheit.«

»Vielleicht sagt Laube die Wahrheit.«

»Spinnst du? Was soll das denn?«

»Lies einfach!«

Lena verschränkt demonstrativ die Arme vor dem Körper.

»Ich habe übrigens auch eine Überraschung!«

»Bitte. Ladies first!«

»Erinnerst du dich an den Mord in E-Stein? Die amerikanische Touristin.«

Tom nickt. Und dann redet Lena wie ein Wasserfall. Zählt alle Verdachtsmomente auf, die Laube auch in dem ungeklärten Mordfall belasten könnten.

»Warum grinst du so blöd?«

»Stand dein Fredy nicht damals auch unter Verdacht?«

»Erstens ist das nicht *mein* Fredy. Er gehört vielen, wie du sicherlich weißt. Und zweitens ist er zwar ein Schwein, aber kein Mörder!«

»Vielleicht treffen diese Merkmale auch auf Laube zu?«

»Du wirst doch nicht ernsthaft Fredy mit diesem Pädophilen verwechseln.«

»Wieso? Fredy liebt doch auch Frischfleisch.«

»Hör sofort mit den geschmacklosen Sprüchen auf. Ich könnte dir schon wieder eine scheuern. Bin ich etwa noch Frischfleisch?«

»Für mich schon!«

»Klar, kommt immer auf die Perspektive an, du alter Sack!«

»Das war ein Kompliment, falls du es nicht verstanden hast.«

»Kann ich drauf verzichten. Sag endlich, was du gerade auf meinen Tisch geknallt hast!«

»Lies selbst!«, fordert Tom sie mit einer kurzen Handbewegung auf.

»Mensch, Tom-Tom. Führ mich auf die richtige Spur!«

Tom mag es nicht, wenn Lena ihn durch Wiederholung seines Vornamens mit dem Navi-Gerät im Dienstwagen auf eine Stufe stellt, aber er hat es aufgegeben, sich darüber zu ärgern. Vielleicht würde sie irgendwann diesen blöden Vergleich nicht mehr ziehen.

»Das sind die aktuellen Ergebnisse nach Auswertung der zentralen Gendatei mit den am Tatort gesicherten DNA-Spuren.«

»Und? Hat Laube noch mehr Straftaten begangen?«

Tom atmet sichtlich genervt noch einmal tief durch.

»Nein, Lena. Es ist was anderes!«

»Spann mich nicht auf die Folter, ich habe keinen Bock auf Aktenstudium.«

Tom setzt sich in den Schreibtischsessel, streckt beide Arme weit nach hinten, dehnt den Körper, legt die Füße auf den kleinen PC-Tisch und kratzt sich am Kopf.

Lena steht auf und läuft im Raum hin und her, würde am liebsten eine Zigarette rauchen, aber seit Einführung des Nichtraucherschutzgesetzes ist das Qualmen in öffentlichen Amtsräumen verboten. Die legal Süchtigen im Präsidium treffen sich an der ehemaligen Tankstelle, um dort in geselliger Runde zu rauchen. Fördert die Kommunikation mit den Mitarbeiterinnen und Mitarbeitern, hatte Polizeipräsident Hardteck in der letzten Woche erklärt. Bei einem Unbefangenen konnte dies den Eindruck erwecken, als habe er deshalb erst seine Leidenschaft zum Nikotin entdeckt. Jetzt hatte die Verwaltung direkt neben dem Zwinger für die Diensthunde einen Unterstellplatz mit Milchglasscheiben errichten lassen. Der Weg zu diesem Raucherplatz war nicht ganz ungefährlich, da er direkt neben der kurvenreichen Zufahrt zur Tiefgarage für die Bediensteten lag. Ein Mitarbeiter hatte ernsthaft vorgeschlagen, einen Fußgängerüberweg anzulegen. Mit Hinweisschildern. *Achtung Raucherwechsel!* mit dem Piktogramm eines Kopfes mit Zigarette im Mund auf einem dreieckigen Warnschild. Schilda lässt grüßen. Die Nikotinsüchtigen haben Glück, dass Hardteck und Hinz zumindest etwas gemeinsam haben. Sie sind beide starke Raucher.

»Lena, setz dich bitte hin!«

»Wie bitte?«

»Hock dich auf deinen knackigen Hintern und hör mir zu!«

Lena setzt sich an den Schreibtisch, stützt die Ellenbogen auf der Platte ab und lässt den Kopf zwischen die Hände gleiten.

»Leg los, Derrick!«

»Ja, Miss Marple!«

»Tom-Tom, nimm den richtigen Finger und starte die Navigation zum Ziel unserer Ermittlungen!«

Tom-Tom. Schon wieder. Das nervt. Er greift nach der Mappe und schaukelt auf dem Sessel.

»Es wurde eine weitere Spur am Tatort ausgewertet. Ich zitiere Dr. Golding, unseren genialen Kriminaltechniker: Am Funkstreifenwagen wurde eine weitere genetische Spur gefunden, die in den letzten fünf Jahren bereits an fünfzehn Tatorten in Rheinland-Pfalz, Baden-Württemberg, im Saarland und in Südfrankreich gesichert wurde.«

»Mach's nicht so spannend. Wer ist die Person zur Spur? Laube?«

»Ich weiß, dass du das gerne hättest, aber jetzt kommt der eigentliche Hammer! Bei dem Spurenleger handelt es sich um ein ›Phantom‹, einen Mann ohne Gesicht, der bisher nicht identifiziert werden konnte.«

»Wie bitte, fünfzehn Spuren in fünf Jahren und kein Täter?«

»Schön, Frau Hauptkommissarin auch mal überrascht zu sehen.«

»Werd jetzt bitte nicht albern!«

»Du bist ganz blass.«

»War gestern ein anstrengender Tag.«

»Für uns alle. Aber ich bin älter wie du. In deinem Alter habe ich das auch weggesteckt.«

»*Als* du!«

»Wie bitte?«

»Es heißt älter *als* du, aber so alt *wie* du!«

»Miss Besserwiss!«

»Leck mich!«

»Aber doch wohl nicht in unseren Diensträumen.«

Lena grinst. »Komm, lass diese schlüpfrigen Bemerkungen. Die passen irgendwie nicht zu dir. Überlass das anderen. Das hast du doch gar nicht nötig! Was steht noch in dem Bericht?«

»Also! Das DNA-Muster am Streifenwagen stimmt mit bereits gespeicherten Spuren überein, und dennoch kann unser Spurenleger nicht überführt werden. Er bleibt für uns unsichtbar.«

»Eines verstehe ich nicht. Wenn er so blöd ist und Spuren hinterlässt, wieso konnten wir ihn dann noch nicht identifizieren?«

»Der Erkennungsdienst und die Kollegen von der KTU beim LKA Mainz und beim BKA ...«

»... und Kolleginnen«, unterbricht Lena.

»Ja, ich weiß, Gott war weiblich, aber können wir das jetzt mal lassen.«

»Okay! Und welche Straftaten hat unser Mann begangen?«

»Das ist die nächste Überraschung. Quer durch das Strafgesetzbuch. Vom Diebstahl eines Gartenzwergs in der Pfalz bis zum Mord an einem Wachmann eines Geldtransportes in Südfrankreich.«

Lena verschlägt es die Sprache.

»Laube soll als Mittäter einen Mörder angeheuert haben? Das heißt, wir suchen einen Killer, der für Laube getötet und einen Gartenzwerg entwendet hat?«

»Was will Laube mit einem Gartenzwerg?«

»Er hat einen Schrebergarten am Gülser Moselbogen gepachtet, ist Politiker mit Kleingärtnermentalität und ein Mörder.«

»Du spinnst! Das meinst du doch jetzt nicht im Ernst. Der Mörder ist nicht immer der Gärtner. Ich weiß, du hättest Laube gerne hinter Gittern, weil er Sabine missbraucht hat. Aber du hast Sabine versprochen, ihren Mörder zu finden. Den, der sie missbrauchte, kennst du schon, aber das ist verjährt. Finde dich endlich damit ab!«

»Damit werde ich mich nie abfinden!«

»Ich befürchte es, aber wir müssen weiter dranbleiben, bis wir diese mysteriöse Spur abgeklärt haben. Vergiss Laube. Zumindest als Alleintäter. Und denk daran: in dubio pro reo, im Zweifel für den Angeklagten.«

»Spar dir deine Übersetzung aus dem Lateinischen, nur weil du am Görres-Gymnasium das kleine Latinum erworben hast. Warum bist du eigentlich zur Polizei gegangen und kein juristischer Klugscheißer geworden?«

»Lena, was soll das?«

»Tom, das ist zu viel für mich. Ich habe den Fall abgeschlossen, und nun soll alles von vorn beginnen?«

»Ja, Lena, wir müssen noch einmal bei null anfangen! Das wird Harald genauso sehen!«

»So eine Scheiße!«

Lenas Stimme überschlägt sich fast. Sie schlägt mit der rechten Faust auf die Schreibtischplatte.

»Weißt du, wo mir das hier alles steht?« Sie berührt mit der rechten Hand ihr Kinn. »Oberkante Unterlippe!«

»Lena! Vielleicht gibt es die zwei Männer wirklich, von denen Laube gesprochen hat.«

»Das glaubst du doch selbst nicht. Das kann doch alles nicht wahr sein. Was sagen die Kriminaltechniker zu Alter und Aussehen der Person?«

»Nichts, zumindest nichts Entscheidendes, was uns weiterhilft. Es könnte jeder gewesen sein!«

»Es könnte jeder gewesen sein!«, wiederholt Lena in säuselndem Tonfall und verdreht die Augen.

»Ja, jeder!«

»Jeder Mann!«

»Frauen können auch töten!«

»Ja, aber aus Leidenschaft. Denk an die Aussagen von Hinz zu den Intimpartnertötungen. Nur zwanzig Prozent Frauen als Beziehungskillerinnen.«

»Seit wann zitierst du freiwillig Hinz?«, fragt Tom erstaunt. Er traut seiner Kollegin einen Mord aus Leidenschaft durchaus zu. Als Fredy ihr damals den Laufpass gegeben hat, war sie vermutlich kurz davor, ihn während des letzten Geschlechtsakts mit den Handschellen an das Bett zu fesseln und zu töten. Hätte sie ihn mit einem Eispickel bearbeitet wie Sharon Stone in ›Basic Instinct‹? Hätte sie ihm den Schniedel abgeschnitten wie die zwei Medizinstudentinnen, die einem Mann, der mit beiden gleichzeitig eine feste Beziehung eingegangen war, den Penis fachgerecht amputiert hatten? Hätte sie ihn vergiftet, erwürgt, erstickt und dann in Rhein, Mosel oder die im Bau befindlichen Betonpfeiler für die Bundesgartenschau geworfen, damit er im Zement ertrinkt? Sie hätte ihn vermutlich erstickt und ihm sinnbildlich das Maul gestopft, diesem arroganten Macho.

»Und was steht sonst noch in dem Bericht? Tom, hörst du mir überhaupt zu, oder wo bist du mit deinen Gedanken?«

»Der Doc schreibt, der Spurenleger könnte an allen Straftaten beteiligt sein, muss aber nicht zwangsläufig.«

»Und warum?«

»Selbst wenn der Unbekannte an der Tat beteiligt war, muss er aufgrund der DNA-Spuren nicht automatisch auch der Täter sein. Es könnte auch ein anderer geschossen haben.«

»Laube!«

»Theoretisch ja. Aber das widerspricht der Möglichkeit, dass Laube einen Profikiller angeheuert hat. Warum soll er sich die Finger schmutzig machen.«

»Weil er Handschuhe getragen hat und für den Fall, dass er selbst nicht geschossen hat. Wer einen Mord in Auftrag gibt, ist wie ein Mörder zu bestrafen«, schlussfolgert Lena.

»Ja, richtig, aber irgendwas stimmt an der ganzen Geschichte nicht.«

»Irgendwas ist gut. Der ganze Fall stinkt zum Himmel.«

»Da ist der Doc ganz unserer Meinung. In seinem Anschreiben beschreibt er diesen Fall als den nach seinem Kenntnisstand mysteriösesten in der deutschen Kriminalgeschichte der Nachkriegszeit. Eindeutig ist nur eines. Der Mann läuft noch frei herum, wenn er nicht nach dem Mord an Sabine gestorben ist.«

»Von einem Auto überrollt, Suizid begangen, Arbeitsunfall. Was denn noch? Sollen wir nun von allen, die jeden Tag eines natürlichen Todes sterben, auch DNA-Spuren nehmen?«

»Dr. Golding vermutet mehrere Täter. Und er könnte recht haben, je länger ich darüber nachdenke!«

»Das fällt dir aber früh ein! Wolltest du mir einen persönlichen Gefallen tun, als ich Laube als Alleintäter in die Ecke getrieben habe und du mir nie von dieser Theorie berichtet hast?«

»Hast du nicht auf der Polizeischule gelernt, dass man bei einer neuen Beurteilung der Lage auch den Mut haben muss, einen anderen Weg einzuschlagen? Vielleicht waren es auch mehrere, aber nicht weniger als zwei.«

Lena faucht wie eine angriffslustige Katze.

»Sagt Dr. Golding!«, ergänzt Tom mit einem breiten Grinsen.

»Klar, Laube und die zwei Männer, deren Namen er nicht nennen möchte.«

»Warum sollte er, wenn er dadurch beweisen kann, dass er selbst nicht die tödlichen Schüsse abgefeuert hat?«

»Das stimmt auch wieder, aber vielleicht hat er auch Angst vor den Killern.«

»Könnte sein!«

»Russische. Bestimmt Russen!«

»Russische? Warum Russen? Sind wir dieser Phase der Schuldzuweisungen nach Nationalitäten nicht langsam entwachsen, Frau Hauptkommissarin?«

»Die Hauptkommissarin kannst du dir irgendwo hinschmieren. Weil ich denen eine solche Hinrichtung zutraue!«

»Meinst du etwa, die Italiener würden zimperlicher mit ihren Opfern umgehen? Denk doch nur an den Personenschutz bei Staatsanwalt Neiser, auf den die Mafia ein Kopfgeld ausgesetzt hat. Glaubst du, die Kollegen der Bereitschaftspolizei stehen sich aus lauter Lust und Laune vor seinem Haus in Metternich vierundzwanzig Stunden lang die Beine in den Bauch? Also komm mir nicht mit den bösen Russen, Kosovo-Albanern, Türken, Italienern, Libanesen und so weiter. Wir sind irgendwie doch alle Ausländer. Hunderte von Hinweisen sind bei uns eingegangen von Zeugen unterschiedlicher Nationalitäten und keine einzige heiße Spur.«

»Doch, Laube!«

»Laube, Laube, Laube! Ich kann den Namen nicht mehr hören. Lena, echt. Wo bleibt dein kriminalistischer Spürsinn, sich nicht zu voreilig auf eine Person festzulegen, um auch für andere Spuren offenzubleiben?«

»Kann man denn nicht mehr über diesen Unbekannten herausfiltern? Bewegungsprofil. Neigungen. Irgendetwas Gemeinsames, das ihn mit Laube verbinden könnte.«

»Das habe ich den Doc auch gefragt. Er sagt, dass man ausschließlich das Geschlecht bestimmen kann. Ein Mann zwischen 30 und 40 in etwa.«

»In etwa«, wiederholt Lena.

»Ja, und in den meisten Fällen können wir den Spurenleger identifizieren, weil er irgendwann und irgendwo schon einmal registriert wurde. Aber unser Spurenleger ist unsichtbar. No name. No body. No face. Der Mann ohne Gesicht.«

»Ist mir scheißegal. Mich interessiert viel mehr, wieso man bei dem heutigen Stand der Technik nur das Geschlecht erkennen und dem Täter keine weiteren Merkmale zuordnen kann.«

»Laut Golding reichen bereits wenige Zellkerne aus, um das DNA-Profil als buntes Strichmuster zu sehen. Aber es ist aus Datenschutzgründen verboten, Augenfarbe oder Größe der gespeicherten Person zu ermitteln. Das könnte sich allerdings bald ändern. Wollen wir hoffen, dass unsere Politiker künftig nicht nur auf den Täterschutz setzen. Manchmal habe ich den Eindruck, der hat einen höheren Stellenwert als der Opferschutz.«

»Das sind vermutlich Politiker mit eigenem Erfahrungshintergrund, die irgendwann die Seiten gewechselt haben.«

»Kann sein. Politik ist ein schmutziges Geschäft. Einige Herren verbergen die schmutzigen Westen einer bewegten Vergangenheit unter frisch gebügelten Smokings und haben Turnschuhe, Lederjacken und Palästinensertücher gegen Nadelstreifenanzüge und Krawatten getauscht. Kleider machen Leute. Ob das alles so in Ordnung ist?«

»Ja, einige, die früher Steine und Molotow-Cocktails auf Polizisten geworfen haben, tragen nun Verantwortung und machen uns auf andere Art das Leben schwer, weil sie für die Erhöhung unserer Gehälter verantwortlich sind.«

»Erhöhung? Wann haben wir denn die letzte Erhöhung erhalten? Meinst du, ein Prozent bei drei Komma vier Prozent Inflation und einer zunehmenden Steigerung der Lebenshaltungskosten? Von den Spritpreisen gar nicht zu reden. Was meinst du, warum ich mit dem Drahtesel zum Dienst reite?«

»Eben, sag ich doch! Unsere Zukunft war früher auch mal besser!«

»Boah, wo hast du denn den schlauen Spruch her?«

»Karl Valentin, wenn ich mich nicht irre! Trifft aber gut unsere Situation. Ich bin Beamtin, verdiene mehr, als ich ausgeben kann. Ich bin zufrieden! Und dieser Spruch ist von mir«, säuselt Lena.

Tom verzieht das Gesicht.

»Ich kann diesen Spruch nicht mehr hören. Anderen geht es schlechter. Vor der steigenden Armut in Deutschland kann keiner die Augen verschließen, und wir klagen immer noch auf einem hohen Niveau. Aber zurück zum Thema. Ich glaube, dass einige Politiker langsam wach werden und erkennen, dass wir dringend ein erweitertes Instrumentarium brauchen, um Straftäter beweiskräftig überführen zu können.«

»Und Sexualstraftäter nicht entlassen werden, obwohl sie wandelnde Zeitbomben sind.«

»Du denkst immer noch an die junge Skaterin, die auf dem Radweg zwischen Koblenz und Mayen von Ede ermordet wurde?«

»Ja, den das MEK nach seiner Entlassung aus der Landesnervenklinik bis einen Tag vor seinem Mord überwacht hat, weil wir alle, leider zu Recht, befürchtet haben, dass er wieder zuschlagen wird. Das wird Hermann nie verkraften, dass er die Observation rund um die Uhr einen Tag vor dem tragischen Ereignis abbrechen musste.«

»Aber das kann man Hinz nun wirklich nicht vorwerfen.«

»Nein, aber dem Therapeuten, der in seinem Gutachten bestätigt hat, dass von Ede keine Gefahr mehr ausgeht und der daraufhin als geheilt entlassen wurde. Dem müsste man an den Karren fahren.«

»Aber Lena, das ist doch nicht unser Problem.«

»Und ob das unser Problem ist. Das heißt, in dem Fall war es mal wieder mein Problem. Wer musste denn damals der Mutter sagen, dass sie die Tochter niemals mehr lachen hören wird«, ereifert Lena sich mit lauter Stimme und erinnert sich mit Herzrasen daran, wie sie der Mutter die Todesnachricht überbringen musste.

»Lena. Du lässt alles zu nahe an dich ran. Vielleicht ist es wirklich besser, wenn du eine Auszeit nimmst. Musst ja nicht direkt alles hinwerfen. Denk an deine Altersversorgung! Du kannst doch in ein anderes Kommissariat wechseln. Musst du denn direkt kündigen?«

Lena stützt den Kopf in ihre Hände und denkt nach.

»Tom, es gibt ein Kriterium, das auf den Täter passt. Wenn

die erste Spur vor fünf Jahren gelegt wurde, muss der Täter mindestens zwanzig Jahre alt sein. Mindestens!«

»Oder über fünfzig, wenn er dreißig Jahre keine Spuren hinterlassen hat.«

»Du kannst einem aber alles verderben ...«, grinst Lena und atmet tief durch, »... aber du hast recht!«

»Würdest du das noch mal wiederholen?«

»Du hast recht, auch wenn du ein Mann bist!«

»Und du hast vermutlich wieder das letzte Wort.«

»Nein, nur noch ganz viele Fragen. Was weiß man von den Straftaten?«

»Das klingt alles sehr mysteriös. Die unterschiedlichen Delikte und die Art der Tatausführung passen in kein Muster. Keine Verbindung zwischen den Opfern. Einige Straftaten lassen auf eine besonders kaltblütige und auch professionelle Vorgehensweise und Planung der Tatausführung schließen, und andere wiederum wurden vollkommen dilettantisch ausgeführt. Bei den Einbrüchen in die Schrebergärten wurden viele Spuren hinterlassen, und es stellt sich die Frage, warum der Täter nicht vorsichtiger gearbeitet hat. Das BKA hat nun veranlasst, dass selbst bei einfachsten Einbruchdiebstählen nach DNA-Spuren gesucht wird und diese an die Datenbank nach Wiesbaden geschickt werden.«

»Also ist der große Unbekannte auf jeden Fall an allen Tatorten gewesen?«

»Korrekt!«

»Gibt es auch keine mögliche Verbindung zwischen Opfern und Tätern? Beruf, Neigungen und so weiter? Nichts, was wir mit Laube in Verbindung bringen können?«

»Eben nicht!«

Lena blickt ihn ungläubig an.

»Mensch, Lena. Wir können doch die Beweislage nicht ignorieren, nur weil das alles nicht in deinen Kram passt und Laube vielleicht entlastet. Erinnere dich! Wir haben nicht nur belastendes, sondern auch entlastendes Material zu sammeln. Das ist verdammt noch mal unser Job. Ob dir das nun gefällt oder nicht. Du hast nicht zu richten, sondern Fakten zu sammeln und solltest objektiv bleiben, auch wenn Laube ein dreckiges Schwein ist.«

»Die Bezeichnung ist zu harmlos!«

»Wieso haben wir so schnell die Verdachtsmomente gegen Schleicher zur Seite geschoben? Die Spur ist nicht eindeutig negativ, oder? Lena, ich wiederhole mich ungern, aber man kann es dir in diesem Verfahren scheinbar nicht oft genug sagen. Wir müssen aufgrund der DNA-Spuren die Ermittlungen ausweiten und Mittäter suchen. Vollkommen egal, ob Laube Täter, Mittäter oder vielleicht wirklich nur Zeuge ist und seine Version stimmt.«

»Zeuge? Opfer der Justiz? Hättest du das gerne, ja?«

Lena faucht wieder wie eine angriffslustige Katze, die ihre Krallen ausfährt.

»Was ich gerne hätte, steht hier nicht zur Debatte. Weder beruflich noch privat.«

Lena lässt sich in den Sessel fallen und streckt beide Arme gegen die Decke.

»Ach, Tom. Lass uns nicht streiten. Ich habe mich schon gedanklich verabschiedet. Meine Freundin hat mich in die Provence eingeladen. Ich kann bei ihr wohnen, so lange es mir gefällt.«

»Ledig?«

»Ja!«

»Wie heißt denn deine Freundin?«

»Claire Grube!«

»Wie? Klärgrube?«

Beide müssen schallend lachen.

»Ja, hört sich für Deutsche echt komisch an, aber sie ist Französin und hat einen Georg Grube geheiratet. Das heißt, sie hat sich von ihm getrennt. Claire malt Bilder! Nackte Frauen und Stiere!«

»Oh, là, là. Hört sich gut an. Leben wie Gott in Frankreich!«

»Wenn schon: wie eine Göttin!«

Lena lächelt und geht an das Fenster.

Tom schüttet sich eine Tasse Kaffee ein. Kalt. Von gestern. Falsche Kanne.

Lena stellt sich vor das Fenster. Sie hat beide Hände tief in den Hosentaschen vergraben. Ihr Blick schweift vom Löhr-Center über die Innenstadt zum Hochhaus am Zentralplatz bis zu den ockerfarbenen Gebäuden der Festung Ehrenbreitstein auf der anderen Rheinseite.

Lena trägt heute schwarze Jeans und ein weites T-Shirt. Sie hat die Gürteltasche mit der Dienstpistole umgeschnallt. Das ist an heißen Tagen eine geeignete Methode, bei leichter Sommerkleidung die Waffe unauffällig am Körper zu tragen. Lena kennt junge Kolleginnen, die in Wildwest-Manier nicht nur die Waffe, sondern auch die Handschellen, Ersatzmagazin, Taschenlampe, Reizstoffsprühgerät an einem breiten Gürtel offen tragen. Für Lena allesamt pubertierende Flintenweiber. Sie ist der Meinung, dass solche Amazonen auf einen Normalbürger fast so bedrohlich wirken wie Selbstmordattentäter mit einem Bombengürtel.

»Tom, ich möchte selbst noch mal mit Dr. Golding reden.«

Dieser Wunsch scheint ihn nicht zu überraschen.

»Wie gnädige Frau wünschen. Hast du deshalb schon umgeschnallt?«

»Klar, ich muss raus hier! Wir sollten aber Harald vorher über diese mysteriöse DNA-Spur informieren.«

»Glaubst du etwa, ich habe diese wichtige Information für mich behalten? Harald weiß natürlich schon Bescheid und hat Hinz bereits Bericht erstattet. Der wiederum hat bestimmt schon seine Schleimspur zu Hardteck gezogen.«

»Irgendwann rutscht er mal auf seiner eigenen Schleimspur aus!«

»Auf seine Art auch ein Spurenleger.«

»Ja, aber ein Mann mit Gesicht.«

»Und ohne Charakter!«

»Und dazu noch unattraktiv!«

»Hinz müssen jetzt aber die Ohren klingeln!«

»Ruf Golding an, ob er uns heute noch empfängt. Ist doch immer froh, wenn er dozieren kann!«

■

Zur gleichen Zeit berichtet Hinz dem Präsidenten über die neuesten Ermittlungsergebnisse. Hardteck hört bis zum Schluss zu. Dann erhebt er sich aus seinem Sessel.

»Das wird ja immer mysteriöser. Wenn ich auch nur den Hauch einer Andeutung über diese dubiose DNA-Spur in den Medien lese, wird das Konsequenzen haben. Wenn der Mann, der zu der DNA-Spur gehört, so muss man es ja wohl leider ausdrücken, von Laubes Festnahme erfahren hat, wird er sich rechtzeitig absetzen und sich unserem Zugriff entziehen.«

»Vielleicht trägt er sich auch mit dem Gedanken, Laube zu töten.«

»Auch das wäre möglich. Diese neue DNA-Spur darf keinesfalls den Medien bekannt werden. Wenn wir noch mehr an die große Glocke hängen, werden uns Trittbrettfahrer immer wieder auf eine falsche Fährte locken. Täterwissen darf sich nicht herumsprechen, damit es uns nur der Täter verraten kann.«

Hinz nickt.

»Wir müssen auch daran denken, dass Bernd Müller in Gefahr ist. Falls er aus dem Koma erwachen sollte, ist er unser wichtigster Zeuge!«

»Klar, Herr Präsident. Ich werde unverzüglich eine Verstärkung des Personenschutzes für Müller veranlassen!«

»Okay, Hinz, halten Sie mich auf dem Laufenden! Der Minister erwartet von mir jeden Tag einen Sachstandsbericht. Wir dürfen uns in diesem Fall keine Fehler leisten und müssen mit der größten Sorgfalt weiter ermitteln.«

»Wir ermitteln immer mit der größten Sorgfalt, ungeachtet des Ansehens der Person. Damals bei dem verlausten Penner im Stadtwald und dem abgestochenen Zigeuner im Industriegebiet haben wir auch akribisch jede Spur verfolgt und …«

»… in beiden Fällen nichts gefunden«, ergänzt der Präsident den Satz. Hardteck atmet tief durch. Allein die Terminologie »verlauster Penner« und »abgestochener Zigeuner« passt nicht zu der Aussage von Hinz. Alle sind gleich, nur manche sind gleicher. Penner klingt abwertend für Personen ohne festen Wohnsitz, und das Wort Zigeuner darf man im Amtsdeutsch auch nicht mehr benutzen. Dies sind laut einer Dienstvorschrift des Ministeriums nun MEM-Personen. Angehörige einer mobilen ethnischen Minderheit. Der Amtsschimmel hat wieder zugeschlagen, und die Sinti und Roma verstehen die Welt nicht mehr. Ein Mitglied der Reinhardt-Sippe hat sich halb totgelacht, als Hardteck beim letzten Treffen des Ausländerbeirats von dieser Regelung berichtete.

Der Präsident greift zum Telefon und signalisiert Hinz, dass er momentan keinen Gesprächsbedarf mehr hat.

■■■ 25

Tom sitzt rittlings auf dem Drehstuhl. Lena steht vor dem vergitterten schmalen Fenster. Trotz der sommerlichen Temperaturen herrscht in dem kleinen Vernehmungszimmer der Justizvollzugsanstalt eisige Kälte. Laube wird von einem Justizbeamten in das Zimmer geführt und nimmt auf dem Hocker vor dem schmalen Tisch Platz. Seine grauen Haare sind ungepflegt und haben schon lange kein Shampoo mehr gesehen. Die blasse Haut mit den tiefen Falten sieht aus wie Pergament. Laube beißt sich fest auf die Lippe. Dann lächelt er kurz, aber es wirkt nicht echt. Das Lächeln strahlt eher Verzweiflung aus.

»Also, was haben Sie mir zu sagen, Frau Lieck? Sie haben erreicht, was Sie wollten. Mein Ruf ist ruiniert und durch nichts mehr zu retten. Ich kann mir die Kugel geben, bin ein Opfer der Justiz. Der Haftrichter hat eine falsche Entscheidung getroffen. Nun sitze ich in Untersuchungshaft, warte auf meinen Prozess und hoffe, dass ich bei der Gerichtsverhandlung meine Unschuld beweisen kann. Ich habe Ihre Anwesenheit schon lange genug genießen dürfen und keinen weiteren Bedarf an Konversation mit einer Frau, die mein Leben zerstört hat.«

»Dann spüren Sie es endlich am eigenen Leib, wie sich das anfühlt, wenn ein Leben zerstört wird!«, erwidert Lena, und nicht der geringste Hauch von Mitleid klingt in dieser eiskalten Stimme.

»Die machen mich hier im Knast kaputt. Ich kann nur unter Bewachung von Justizwachtmeistern in die Sammeldusche. Ich bin der letzte Abschaum. Und die Wachtmeister schauen zu. Irgendwann werden die Knackis mich umbringen, und Sie müssen mit der Verantwortung leben, einen Unschuldigen ins Gefängnis gesteckt und ein Leben zerstört zu haben.«

Lena dreht sich um, verschränkt die Arme vor dem Körper.

»Im Nachhinein sind alle Opfer erkennungsdienstlicher Missgriffe. Ich weiß, was Sie meinen.«

Du weißt überhaupt nichts, du eingebildete Zicke, denkt Laube und ärgert sich, dass er einen einzigen Fehler gemacht hat. Ein Fehler, der vollkommen unnötig war. Dabei war alles so gut gelaufen. Es war ein einziger, aber verhängnisvoller Fehler.

»Apropos Leben zerstören. Ihre Nichte war erst vierundzwanzig. Ihre Seele haben Sie schon getötet, da war sie noch ein Kind. Und für mich sind Sie auch schuldig an ihrem Tod!«

»Schuld! Sie wollen über Schuld urteilen? Ob ich wirklich schuldig bin, wird eine höhere Instanz entscheiden und nicht eine kleine Hauptkommissarin.«

Lena geht einen kleinen Schritt auf Laube zu.

»Mir ist nur noch nicht klar, welche Rolle die beiden Männer bei dem Mord spielen.«

Damit hat Laube nicht gerechnet. Er ist sichtlich überrascht. Fast erfreut. Schöpft Hoffnung.

»Die beiden Männer. Das heißt, Sie glauben mir, Frau Lieck?«

»Nur ungern, Herr Laube!«, flüstert Lena.

Tom rollt mit dem Drehstuhl näher an Laube heran.

»Herr Laube. Ihr Rechtsanwalt vertritt auch die Ansicht, dass Sie in Anbetracht der erdrückenden Beweislast reinen Tisch machen sollen. Also, geben Sie Ihrem Herzen einen Stoß. Erleichtern Sie Ihr Gewissen. Sagen Sie uns, wie es sich abgespielt hat. Wir haben Ihre DNA-Spur am Tatort gesichert. Auch bei einem Indizienprozess haben Sie keine Chance.«

Eine Minute erfüllt Schweigen den kleinen Raum. Der leichte Reflex in Laubes Augen bei den Worten »keine Chance« ist Tom nicht entgangen.

»Ich habe dem Rechtsanwalt das Mandat entzogen. Werde mich selbst verteidigen«, sagt Laube wie ein trotziges Kind.

»Ja, wer könnte das besser als Sie! Nur Sie kennen die Wahrheit«, flüstert Lena.

Laube greift fast verzweifelt nach Toms Händen, wie ein Ertrinkender, dem das Wasser bis zum Halse steht. Zitternd umklammert der in wenigen Tagen um Jahre gealterte Politiker Toms Unterarme so fest, dass dieser die Hand zurückzieht und sie anschließend wie ein guter Kumpel auf Laubes Schulter legt.

»Komm. Erleichtere dein Gewissen. Erzähl uns, was geschehen ist! Danach wird es dir besser gehen. Es wird dir ein Stein vom Herzen fallen.« Einen Tatverdächtigen im richtigen Moment mit der entscheidenden Aufforderung anzusprechen, ist eine hohe Kunst in der Vernehmungstechnik.

Laube löst die Umklammerung und greift mit beiden Händen unter die Sitzfläche des Hockers.

»Wir haben am Tatort weitere DNA-Spuren gefunden, darunter die eines Mörders«, sagt Tom und übernimmt die Gesprächsführung. Laube starrt in den Raum und meidet den direkten Blickkontakt.

»Nun wollen wir mal glauben, dass Ihre Angaben zutreffen. Also, wer waren die beiden Männer?«

Laube schließt die Augen, presst die Lippen zusammen.

»Herr Laube! Es hat doch keinen Zweck mehr. Streifen Sie Ihre Maske ab. Sagen Sie uns, was an dem Abend geschehen ist!«

»Sie trugen Masken!«

»Wie bitte?«

»Ja, sie hatten Masken auf. Die beiden Männer! Karnevalsmasken. Es ist unglaublich. Das kann einem auch keiner glauben!«

Dann lacht Laube plötzlich laut los.

Lena baut sich breitbeinig vor Laube auf und stemmt beide Arme in die Hüften.

»Was gibt es denn da zu lachen? Du hast eine Polizistin auf dem Gewissen!«

»Ich kann mich nicht daran erinnern, Ihnen das Du angeboten zu haben, Frau Hauptkommissarin Lena Lieck.«

Laubes Augen scheinen Lenas Körper zu durchbohren, dann blicken sie wieder gedankenverloren ins Leere. Laube beißt auf seine Lippen. Sein Blick flackert unruhig zwischen den beiden hin und her.

Die Veränderung in Laubes Gesichtszügen bleibt Tom nicht verborgen. Er streift seine Armbanduhr ab und hält sie ihm vor die Nase. Dann flüstert er mit ruhiger Stimme:

»Herr Laube. Ich gebe Ihnen fünf Minuten für eine Erklärung, und danach können Sie hier braten, bis Sie schwarz werden. Was soll jetzt die Nummer mit den Masken? Warum erwähnen Sie das erst heute?«

Laubes Lippen vibrieren. Er zittert am ganzen Körper. Auf seinem aschfahlen Gesicht bilden sich rote Flecken.

»Sie haben mir in der letzten Vernehmung die Geschichte mit den zwei Männern nicht geglaubt. Frau Lieck hat mich ausgelacht. Hätte ich da etwa noch die Masken erwähnen sollen? Sie hätten mich für verrückt erklärt. Es ist auch für mich kaum zu begreifen, was ich an dem Abend gesehen habe. Ich kann mich nur wiederholen. Ich war es wirklich nicht! Die beiden haben es für mich erledigt!«

»Aha. Na geht doch! Sie wollten also Ihre Nichte töten, haben aber selbst nicht den Mumm und für die Drecksarbeit zwei Auftragskiller angeheuert!«, stellt Lena fest.

»Nein. Drehen Sie mir nicht die Worte im Mund um. Die beiden waren plötzlich da. Kamen aus dem Nichts. Ich habe sie nie zuvor gesehen.«

»Klar. Man kann auch einen Mordauftrag per Telefon oder Internet erteilen, ohne den Killer zu kennen!«, entgegnet Lena.

»Wie sahen die Masken denn aus?«, fragt Tom.

»Es waren Fratzen wie im Karneval. Fastnachtsgesichter.«

Tom überlegt, ob ein guter Kriminalist wirklich an den Gesichtszügen erkennen kann, wo die Wahrheit aufhört und die Lüge beginnt? Und er findet es heute besonders schwierig, die Wahrheit zu erkennen, denn Laubes Version klingt zu abenteuerlich. Aber warum sollte er in dieser ausweglosen Situation eine derart unglaubliche Geschichte erzählen? Eine unheimliche Stille breitet sich aus, und dann erklingt Lenas Stimme. Messerscharf.

»Wie war das damals mit Ihrer Nichte?«

Laube sieht sie schweigend an und beißt auf seine zitternde Lippe.

Lena schnauft wütend, atmet tief durch und massiert mit den Fingerspitzen ihre schmale Nase. Bevor sie ihre Beherrschung verliert, muss sie das Gespräch beenden. Die Frage bleibt unbeantwortet im Raum stehen. Wenn Blicke töten könnten, würde Laube im gleichen Moment tot vom Stuhl fallen.

Lena verlässt den Raum. Tom teilt dem Justizwachtmeister mit, dass die Vernehmung beendet sei.

Beim Verlassen der Justizvollzugsanstalt versucht er den Mördern ein Gesicht zu geben. Aber es gelingt ihm nicht.

■■■ 26

Der hagere Mann begrüßt sie mit einem Lächeln.

»Herr Dr. Golding, meine Kollegin würde sich gerne mit Ihnen über Möglichkeiten und Grenzen der DNA unterhalten«, sagt Tom.

»Guten Tag, Frau Lieck. Wir haben uns lange nicht mehr gesehen. Sie haben damals bei meiner Vorlesungsreihe an der FH gefehlt.«

»Richtig. Ich war ausnahmsweise mal krank! Und heute möchte ich nachsitzen«, reagiert Lena schlagfertig.

Golding lächelt.

»Liebe Frau Lieck. Wenn es Sie nicht zu sehr langweilt, würde ich Ihnen zunächst gerne etwas Allgemeines erklären.«

»Lieber Dr. Golding! Ich bitte darum und bin ganz Ohr.«

»Nehmen Sie doch Platz!«

Lena und Tom sitzen wie ein Ehepaar vor dem Schreibtisch

eines Scheidungsanwalts. Dr. Golding beugt sich fast verschwörerisch über den massiven Tisch aus Eichenholz.

»Wissen Sie eigentlich, dass die DNA-Analyse-Datei im Bundeskriminalamt, kurz DAD genannt, eines der erfolgreichsten Instrumente der Verbrechensbekämpfung ist?«

»Und wieso in unserem Falle nicht?«

»Frau Kollegin. Ich sagte doch, vom Allgemeinen zum Besonderen. Also nicht so ungeduldig, junge Frau.«

»Ja klar, Entschuldigung!«

»Was mit 650 Datensätzen begann, ist im Laufe der Jahre zu einer umfangreichen Datei mit aktuell nahezu 700 000 Datensätzen angewachsen. Die Datei enthält DNA-Identifizierungsmuster von Beschuldigten und Verurteilten, denen eine Straftat von erheblicher Bedeutung zur Last gelegt wird, und Tatortspuren. Monatlich kommen fast zehntausend neue Datensätze hinzu.«

»Wenn ich Sie unterbrechen darf. Stimmt es, dass das BKA künftig alle Einbruchsdiebstähle in Schrebergärten und weitere ›Banalstraftaten‹ registrieren und mit dieser Spur abgleichen möchte?«

»Richtig, Frau Lieck. Die derzeit gespeicherten Datensätze verteilen sich in erster Linie auf qualifizierte Eigentumsdelikte wie zum Beispiel Bandendiebstahl, Sexualdelikte, Körperverletzungsdelikte, Raub- und Erpressungstaten, Rauschgift- und Tötungsdelikte. Auf Basis dieser Daten ermöglicht die DNA-Analyse-Datei sowohl die Zuordnung von Personen zu Spuren als auch das Erkennen von Tatzusammenhängen und kann somit wesentlich zur Tataufklärung beitragen. Darüber hinaus hilft sie, Tatverdächtige zu entlasten sowie Wiederholungstäter zu überführen. Seit der Einrichtung der DAD konnten über 66 000 Treffer erzielt werden. In fast 16 000 Fällen wurde ein Tatzusammenhang festgestellt.«

»Was bedeutet das?«

»Das bedeutet, derselbe Spurenverursacher wurde an verschiedenen Tatorten nachgewiesen.«

»Also wie in unserem Fall, nur mit dem Unterschied, dass unser Spurenleger immer noch unbekannt ist«, stellt Lena fest.

»Ja, leider! Aber immerhin konnten über 50 000 andere Straftaten aufgeklärt werden, weil eine am Tatort gesicherte Spur einer Person als Spurenverursacher zugeordnet werden konnte. In diesen Fällen sprechen wir von Person-Spur- oder Spur-Person-Treffern. Damit liegt die Aufklärungsquote derzeit bei über dreißig Prozent. Fast jede dritte Spur führt zu einem Treffer. Die Liste der Aufklärungserfolge, die aufgrund eines DNA-Spurenabgleichs erzielt wurden, ist beeindruckend lang. Dabei sorgen vor allem Fälle für Aufsehen, bei denen eine Tat noch Jahrzehnte später aufgeklärt werden kann. Ein solches Beispiel ist der Sexualmord an einer dreizehnjährigen Schülerin in Brandenburg im Jahr 1980, bei dem 25 Jahre nach der Tat die DNA-Analyse einer Spermaspur den Täter überführte. Auch der Mörder dieses Modedesigners in München konnte über eine DNA-Spur schnell identifiziert werden. Wie hieß er noch mal?«

»Wer, der Täter?«

»Nein, der Modezar.«

»Der mit dem kleinen Hündchen?«, fragt Tom.

»Daisy«, schaltet sich Lena ein.

»Ja, aber den Namen des Opfers habe ich vergessen, Muschhammer oder so ähnlich. Ist ja auch egal, jedenfalls wurde damals innerhalb von zwei Tagen der Täter, ein junger Stricher, identifiziert.«

»Sehr beeindruckend.«

»Ja, an diesem Beispiel zeigt sich die Effizienz der DNA-Analyse auf eindrucksvolle Weise.«

»Und was ist nun wirklich für eine DNA-Analyse geeignet?«

»Kleinste Spuren von Körperflüssigkeiten menschlicher Herkunft, aber auch andere Materialien wie Haut- und Knochenfragmente oder Haare. Sie werden bei den unterschiedlichsten Straftaten als mögliche Beweismittel hinterlassen, zum Beispiel bei einem Wohnungseinbruch, wenn sich der Täter beim Einschlagen einer Fensterscheibe verletzt hat und Blutspuren an den Scherben haften, nach einer Vergewaltigung, bei einem Bankraub, wenn der Täter auf der Flucht eine Strumpfmaske verloren hat und darin Speichelreste und Haare gesichert werden können. Bei Mordfällen, wenn an der Bekleidung eines Tatverdächtigen Blutanhaftungen gesichert werden können. Bei Verkehrsdelikten, wenn am Fahrzeug eines Verdächtigen Blutspuren gefunden werden, die von einem Verkehrsopfer stammen. Es genügt eine Hautzelle, die der Staubsauger nicht verschlungen hat, ein Haar, eine Textilfaser, kleinste Spuren. Es ist phantastisch.«

Dr. Golding redet ohne Punkt und Komma und gerät völlig ins Schwärmen.

»Und was geschieht danach?«, unterbricht ihn Tom, der sich zwar gut im Drogenmilieu, aber weniger mit kriminaltechnischen Untersuchungsmethoden auskennt.

»Wird DNA-fähiges Material gesichert oder bei mutmaßlichen Tätern bei einer Speichel- oder Blutprobe gewonnen, muss es schonend behandelt werden. Beim BKA oder dem zuständigen LKA werden die Spuren und Proben molekulargenetisch untersucht und entschlüsselt, also in anonyme Zahlenwerte umgesetzt. Das BKA und die Landeskriminalämter erfassen die DNA-Identifizierungsmuster in der DNA-Analyse-Datei. Die Nutzung eines kriminaltechnischen Analyseverfahrens auf wissenschaftlicher Grundlage mit eindeutiger Identifizierungsmöglichkeit stellt einen Quantensprung dar. Selbst Jahrzehnte zurückliegende, bislang ungeklärte Straftaten können mithilfe der DAD aufgeklärt werden. Durch den verstärkten Austausch von DNA-Analyse-Daten mit unseren europäischen Partnern wird dieses Instrument auch in Zukunft weiter an Bedeutung gewinnen.«

»Herr Dr. Golding, ich würde gerne wissen, welche Schlüsse wir in unserem Fall daraus ziehen können und ob Sie noch Möglichkeiten sehen, die wir vielleicht noch nicht ausgeschöpft haben.«

»Ich befürchte, wir haben alles erdenklich Mögliche getan.«

»Mein Kollege sagt, man könne nicht das Alter der Spur analysieren, also nicht bestimmen, ob der Täter zum Zeitpunkt der Straftat auch an diesem Ort war.«

»Sie zweifeln an der Aussage Ihres Kollegen? Sagt er nicht immer die Wahrheit? Hat er Sie schon oft belogen?«

Dr. Golding grinst und wirft Tom einen Blick zu.

»Nein, aber ich möchte nur verstehen und einen Punkt finden, an dem wir ansetzen können«, entgegnet Lena.

»Ihr Kollege hat Ihnen meine Auskunft richtig wiedergegeben. Den Zeitpunkt können wir leider nicht eingrenzen. Die Sicherung dieses DNA-Profils beweist lediglich, dass die unbekannte Person an den Tatorten war. Sie könnte die Spur auch vorher gelegt haben.«

»Oder sogar bewusst?«

»Rein theoretisch ist es möglich, dass ein Täter falsche Spuren legt. Aber dann müsste diese Person in allen Fällen selbst an diesen Tatorten gewesen sein und jeweils unterschiedliches Material ausgelegt haben. Da die Spuren in unterschiedlicher Form gesichert wurden, ist das eher unwahrscheinlich. Die Spuren wurden bei einem schweren Einbruch im Blut, beim Diebstahl im Speichel an einer Wasserflasche, beim Einbruch in eine Blockhütte als Schweiß und als Hautzelle gefunden. Also, ich persönlich schließe den Verdacht eines Spurenlegers, der bewusst eine falsche Fährte legt, aus.«

»Das bedeutet, selbst wenn wir ihn ermitteln, ist es schwierig, ihn beweiskräftig zu überführen?«

»Nun ja, ich denke, bei dieser Vielzahl wird es auf einen Indizienprozess hinauslaufen, und er hätte schlechte Karten. An so viele Zufälle glaubt selbst ein Richter vom Format eines Papa Gnädig nicht. Sind Sie nun zufrieden?«

»Nicht wirklich, aber ich habe viel gelernt. Dennoch hätte ich mir eine heiße Spur gewünscht.«

»Damit kann ich leider nicht dienen!«

»Eine letzte Frage habe ich noch. Vielleicht ist sie aber auch blöd.«

»Frau Lieck. Es gibt keine blöden Fragen, nur dumme Antworten.«

»Könnte es theoretisch sein, dass diese Spur auch von der Mitarbeiterin im Labor gelegt wurde?«

»Theoretisch ja, praktisch nein. Die Untersuchungen wurden nachweislich von verschiedenen Mitarbeiterinnen durchgeführt.«

»Danke, dass Sie uns Ihre wertvolle Zeit geopfert haben, und weiterhin viel Erfolg bei der Identifizierung der Spurenleger!«

■■■ 27

Tom lenkt den Dienstwagen durch die Innenstadt Richtung Zentralfriedhof. Sie wollen sich noch einmal in Ruhe von Sabine verabschieden. Da ertönt das Anrufsignal des Autotelefons.

»Lieck!«

»Nein!«, schreit Lena. Sie wird blass. Leichenblass, als wäre sie soeben einem Grab entstiegen.

»Wie konnte das denn passieren? Hör auf. Ich will es gar nicht wissen!«, ruft sie in den Hörer und beendet die Verbindung.

»Los! Gib Gummi! Zum Krankenhaus Kemperhof!«

»Was ist denn passiert?«

Lena dreht die Seitenscheibe runter, setzt das blaue Rundumlicht auf das Dach und betätigt den Schalter für Blaulicht und Martinshorn. Tom blickt sie erstaunt an.

»Was willst du denn im Krankenhaus?«

»Laube hat versucht, sich umzubringen! Der will sich aus dem Staub machen, dieses feige Schwein!«

Tom bahnt sich unter Einsatz der Sondersignale den Weg durch den Berufsverkehr. Zwischen den Häuserschluchten der Koblenzer Altstadt hallen die Martinshörner wie ein Echo in schrillen Tönen. Und plötzlich tauchen Bilder seiner letzten Einsatzfahrt in dieses Krankenhaus wieder auf. Damals war es nicht beruflich bedingt, und trotzdem hatte er die Sondersignale eingeschaltet.

■

Der Anruf seiner Frau platzte mitten in eine Vernehmung. »Bine hat sich die Pulsadern aufgeschnitten. Sie liegt im Kemperhof auf Intensiv«, hatte Birgit in das Telefon geschluchzt. Er war in die Tiefgarage zu seinem BMW gerannt, hatte das Blaulicht mit der Magnethalterung auf das Dach des Zivilfahrzeuges gesetzt, war mit eingeschaltetem Martinshorn aus der Tiefgarage gerast, um den Saarplatzkreisel geschleudert und hatte die Notaufnahme im Krankenhaus Kemperhof in Rekordzeit erreicht.

»Ihre Tochter hat sich die Pulsadern aufgeschnitten!«

Mit diesen Worten hatte ihn der junge Arzt an der Notaufnahme empfangen. Er war zur Intensivstation gerannt und hört heute noch die Worte des Arztes wie ein Echo in seine Ohren dröhnen*: Wissen Sie, dass Ihre Tochter Ecstasy nimmt? Ihre Tochter Ecstasy nimmt? Ecstasy nimmt?*

An diesem Tag brach für ihn endgültig seine kleine Welt zusammen. Kiffen. Ritzen. Lebensmüde. Und nun auch noch Chemie? Das Herz klopfte ihm bis zum Hals, als er den grünen Kittel und die Plastikschuhe überzog und das Zimmer auf der Intensivstation betrat. Er hatte Bine lange nicht mehr gesehen. Ihr Körper war abgemagert. Das Gesicht blass und eingefallen. Die kleinen Brüste hoben und senkten sich ganz langsam, fast wie in Zeitlupe, aber, Gott sei Dank, sie lebte. In Sabines rechter Hand steckte eine Kanüle. Die Adern traten auf den dünnen Armen wie feine blaue Wollfäden hervor. Neben dem Bett stand ein Gestell mit einer Flasche, aus der eine gelblich weiße Flüssigkeit in den Schlauch tropfte. Bine verzog schmerzhaft das Gesicht, als sie ihn vorwurfsvoll anstarrte. So hatte er es damals empfunden. Sie wollte etwas sagen, aber kein einziges Wort kam über ihre blutleeren Lippen. Auch er fand keine Worte und hielt nur stumm ihre Hand, fühlte sich schuldig und verließ fluchtartig den Raum. Als Drogenfahnder war er erfolgreich, als Vater der totale Versager. Er flüchtete aus dem Krankenhaus wie ein Schwerverbrecher. Die Blicke des jungen Arztes beim Verlassen der Intensivstation trafen ihn wie eine stumme Anklage: *Sie braucht einen Vater, der Zeit für sie hat, Zeit für sie hat, für sie hat, sie hat …*, schallte es wie ein Echo in seinen Ohren. Der Arzt benutzte die Worte seiner Frau. Es war Birgits Vorwurf, er würde sich zu viel um den Job und zu wenig um die Familie kümmern. Hätte er damals gewusst, dass Dr. Rolf Arzbach, dieser junge Schnösel, ihr neuer Lover war, hätte er ihm vermutlich eine reingehauen. Er hatte gehofft, dass alles wieder gut wird. Aber er hatte nichts dafür getan, sondern Frau und Tochter alleingelassen. Feiger Hund. Elender!

Birgits ständige Vorwürfe tanzen heute noch in seinem Kopf: *Du hast dich noch nie um Bines Erziehung gekümmert. Du warst auf keinem einzigen Elternabend. Du hast nur mit Bine gesprochen, wenn dir etwas an ihr nicht gefallen hat. Wenn sie was Tolles geleistet hat, war sie* deine *Tochter, und wenn sie Mist gebaut hat, war sie* meine *Tochter. Du hast nur gefordert und kritisiert und niemals …*

Er war zum Auto gerannt, hatte sich die Ohren zugehalten. Aber die vorwurfsvollen Worte waren nicht verstummt. Klar, sie schrien von innen. Er sah nur zwei Möglichkeiten, Abstand zu gewinnen. Arbeiten oder Saufen. Er entschied sich für die zweite Alternative und fuhr in eine Kneipe in der südlichen Vorstadt. Eine der wenigen, in der ihn niemand kannte. Hier ertränkte er seinen Kummer. *Schütt die Sorgen in ein Glaserl Wein*. Die dreispurige Südbrücke über den Rhein war noch breit genug für eine Fahrt in Schlangenlinien gewesen, aber bei der Abfahrt nach Koblenz-Pfaffendorf schleuderte er mit dem Dienstwagen gegen die Leitplanke. Unfallursache: Nicht angepasste Geschwindigkeit und Alkoholeinfluss stand auf der Verkehrsunfallanzeige.

Er ist Präsident Hardteck zu ewigem Dank verpflichtet, denn dieser hat gegen den ausdrücklichen Willen von Hinz seine vorläufige Suspendierung wieder aufgehoben. Tom weiß nicht, ob er eine Entlassung verkraftet hätte. Doch, er weiß es. Er hätte als Privatdetektiv weitergesoffen.

Sabine war damals aus dem Krankenhaus abgehauen. Tom weiß bis heute nicht, wo und bei wem seine Tochter sich aufhält. Er muss Sabine bald finden. Tot oder lebendig. Sonst geht er kaputt daran. Es gibt zu viele blonde junge Frauen in roten Lederjacken. Vielleicht wäre es besser gewesen, er hätte in dem zerschmetterten Fleischkloß auf dem Kohlewaggon seine Tochter erkannt. Die Ungewissheit, was mit ihr geschehen ist, macht ihn total fertig. Besser ein Ende mit Schrecken als ein Schrecken ohne Ende.

■

Nachdem sie den Pförtner um ein Gespräch mit dem behandelnden Arzt gebeten haben, setzen sie sich auf die schmale Bank vor der Milchglastür zur Intensivstation. Bei jedem Geräusch der sich automatisch öffnenden Schiebetür blicken Lena und Tom auf, als könnten sie Alfred Laube bei einem Fluchtversuch auf frischer Tat erwischen. Dann tritt ein junger Arzt auf sie zu.

»Sie sind von der Kripo?«

Beide nicken, und Lena zeigt kurz ihre Kriminaldienstmarke. Der Arzt glaubt ihnen auch ohne Ausweis.

»Wie geht es ihm?«

Lena hofft, dass die Sorge in ihrer Stimme überzeugend klingt.

»Herr Laube ist soeben verstorben. Die Justizbeamten sind zu spät gekommen.«

»Er ist tot?«, hört Lena sich fragen. Dann versagt ihre Stimme. Lena spürt ein unbeschreibliches Gefühl in sich aufsteigen. Keine Trauer. Eher Wut. Das Gefühl schnürt ihr fast die Kehle zu. Sie schluckt kurz.

»Wie hat er sich denn von dieser Welt verabschiedet?«

»Aufgehängt. An der Krawatte mit dem Aufdruck seiner Partei.«

»Halt ein echter Parteisoldat. Bis zum Tode der Partei treu ergeben!« Diese Bemerkung kann Tom sich nicht verkneifen.

»Sehr geschmackvoll«, erwidert der Arzt mit einem strafenden Blick.

»Wissen Sie nicht, was Herr Dr. Laube alles für unsere Stadt getan hat? Sie sollten sich schämen!«

Dann verschwindet der Mann in dem weißen Kittel durch die Milchglastür.

Lena hält sich den Zeigefinger wie einen Pistolenlauf gegen die Schläfe und drückt mit dem Mittelfinger ab.

»Hoffentlich hat das der Onkel Doktor nicht gesehen«, flüstert Tom.

»Wissen Sie nicht, was Herr Dr. Laube seiner Nichte angetan hat?«, ruft Lena, aber die Schiebetür ist wieder verschlossen.

»Vielleicht hat er einen Abschiedsbrief hinterlassen. Komm, lass uns in den Knast fahren!«, schlägt Tom vor.

»Nein, zuerst schauen wir hier mal in seinen Klamotten nach.«

▪

Während Tom Laubes Kleidung nach einem möglichen Abschiedsbrief durchsucht, schieben sich wieder die alten Bilder in die Gegenwart. Er sieht deutlich den Zettel vor sich, den er damals in diesem Krankenhaus in Sabines Kleidung gefunden hatte. Ein zerknüllter Zettel mit einem Namen und einer Adresse. Wie in Trance war er in die Schützenstraße in der Nähe des Koblenzer Hauptbahnhofs gefahren. Jana Bach stand auf der obersten Klingel an dem mehrstöckigen Hinterhaus. Die Haustür lag im Flur auf dem Boden, das heißt, was davon übrig geblieben war. Über eine schmale Treppe rannte er bis zum Dachgeschoss. Nahm zwei Stufen auf einmal. Das Herz schlug ihm bis zum Hals. Die Tür zur kleinen Wohnung war mit brachialer Gewalt geöffnet worden. Zum Glück, denn ansonsten hätte die Briefträgerin Sabine nicht gefunden. Nun konnte auch er den Raum betreten, der eher einem Zelt ähnelte und keinesfalls den Begriff Wohnung verdiente. Unter den beiden Dachschrägen stand in der Mitte ein Doppelbett und links in der schmalen Nische war eine kleine Einbauküche. Der Raum war eine begehbare Mülltonne. Der Boden war mit schmutzigen Kleidungsstücken übersät, und in der Spüle stapelte sich das schmutzige Geschirr der letzten Wochen. Es roch, als würde die Notdurft in diesem Raum verrichtet. Das einzige WC war im Treppenhaus im zweiten Stock. Auf der kleinen Fensterbank vegetierten kleine Kakteentöpfe vor sich hin, die auch schon bessere Zeiten erlebt hatten. Das Fenster war geöffnet. Überall lag Taubenkot. Getrocknet. Frisch. Er hielt sich die Nase zu, lehnte sich aus dem Fenster, atmete die frische Luft ein und blickte zum Himmel. Schwere dunkle Wolken zogen langsam über die Stadt hinweg. Er weiß nicht mehr, wie lange er aus dem Fenster starrte, bis der graue Himmel sich auflockerte und ein kleines blaues Loch unter der Sonne freigab. Es wirkte auf ihn wie ein Zeichen. Ein Stück blauer Himmel. Ein Hoffnungsschimmer. Heute hat er die Hoffnung längst aufgegeben. Die Hoffnung, die bekanntlich zuletzt stirbt. Sie war schon lange gestorben.

Auf dem schmutzigen, blutbefleckten Bettlaken fand er eine frisch benutzte Spritze, einen Löffel mit verbogenem Griff, braunem Rahmen im Tellerrand und den typischen schwarzen Brandflecken auf der Unterseite vom Aufkochen des Heroingemischs. Daneben lag ein braunes Fläschchen mit Ascorbinsäure und die Rückseite eines kleinen Fotorahmens. Dazwischen ein Brief. Zerknittert. Unzählige Flecken. An vielen Stellen war das Papier eingerissen. Der Brief war allem Anschein nach schon sehr oft gelesen worden. Als er die Zeilen las, zitterte er am ganzen Körper.

Liebe Sabine,
Deine Stimme klang sehr traurig, aber ich bin froh, dass Du angerufen hast. Wie lange habe ich auf ein Zeichen von Dir gewartet, und dann hat es mir fast die Sprache verschlagen. Wie vieles wollte ich Dir noch sagen, und erst hinterher fiel mir alles ein.
Du weißt, ich stehe trotz allem, was geschehen ist, zu Dir, und ich möchte Dir so gerne helfen. Ich möchte, dass Du ein zufriedenes Leben haben kannst. Ich habe Dich sehr lieb. In dem Paket sind nicht alle Sachen, die Du Dir wünschst. Ich habe alles Deiner Freundin mitgegeben, da Du mir ja nicht verraten hast, wo und bei wem Du nun wohnst. Wie tief muss Dein Misstrauen sitzen, wenn Du Deiner Freundin verboten hast, ihren Namen zu nennen, vor Angst, wir könnten dann Deinen Aufenthaltsort herausbekommen. Schade. Ich habe nichts verraten und bin sehr traurig. In Gedanken bin ich jede Minute bei Dir, möchte Dich an mich drücken und Dich fühlen. Ich weiß nicht, ob

Du das so nachempfinden kannst; ich vermisse Dich unsagbar. Du fehlst mir so sehr, und ich wünsche mir nichts sehnlicher, als Dich wieder in meinen Armen zu halten.
Ich liebe Dich ganz doll, egal, was passiert.
Deine Mama

Kein einziges Wort von ihm. Kein Name. So als hätte es ihn nie gegeben. Als habe er in dieser Beziehung lediglich die Rolle des Erzeugers, aber niemals Verantwortung übernommen. Als sei er ein anonymer Samenspender, der eine ihm unbekannte Frau künstlich befruchtet hat. Nur ein einziger versteckter Hinweis auf seine Existenz. *Ich habe nichts verraten.* Nicht als Vater, sondern als Polizist, der durch die Personalienüberprüfung der Freundin deren Wohnanschrift und somit auch Sabines aktuellen Aufenthaltsort ermitteln könnte.

Aber was hatte er erwartet? Er drehte den silbernen Bilderrahmen zwischen Spritzbesteck und Brief um. Das zusammengeklebte Familienfoto wirkte wie ein Dolchstoß mitten in sein Herz. Vater, Mutter, Kind in glücklichen Tagen. Er hatte sich an den Küchentisch gesetzt. Sein Kopf war schwer wie Blei, schwankte hin und her, als würde er sich jeden Moment vom Körper lösen. Er hatte sich mit beiden Händen abgestützt, dann war sein Ellbogen von der Tischkante gerutscht. Es war nur ein dumpfes Gefühl, als sein Kopf auf der Tischplatte aufschlug, aber der seelische Schmerz überlagerte die Wunde an der Stirn. Die kleine Narbe auf der Stirn war geblieben und erinnerte ihn jeden Morgen beim Blick in den Spiegel an diesen Tag. Dann hatte er sich wie ein kleines Kind in das schmutzige Bettlaken eingerollt und geweint. Fast eine halbe Stunde lang. Und er weiß immer noch nicht, wo Sabine wohnt. Ob sie noch lebt?

■

In Laubes Anstaltskleidung entdecken sie nicht den geringsten Hinweis, und Lena spürt, dass Tom an die Einlieferung seiner Tochter denkt, sieht die Situation vor Augen, die Tom ihr unter Tränen an dem Abend auf der *Albatros* geschildert hatte.

»Ich hol schon mal den Wagen«, sagt sie.

»Danke, ich warte vor dem Haupteingang.«

Tom geht langsam über den Flur. Vor dem Haupteingang wartet er inmitten von Patienten mit traurigen Augen und blasser Hautfarbe, die eine Zigarette nach der anderen anzünden, obwohl es für ihre Genesung sicher nicht vernünftig ist. Aber die Sucht kennt keine Vernunft. Das weiß er zu gut. »Kind, sei doch vernünftig!«, hatte er damals Sabine in seiner Hilflosigkeit gebeten.

Einige Patienten in Trainingsanzügen, mit Plastiktüten in den Händen und Zigarettenkippen in den Mundwinkeln, verlassen das Gebäude. Taxen fahren vor, Menschen mit besorgten Gesichtern steigen aus, Menschen mit Tränen in den Augen steigen ein. Frauen und Männer mit Taschen und Blumensträußen unter den Armen betreten die Eingangshalle. In den Gesichtern spiegeln sich Verzweiflung und Hoffnung. Tom versucht zu erkennen, ob die Wege auf die Intensiv- oder zur Entbindungsstation führen. Sterben und Leben, Leid und Freude liegen eng beieinander und sind untrennbar miteinander verknüpft. Aber auch auf einer Intensivstation kann Hoffnung erwachen und Menschen wieder zum Leben erwecken. Und auf einer Entbindungsstation kann Verzweiflung herrschen, weil ein Kind gestorben ist oder schwer krank das Licht der Welt erblickt hat. Wie so oft im Leben verschieben sich die Prioritäten, wenn Schicksalsschläge einen Strich durch die Zukunft machen. An keinem anderen Ort der Welt wird einem der Lebenskreislauf so bewusst vor Augen geführt wie in einem Krankenhaus. Ein Gebäude, das man ungern betritt und am liebsten auf dem schnellsten Wege wieder verlässt. In Gedanken versunken bemerkt er Lena erst, als sie durch wiederholte Hupsignale auf sich aufmerksam macht.

▪

Lena steuert den Dienstwagen am Hauptfriedhof vorbei zur Justizvollzugsanstalt. Vor den hohen Mauern parken zwei Streifenwagen, ein Zivilfahrzeug der Mordkommission und der Bus vom Erkennungsdienst. Harald Sauer kommt ihnen entgegen.

»Seit wann rückt bei einem Suizid die ganze Mannschaft aus? Haben wir nichts Besseres zu tun?«

»Ach Lena, das wisst ihr ja noch nicht.«

»Was denn?«

»Da hat jemand nachgeholfen.«

»Wie bitte?«

»Genauer gesagt, mehrere! Laube wurde von drei jungen Männern vergewaltigt und dann gezwungen, sich aufzuhängen. Es sollte wie Selbstmord aussehen.«

Lena hat es die Sprache verschlagen, und Laubes Worte klingen verzerrt in ihrem Kopf: *Irgendwann werden die Knackis mich umbringen, und Sie müssen mit der Verantwortung leben, einen Unschuldigen ins Gefängnis gesteckt zu haben.*

»Wir brauchen euch hier nicht. Würdest du seiner Schwägerin die Todesnachricht überbringen?«

»Warum ich?«

»Du kennst sie doch schon!«

»Wieso immer Lena? Lena! Lena!«, schreit sie und rauft sich die Haare.

»Okay, beruhige dich wieder. Franca wird das übernehmen! Kannst du sie anrufen?«

»Nein, ich fahr ja schon!«

Wenn mehr als zwei Leichen in einer Woche deinen Weg pflastern, sollst du über dein Leben nachdenken, flüstert wieder Lenas innere Stimme. Halt die Klappe, Über-Ich oder wer immer mir da was ins Ohr drückt, denkt Lena und öffnet die Beifahrertür.

»Echt, zu Sabines Mutter?«, fragt Tom.

»Meinst du, ich will mich vor Franca blamieren? Es ist doch nur der Schwager. In diesem Fall verzichten wir auf einen Notfallseelsorger!«

»Ja, die Trauer von Frau Laube wird sich in Grenzen halten. Egal, ob sie was weiß oder nicht!«

»Und Großmutter Laube?«

»Die trauert doch heute noch um ihren Lieblingssohn Karl. Da ist kein Platz für Alfred.«

Kriminaldirektor Hinz hatte den harten Kern der Soko »Deutsches Eck« zu einer außerordentlichen Lagebesprechung in sein Zimmer gebeten. »Setzen Sie sich. Ich habe interessante Neuigkeiten!«

Er macht eine einladende Handbewegung.

»Die Ermittlungen entwickeln sich in eine Richtung, von der Frau Lieck nicht begeistert sein wird. Unabhängig von dem Mord in der JVA! Frau Lieck hat einen schwerwiegenden Fehler gemacht. Sie hat sich zu sehr auf eine Person fixiert und andere Spuren nur halbherzig verfolgt. Gut, dass sie nicht alleine ermittelt hat. Und was das Schicksal von Herrn Dr. Laube betrifft, das muss Frau Lieck mit ihrem Gewissen ausmachen.«

»Okay, lassen Sie einfach die Katze aus dem Sack!«, zischt Lena.

»Bei der Auswertung der Geschwindigkeitsmessanlage an der Abfahrt Europabrücke haben die Kollegen von der Verkehrsdirektion am Tattag unter anderem einen roten Alfa mit französischem Kennzeichen fotografiert.«

»Ja, und?«, wirft Lena ein.

Jeder im Raum spürt die angespannte Situation.

»Hatte Herr Dr. Laube in einer seiner Vernehmungen nicht ein Auto mit französischem Kennzeichen erwähnt?«

»Hirngespinste! Schutzbehauptungen!«, faucht Lena.

»Frau Lieck, Ihnen war bekannt, dass einer von Schleichers Söhnen in Frankreich wohnt. In der Provence, wenn ich mich recht erinnere. Die Kennziffer des Alfa ist das Département Bouches-du-Rhône.«

»Wo ist das genau?«, fragt Lena.

»Die Region von Marseille bis hoch zur Provence.«

»Haben Sie schon den Halter über Europol ermittelt?«

»Ein deutscher Beamter, der für die Bundesregierung an einem europäischen Projekt in Aix-en-Provence arbeitet. Unbeschriebenes Blatt. Absolut unverdächtig!«

»Auch Beamte können morden«, kommentiert Lena kurz.

»Frau Lieck, das Kennzeichen wurde drei Tage zuvor in Bel Air von seinem Twingo entwendet.«

»Könnte auch vorgetäuscht sein, oder?«

»Könnten Sie nicht zugeben, dass Sie bei Laubes Vernehmung diese Spur einfach außer Acht gelassen haben? Sie und Ihr Kollege Schneider. Das Dreamteam. Gut im Team oder nicht eher gut intim?«

Hinz wirft einen Seitenblick auf Harald Sauer.

Tom ballt die Fäuste und sucht nach geeigneten Worten, die er Hinz an den Kopf werfen möchte. Er klopft mit den Schuhen auf den Boden. Seine Beine zittern vor Wut. Lena legt ihre Hand auf seine Oberschenkel: »Bleib ruhig! Lass ihn ausreden!«

Dr. Rau befürchtet, dass das Gespräch bald eskaliert und erhebt sich von seinem Stuhl.

»Also, lassen wir mal die Sandkastenspiele. Kommen wir zur Sache.«

»Okay, wo liegt dieses Bel Air?«, hakt Lena nach.

»Viele Orte in Frankreich heißen Bel Air, liegen meist in der Walachei. Bei unserem Bel Air handelt es sich um einen Stadtteil von Salon-de-Provence. Das liegt …«, will Hinz wieder ansetzen, als Dr. Rau erneut unterbricht.

»Machen Sie es doch nicht so spannend, Herr Hinz! Bringen wir es doch endlich auf den Punkt. Der entscheidende Fakt: Auf dem Foto ist eine Person zu erkennen, die Max Schleicher sehr ähnlich sieht. Es könnte aber auch sein älterer Bruder Paul sein.«

»Könnte aber auch Max Schleicher sein?«, vergewissert sich Tom.

»Ja, aber schwer zu sagen, es ist eine schlechte Aufnahme!«

»Was ist mit dem Gesichtserkennungssystem?«, fragt Lena.

»Für eine Auswertung mit dem GES sind diese Videoaufzeichnungen leider nicht geeignet. Dazu benötigt man eine bessere Qualität!«, erklärt Dr. Rau.

»Wann wurde das Auto fotografiert?«, fragt Tom.

»Drei Stunden vor der Tatzeit!«, erwidert Dr. Rau.

»Nur ein Bild vom Fahrer?«, hakt Lena nach.

»Ja, zumindest ist keine weitere Person zu erkennen.«

Hinz schaut auf seine Rolex, als wäre ihm soeben etwas Wichtiges eingefallen, erhebt sich und demonstriert damit ohne Worte, dass für ihn die Besprechung beendet ist. »Machen Sie sich Gedanken. Tauschen Sie sich aus, und wir treffen uns in einer Stunde wieder.«

Er wird sich doch von einem Kriminaloberrat nicht die Butter vom Brot nehmen lassen. Bevor er den Raum verlässt, dreht er sich noch einmal um: »Und wehe, es steht morgen wieder was in der Presse. Dieses Mal ist die Zahl der möglichen undichten Stellen gering.«

Er erntet nur wütende Blicke, merkt, dass er einen Schritt zu weit gegangen ist und dreht sich erneut um.

»Aber ich gehe natürlich davon aus, dass es keiner von den hier Anwesenden war. Übrigens, was die Möglichkeit des Vergleichs von DNA-Spuren betrifft: Da kommt Bewegung in die Politik. Justizministerin Lauschberger wagt einen Vorstoß auf Bundesebene. Ich habe für jeden den Zeitungsartikel kopiert. Liegt auf dem Tisch.«

»Kopieren lassen«, flüstert Lena.

Der harte Kern der Soko tauscht kurz weitere Informationen aus, und Dr. Rau bittet um pünktliches Erscheinen in einer Stunde.

Lena greift eine der Kopien neben dem Stehpult und liest den Artikel in ihrem Büro.

Justizministerin fordert Gesetzesänderung

Anlässlich der Erkenntnisse zu dem Mord an der Koblenzer Polizistin hat die rheinland-pfälzische Justizministerin Lauschberger eine Gesetzesänderung gefordert, die Polzei und Staatsanwaltschaft in die Lage versetzt, Beschuldigten in einem Strafverfahren künftig sehr viel häufiger als bisher den genetischen Fingerabdruck abzunehmen. Nach geltendem Recht setzt eine DNA-Probe

eine erhebliche Straftat oder die wiederholte Begehung sonstiger Straftaten mit insgesamt vergleichbarem Gewicht voraus.
»Es ist manchmal nur ein kleiner Schritt vom Diebstahl bis zum Kapitaldelikt. Wir brauchen daher die DNA-Probe unter denselben Voraussetzungen wie den ganz normalen, sogenannten daktyloskopischen Fingerabdruck: Also nicht nur bei erheblichen Straftaten, sondern immer dann, wenn eine DNA-Probe für die Zwecke des Verfahrens oder aus erkennungsdienstlichen Gründen notwendig ist«, stellt die Justizministerin fest.
Bedenken unter dem Gesichtspunkt des Datenschutzes bestehen nicht, weil bei der DNA-Probe nur das Identifizierungsmuster und das Geschlecht, nicht aber andere Eigenschaften des Beschuldigten wie z. B. Haarfarbe, Krankheiten oder weitere individuelle Merkmale festgestellt werden dürfen.
Die Forderung nach Gleichstellung des genetischen mit dem daktyloskopischen Fingerabdruck war bereits Inhalt eines Gesetzesentwurfs der Länder Hessen, Bayern, Hamburg, Saarland und Thüringen zur Neuregelung der DNA-Analyse zu Zwecken des Strafverfahrens. Leider wurde dieser Vorschlag auf Bundesebene nicht umgesetzt. Der aktuelle Fall zeigt, dass die ohnehin anstehende Thematik der Erweiterung der DNA-Analyse möglichst schnell aufgegriffen werden muss!

Tom wundert sich, wie schnell das Justizministerium an die aktuellen Informationen gelangen konnte.

Die junge Frau liegt auf der Matratze und starrt an die Decke. Sie war vierzehn, da hatte Mutter ihrem Vater die Koffer vor die Tür gestellt. Heute noch hallen Mutters Argumente in ihren Ohren: »Du bist ja doch nur unterwegs, brauchst ne Putzfrau, ne Köchin, ne Prostituierte, ne Krankenschwester und irgendwann ne Pflegerin, aber auf eine Ehefrau kannst du gut verzichten. Und wenn du dich schon nicht um mich kümmerst, dann denk wenigstens an unsere Tochter.«

Dann zog Vater für immer die Haustür hinter sich zu. Mutters neuer Freund war ein dufter Typ, aber kein Vaterersatz. Mutter war manchmal richtig eifersüchtig, wenn sie mit Rolf flirtete. Als Rolf ihre Gefühle nicht erwiderte, suchte sie den Kontakt zu älteren Jungs und hatte aus purer Neugier mit dem Kiffen begonnen. Das gemeinsame Kiffen schweißte zusammen. Die Clique war ihre Familie. Dort fand sie das, was sie zu Hause vergeblich suchte. Was immer es war. Sie weiß es heute nicht mehr. Sie konnte sich nie vorstellen, dass sie auf Heroin umsteigen würde. Fixer sind link, schwitzen und stinken. Fixer kriegen Aids und Hepatitis, müssen klauen und anschaffen gehen. Dann krepieren sie elendig auf einer schmutzigen Bahnhofstoilette. Hatte Vater immer erzählt. Diese Schreckensszenarien haben sie aber nicht davon abgehalten, Drogen zu probieren. In dem Alter fühlt man sich unsterblich. Nein, das würde ihr nie passieren. Hatte sie geglaubt und dann den Absprung verpasst.

Und wenn man erst mal drauf ist, gibt es kein Zurück mehr. Nur wenige schaffen den Sprung zurück ins Leben. Vor zwei Wochen war sie mit Babsie im Odeon-Kino in dem Film »Lauf um dein Leben – Vom Junkie zum Ironman« – über die unglaubliche Lebensgeschichte des Weltspitzetriathleten Andreas Niedrig, der früher auch auf Heroin war. Eine einmalige Geschichte, wie Andreas den Weg aus der Fixerhölle in den Sportlerhimmel geschafft hat. Einer von tausend? Am besten hatte ihr Axel Stein gefallen. Der alte Ochsenknecht spielte auch gut, aber Jimmy Blue hätte sie lieber auf der Leinwand gesehen.

Sie begegnet ihrem kranken Blick in dem kleinen runden Spiegel neben dem Bett, sieht die Einstichstellen, die sich an den Unterarmen wie eine blau gefärbte Perlenschnur aneinanderreihen. In Janas kleinem Mansardenzimmer macht sich der bittere Geruch der Droge breit. Sie sollte endlich die Blutflecken auf dem Teppich entfernen. Die meisten sind von Jana. Jana hatte sich vor ewiger Zeit auf einer Parkbank in den Rheinanlagen den goldenen Schuss gesetzt. Kein »normaler« Mensch versteht, dass man sich freiwillig Chemikalien ins Blut pflanzt. Fixer haben keinen freien Willen mehr. Am Anfang ist jeder Junkie auf der Suche nach dem geilen Kick, dem unbeschreiblichen Lustgefühl. Diesen Heroinorgasmus will man immer wieder erleben. Aber bereits nach kurzer Zeit »schiebt man einen Affen«. Das erste Zittern und der Schnupfen. Die Hände zucken wie die Pfoten eines schlafenden Hundes. Die Handflächen werden feucht. Schüttelfrost lässt den Körper erfrieren. Gleichzeitig fließt heißer Schweiß über das Gesicht. Über die Hände. Und dann über den ganzen Körper. Spätestens dann muss ein Junkie die Entzugserscheinungen wegdrücken. Gib dem Affen Zucker, fordert der Körper. Ihre Augen suchen auf den Unterarmen eine Stelle, an der sie die Kanüle schräg aufwärts hineinrutschen lassen kann. Das letzte pac. Heute noch einen einzigen Schuss. Und dann spürt sie die Wärme dieser tunnelartigen Höhle, in die sie hineinkriechen kann, um wie in Mutters Bauch von Watte eingehüllt den trostlosen Alltag zu vergessen.

Auch ihr Vater, der große Drogenfahnder, hat null Ahnung, was wirklich abläuft. Babsie hat ihn vor einigen Tagen kennengelernt, als er sie wegen des Mordfalls an seiner Kollegin vernommen hat. Er habe sich sehr angeregt mit ihr unterhalten, und er sei ein netter Bulle. Da musste Sabine lachen. Bei ihren Freunden hatte er auch immer ein anderes Gesicht gezeigt. Er hat nichts geschnallt. Gar nichts. Hat versucht, tausend Fixern zu helfen und die eigene Tochter dabei vergessen.

■■■ 30

»Für den Mord an Alfred Laube haben wir die Sonderkommission ›Zelle‹ eingerichtet, die unabhängig von der Soko ›Deutsches Eck‹ die genauen Hintergründe rekonstruieren wird. Bis jetzt ist es uns gelungen, dass der Name des Opfers nicht an die Öffentlichkeit dringt, und die Familie Laube hat ebenfalls kein Interesse, dass der Name genannt wird. Ich befürchte aber, dass wir Laubes Tod nicht lange verheimlichen können. Koblenz ist ein großes Dorf, und auch in der JVA gibt es Plaudertaschen«, eröffnet Harald Sauer die Besprechung.

»Ich habe mir überlegt, wie wir mit einer pro-aktiven Strategie durch eine Falschmeldung die Täter eventuell ermitteln können!«, sagt Dr. Rau.

»Da sind wir aber mal gespannt.« Harald lehnt sich in seinem Sessel nach hinten.

»Wenn wir davon ausgehen, dass wir Laubes Tod nicht lange vor der Presse verheimlichen und ihn nicht mehr als Zeuge verkaufen können, müssen wir halt einen Zeugen erfinden. Wir geben eine Falschmeldung raus und setzen einen Kollegen mit falscher Identität medienwirksam als Lockvogel ein. Diese Variante erfordert allerdings ein Großaufgebot vom Personenschutz. Tag und Nacht. Aber so können wir die Täter vielleicht in eine Falle locken, denn sie werden versuchen, den Zeugen im wahrsten Sinne des Wortes mundtot zu machen.«

»Das gilt dann auch für Bernd!«, ergänzt Tom.

»Exakt! Wenn Bernd Müller aus dem Koma erwachen sollte, was wir alle hoffen, müssen wir ihn auch mit mehreren Kräften rund um die Uhr bewachen. Die Täter werden nicht zögern, ihn umzubringen, weil sie damit rechnen müssen, dass er sich irgendwann doch an die Tat erinnern kann. Das bedeutet, der Personenschutz für Müller muss personell verstärkt werden. Es genügt nicht, wenn ein Polizist vor seinem Krankenzimmer wacht. Da müssen wir aufstocken.«

»Eine gute Idee für einen Schritt in die richtige Richtung«, lobt Harald mit ehrlicher Anerkennung.

»Dann sollten wir den Personenschutz umgehend verstärken, denn die Täter kennen nicht den momentanen Zustand von Bernd und müssen jederzeit damit rechnen, dass er sich erinnern wird«, fordert Tom.

»Herr Schneider. Diese Idee hatte ich bereits. Ich habe dies dem Präsidenten mitgeteilt und bereits das Notwendige veranlasst!«, schaltet sich Hinz ein.

Tom ballt die Faust in der Hosentasche. Wenn es Hinz nicht zu peinlich wäre, würde er sich am liebsten selbst auf die Schulter klopfen, wenn es schon kein anderer tut. Jetzt muss es raus.

»Bekommen Sie für diese geniale Idee eine Belobigung vom Minister, die Sie aber nicht in die Personalakte aufnehmen würden, weil wir alle wissen, wie kompetent Sie sind?«

Hinz schäumt vor Wut, will sich erheben, aber Harald legt ihm die Hand auf den Unterarm. Er ist der Einzige, auf den Hinz wirklich hört. Harald übernimmt die Gesprächsführung.

»Wir haben bundesweit einen Fahndungsaufruf für den roten Alfa ausgestrahlt und hoffen, dass sich insbesondere Zeugen aus unserer Region an irgendetwas Auffälliges erinnern können«, ergreift Harald das Wort.

»Sollen wir das Fahndungsplakat noch aktualisieren?«, fragt Tom.

»Nein, dann müssten wir ja überall nachplakatieren. Ich habe einen neuen Text an die Pressestelle weitergeleitet. Wir werden eine internationale Fahndung nach Max und Paul Schleicher auslösen. Das SEK hat die beiden Wohnungen von Max gestürmt, und die Kollegen in Frankreich hatten wir auf dem Obergefreitendienstweg um die vorläufige Festnahme von Paul Schleicher gebeten. Gut, dass Frank im letzten Jahr ein halbes Jahr im Austauschprogramm in Marseille war. Aber die Brüder sind wie vom Erdboden verschluckt, und der Vater hüllt sich in Schweigen. Wir können momentan nicht ausschließen, dass er in irgendeiner Form an der Tat beteiligt war, und werden seine Telefone anzapfen.«

»Ich werde Günther Schleicher noch einmal vernehmen!«, schlägt Lena vor.

»Festnehmen statt vernehmen!«, fordert Tom.

»Er hat ein Alibi, und wir haben keinerlei Spuren von Schleicher am Tatort gefunden! Aber wir sollten im Hause Schleicher DNA-Spuren sichern und mit den Tatortspuren abgleichen«, schlägt Dr. Rau vor.

Harald nickt, erhebt sich und beendet die Besprechung mit den Worten:

»Okay, Lena und Tom. Dann geht ihr Schleicher senior noch mal an. Morgen wird der Artikel über den Mord im Gefängnis erscheinen, und ich kann nur für uns alle hoffen, dass Laubes Name nicht genannt wird. Bis zur nächsten Besprechung. Schönen Feierabend.«

Mord hinter Gittern. Gefolterter Häftling rief vergebens um Hilfe

Zwölf Stunden lang quälten drei Häftlinge einen Zellengenossen. Er musste ihren Urin trinken und wurde vergewaltigt. Dann zwangen sie ihn, sich zu erhängen. Nur einmal unterbrachen sie die Folteraktion: Als Wärter die Zelle betraten. Der Mann hatte verzweifelt um Hilfe gerufen.

Mit bloßen Händen und brutalen Faustschlägen prügelten drei Häftlinge im Alter von 20, 23 und 27 Jahren am Samstagabend auf ihren Zellengenossen ein. Abwechselnd fielen sie über den Mann her und vergewaltigten ihn mehrfach. Sie zwangen ihn, den Halter für die Toilettenbürste, in den sie uriniert und gespuckt hatten, leer zu trinken. Er musste sein eigenes Erbrochenes, eine Tube Zahnpasta und eine Mischung aus Wasser, Salz und scharfem Pulver runterwürgen; und mehrere Abschiedsbriefe schreiben. Schließlich versuchten die Täter drei- bis viermal, ihr Opfer mit seiner Krawatte und Kabeln aufzuhängen – doch immer seien diese gerissen.

Allein diese Brutalität dauerte insgesamt fast zwei Stunden. Erst ein Strick aus Bettlakenstreifen hielt dem Gewicht des Opfers stand. Damit zwangen die drei Männer ihr Opfer auf einen Eimer vor der Toilettentür und legten ihm die Schlinge um den Hals. Als der Mann bereits an der Tür hing, lösten sie nach eineinhalb Minuten noch einmal den Strang und schlugen den Mithäftling ein letztes Mal zu Bewusstsein. Als sie ihn ein zweites Mal ins Leben zurückprügeln wollten, war der Häftling bereits tot. Zwölf Stunden habe der abartige Gewaltakt gedauert, erklärte Oberstaatsanwalt Klaus Bachsulzer. Der grausame Tathergang konnte so detailliert rekonstruiert werden, weil die drei Männer »weitgehende Geständnisse« ablegten.

Immer wieder soll sich der Gequälte gewehrt haben – vergebens. Nur einmal gelang es ihm, den Alarmknopf in der Zelle zu drücken, der das Aufsichtspersonal alarmiert. Die drei Täter beteuerten jedoch über die Gegensprechanlage, man sei versehentlich auf den Schalter gekommen. Kein Wärter überzeugte sich selbst, ob jemand in Gefahr war.

Erst als sich andere Häftlinge über Lärm aus der Zelle beschwerten, betraten zwei Aufseher die Vier-Mann-Zelle – Verdacht schöpften sie nicht. Der misshandelte Häftling habe im Bett gelegen – offensichtlich »schon derart misshandelt, dass er nicht mehr zu irgendwelchen rationalen Handlungen fähig war«, so der Oberstaatsanwalt. Seine brutalen Mitgefangenen erklärten den Wärtern, sie hätten Möbel verrückt, deshalb sei es so laut gewesen.

»So viel Brutalität habe ich noch nicht erlebt«, sagte Bachsulzer. Besonders erschütternd sei, dass sich der Mord in einem Gefängnis abgespielt habe. Schließlich seien die Häftlinge dort dem Schutz des Staates unterstellt. »So etwas darf eigentlich nicht vorkommen.« Die

Staatsanwaltschaft Koblenz geht davon aus, dass die Mitgefangenen bereits am Mittag den Entschluss fassten, ihren Zellengenossen zu töten und seinen Tod als Suizid zu inszenieren.
Das Opfer war kurz nach sechs Uhr morgens vom Gefängnispersonal im abgeteilten Toilettentrakt einer Gemeinschaftszelle entdeckt worden. Zuerst gingen die Wachmänner davon aus, dass sich der Mann selbst umgebracht hatte.
Justizministerin Lauschberger äußerte sich bestürzt über den Fall. »Den Angehörigen des Getöteten gehört mein Mitgefühl«, hatte die Ministerin in Mainz gesagt. Zu Forderungen nach ihrem Rücktritt erklärte die Justizministerin, die Situation erfordere »nicht einen Menschen, der sein Amt hinwirft« und vor der Verantwortung davonlaufe. Gefordert sei jemand, der sein Amt mit Verantwortung ausübe, sagte sie im Deutschlandfunk. Dies wolle sie tun, indem sie den Fall lückenlos aufkläre und für die Zukunft die Weichen stelle, um solche Vorfälle zu verhindern. Zur Aufklärung der Hintergründe bedürfe es »sorgfältiger Vernehmungen und Beweiserhebung«, so die Ministerin. Diese habe sie veranlasst, indem sie disziplinarrechtliche Ermittlungen angeordnet habe. Sie verwies darauf, dass sie vor einigen Wochen die Justizvollzugsanstalt Koblenz besucht habe. Sie habe nie einen Hinweis gehabt, dass dort »schlechte Zustände« herrschten.

Günther Schleicher
Ich habe Ihnen wirklich alles gesagt, Frau Lieck. Glauben Sie mir, ich habe mit dem Mord nichts zu tun.

Für den Transport der Antiquitäten fährt er einen alten Citroën mit Schiebetür. Gibt es in Deutschland nicht. Aber Paul ist auch Oldtimerfan. Max hat für seinen Bruder einen alten Alfa GT restauriert.

Welche Farbe? Blöde Frage, natürlich rot.

Klar hat er französische Kennzeichen. Er hat dort seinen festen Wohnsitz. Warum fragen Sie mich das alles?

Ich habe doch schon zigmal gesagt, dass ich ihn noch nie in Frankreich besucht habe.

Ich kann Ihnen wirklich nicht sagen, wo Max sich momentan aufhält. Und ich schwöre, mit Paul habe ich schon verdammt lange nicht mehr telefoniert. Leider.

Noch am gleichen Tag des Fahndungsaufrufs über die Radio- und Fernsehsender melden sich zahlreiche Zeugen bei der Sonderkommission, aber nur drei Personen können brauchbare Hinweise geben.

Alfred Zicklian (55), Busfahrer der KEVAG

Am Moselufer kam mir so kurz vor zehn ein rotes Auto entgegen. Hatte verdammt viel Speed drauf. Ich kam aus Richtung Moselweiß und fuhr in die Innenstadt. Vor der Feuerwehrwache wendete das Auto und schoss regelrecht auf die andere Fahrbahnseite, obwohl das an der Stelle ja verboten ist. Ich musste den Bus abbremsen, um einen Zusammenstoß zu vermeiden.

Da so etwas öfter vorkommt, habe ich mir nichts Besonderes dabei gedacht. Das Auto ist mit wahnsinnigem Tempo Richtung Europabrücke weitergefahren. Es war kein deutsches Kennzeichen. Irgendetwas mit einer Zahl vorne und gelbe Farbe. Ja, ich glaube gelb.

Ja, richtig, Herr Kommissar. Wobei ich nicht weiß, welche Farbe die neuen EU-Mitglieder haben. Da blickt man gar nicht mehr durch. Und jetzt noch die Rumänen und Bulgaren. Da haben wir uns was aufgehalst.

Ach so. Ja, also der Pkw, der ebenfalls stark abbremsen musste? Nein, ich weiß nicht mehr, um welches Fabrikat es sich bei diesem Auto handelte. Entschuldigung. Aber das konnte ich ja nicht ahnen.

Moment, jetzt fällt es mir wieder ein. Hinten war eine Dreizehn. Ich bin nämlich abergläubisch.

Nein, ich konnte nicht erkennen, wie viele Personen im Fahrzeug waren. Es war ja schon dunkel, und ich habe mich ganz schön erschreckt.

Ich glaube nicht, dass die Fahrgäste was mitbekommen haben. Der Bus war fast leer.

Walter Mehren (70), Pensionär
Vor der Kreuzung Friedrich-Ebert-Ring und Hohenzollernstraße überholte mich ein roter Alfa. Das Auto drängte sich zwischen meinen Mercedes und einen Streifenwagen.

Es war ein älteres Modell. Die neuen würde ich gar nicht erkennen. Die Autos sehen heute ja alle gleich aus. Ich fahr mein Leben lang das Auto mit dem Stern, das mit der eingebauten Vorfahrt.

Nein, an das Kennzeichen kann ich mich nicht mehr erinnern. Ich glaube, es war gelb.

Ich habe die Hupe betätigt, aber der Fahrer hat nicht reagiert.

Im Auto saßen zwei jüngere Männer.

Ich schätze Mitte bis Ende zwanzig. Aber da kann ich mich auch täuschen.

Nein, genauer kann ich die beiden nicht beschreiben, aber es waren mit Sicherheit zwei Personen in dem Auto.

Der Alfa hat mich rechts überholt, ist dann wieder links vor mir eingeschert und fuhr dicht auf das Polizeiauto auf, das bei Rot an der Ampel hielt.

Ob es sich um den Streifenwagen handelt, in dem die Polizistin ermordet wurde, kann ich nicht sagen. Aber wenn Sie das sagen, wird es wohl so gewesen sein.

Dann ist etwas Merkwürdiges passiert. Die beiden Männer drehten sich um. Ich hatte schon Angst, sie würden aussteigen und mir Frechheiten machen. Wie junge Leute heute so sind. Keine Ehrfurcht mehr vor dem Alter und keine Zeit. Dann griffen sie gleichzeitig irgendwas vom Rücksitz. Jeder hielt etwas Lappriges in den Händen. Sah aus, als hätten sie zwei aufgetaute Flattermänner in die Hände genommen.

Sie wissen nicht, was Flattermänner sind? So nennen wir hier die Hähnchen. Aber das macht ja keinen Sinn.

Dann schaltete die Ampel auf Grün, und sie haben die Gegenstände wieder auf den Rücksitz geworfen.

Ich wollte eigentlich aussteigen und die Polizisten auf den Alfa aufmerksam machen. Vielleicht besser, dass ich es nicht getan habe, oder?

■

Marianne Oehmer (63), Bürokauffrau
Ich bin rechts rangefahren, weil mein Handy klingelte. Man darf während der Fahrt nicht telefonieren, oder?

Meine Tochter. Ja, kleine Kinder kleine Sorgen, große Kinder große Sorgen. Na ja, das können Sie ja noch nicht wissen.

Hinter mir bremste ein rotes Auto scharf ab.

Mit Automarken kenne ich mich nicht aus. Es war ein rotes. Zunächst dachte ich an ein Feuerwehrauto. Ich habe mich richtig erschrocken, dachte, der fährt mir gleich hinten rein. Dann hat der Fahrer das Steuer herumgerissen, und ein Auto hinter ihm hat gehupt. Ich habe mich gewundert, dass die Polizisten nicht ausgestiegen sind, aber die haben ja auch keine Augen im Rücken, und das Hupen alleine ist ja auch nichts Außergewöhnliches.

Ja, es kann durchaus sein, dass ich vergessen habe, den Blinker zu setzen und nur gebremst habe.

Nein, ich habe nicht erkannt, wer in dem Auto saß. Ich habe ja mit meiner Tochter telefoniert.

Am nächsten Morgen legt Tom seiner Kollegin die Zeitung auf den Tisch. »Endlich eine gute Nachricht!«, flüstert er.

Lena schlägt den Regionalteil auf.

Polizist hat keine Erinnerung an den Tathergang

Der bei dem Mord an der Polizistin durch einen Kopfschuss verletzte Beamte ist aus dem Koma erwacht. Der Beamte hat sich zunächst nur durch Augenzwinkern und Händedruck verständigen können. Er wurde von Kollegen befragt, hat aber weiterhin Gedächtnislücken, was die Geschehnisse um diese Tat betrifft, und er kann keine Angaben zum Tathergang machen. Es ist noch nicht klar, ob er seine Erinnerungen wiedererlangen wird. Wie die Pressestelle des Polizeipräsidiums in Koblenz mitteilt, kann der Mann inzwischen wieder sprechen. Der Polizeibeamte muss nun mit der Angst leben, dass der oder die Täter nach seinem Leben trachten, falls er sich doch irgendwann erinnert. Es sei fraglich, ob der Polizist jemals wieder in seinem Beruf arbeiten könne oder bleibende Schäden davontragen werde.

Dann faltet sie die Zeitung wieder zusammen: »Drücken wir ihm einfach die Daumen und hoffen, dass er sich irgendwann doch erinnert! Wurde der Personenschutz hochgefahren?«

»Ja, Bernd wird rund um die Uhr von zwei Beamten bewacht. Und wie gehen wir weiter vor?«

»Das Problem ist, dass wir die Zeit nicht eingrenzen können, wann die Spuren gelegt wurden!«, bringt Lena es auf den Punkt.

»Ich bitte dich, wir haben doch genügend Beweise gegen Max und Paul Schleicher. Was uns fehlt, ist nur noch die DNA von Paul! Und es ist ja wohl mehr als unwahrscheinlich, dass er zu einem früheren Zeitpunkt die Spur an dem Streifenwagen gelegt haben könnte.«

»Wenn es seine DNA ist, würde das bedeuten, dass er für alle anderen Straftaten auch als Täter infrage kommt und wir einen gefährlichen Intensivtäter hinter Gitter bringen könnten.«

»Dennoch ist immer noch nicht die Art der Tatbeteiligung klar. Wie war das noch mal bei dem Mord an der rumänischen Prostituierten im Koblenzer Stadtwald? Die DNA-Spuren stammten vom Vergewaltiger, aber ein anderer hatte sie ermordet. Richtig?«

»Richtig! Aber der Mörder hatte damals die Vergewaltigung gefilmt. Er war zur gleichen Zeit am Tatort!«

»Wie Schleicher vermutlich auch. Denn wann, wenn nicht zur Tatzeit, soll seine Spur am Streifenwagen gelegt worden sein?«

»Du wiederholst dich!«

»Wo wurde der Wachmann dieses Geldtransporters ermordet?«, fragt Lena.

»Moment, da muss ich blättern, aber ich glaube nicht, dass der genaue Ort in der Kurzmitteilung vom BKA vermerkt wurde.« Tom feuchtet sich mit der Zunge die Fingerspitzen an. »Doch, hier steht es. Salon-Ouest an der Péage-Station.«

»Tom. Übrigens, das habe ich dir noch gar nicht gesagt. Dreimal darfst du raten, wo meine Freundin wohnt.«

»Was, die Klärgrube? Echt?«

»Ja, echt in Bel Air! Also da, wo das Kennzeichen entwendet wurde. Und von ihm haben wir im Gegensatz zu Max keine Vergleichsspur. Wieso haben wir diese Möglichkeit so lange ausgeblendet?«

»Wieso wir? Du warst doch diejenige, für die von Anfang an nur ein Täter infrage kam. Warum auch immer.«

Lena blickt ihn grimmig an. Sie will vom Thema ablenken.

»Wer genehmigt uns denn eine Auslandsdienstreise für einen Speicheltest im sonnigen Süden?«

»Dann müssten wir Paul Schleicher erst mal auftreiben. Das LKA wird den Fall wegen der Auslandsermittlungen übernehmen. Da treten Kompetenz und Sachkunde in den Hintergrund.«

»Wenn sich nicht sogar das BKA einschaltet.«

»Und die Allround-Dilettanten würden dann vielleicht alles vermasseln.«

»Immer diese Vorurteile. Ich denke, dass das LKA Zielfahnder einsetzen wird.«

»Wobei wir nur hoffen können, dass sie seine Spur aufnehmen. Was ja in anderen Sachen nicht immer einfach ist. Gott sei Dank.«

Ein breites Grinsen überzieht Toms Gesicht.

»Wieso Gott sei Dank? Was meinst du damit?«, fragt Lena.

»Vor mir brauchst du dich doch nicht zu verstecken!«

»Nun lass dieses blöde Gequatsche. Ich weiß nicht, wer die Medien informiert hat.«

»Aber wer die Plakate beschmiert hat.«

»Hör auf, weiter nachzubohren. Was ich nicht weiß, macht mich nicht heiß. Und wenn du nichts weißt, kannst du auch nichts anzeigen. Denk an deinen Strafverfolgungszwang. Ich möchte nicht, dass du ein Verfahren wegen Strafvereitelung im Amt an der Backe hast. Okay?«

■

Eigentlich bin ich ganz anders, ich komme nur viel zu selten dazu … ich bin nicht der, der ich wirklich bin … ertönt die krächzende Stimme von Altrocker Udo Lindenberg aus den kleinen Lautsprechern in Toms altem Mercedes. … *und du sitzt im Auto neben einem, der sich genauso wenig kennt wie du,* stimmt Tom mit in den Song ein.

Sie stecken an der Herz-Jesu-Kirche mitten im Feierabendverkehr fest. Der Kreuzungsbereich ist komplett zugeparkt, und momentan stauen sich Fahrzeuge in alle Richtungen. Tom erinnert sich bei diesem Verkehrschaos an den alten Polizeihauptmeister Diedrich. Der hatte einen Autofahrer, der den Kreuzungsbereich blockierte, lautstark aufgefordert: »Öffnen Sie bitte sofort beide Fahrzeugtüren, damit die Fußgänger auf die andere Straßenseite gehen können!« Eine Kommunikation zwischen Bürger und Polizist, die heute nicht mehr möglich wäre. Früher wurde an dieser Kreuzung inmitten der Stadt der Verkehr nicht von Lichtzeichenanlagen, sondern von Menschen geregelt, und der Schutzmann war noch ein echter Freund und Helfer. Und hatte Humor. Heute gehen viele zum Lachen in den Keller.

»Was meinst du, Lena, hätte Lindenberg mit der Stimme bei Dieter Bohlen eine Chance gehabt?«

»Nie im Leben, Grönemeyer auch nicht!«

»Gut, dass es damals noch kein DSDS gab.«

»Hat Udo das Lied eigentlich für dich komponiert?«

»Versuch es rauszukriegen! Heute bietet sich die Gelegenheit.«

Tom hatte Lena heute Morgen eingeladen, auf der *Albatros* den Sonnenuntergang gemeinsam zu genießen. Laut Wettervorhersage soll dies der bisher schönste Sommerabend der Saison werden. Sie hatten im neuen Edeka mehrere Käsesorten, drei Baguettes, Oliven, Pesto, Olivenöl, getrocknete Tomaten sowie einige Antipasti eingekauft und ihre gemeinsame Leidenschaft für den Rosé aus Tavel entdeckt. Drei Flaschen hatte Tom eingepackt. Was ist schon eine Flasche für jeden?

Der Stau löst sich langsam auf, und Tom lenkt den Mercedes durch die Röhre des Glockenbergtunnels Richtung Vallendar. Trotz der neuen Umgehungsstraße staut sich immer noch der Verkehr an der Ampel in Ehrenbreitstein.

Als die beiden mit den Einkaufstüten über den Steg zur *Albatros* gehen, schaut ihnen der alte Fährmann Georg Seller, der wie jeden Abend auf der Bank am Rheinufer sein Pfeifchen raucht, mit einem verschmitzten Lächeln nach. »Wird aber och Zick, ming Jung«, flüstert er vor sich hin.

Lena und Tom decken den Tisch auf dem Sonnendeck und genießen den Blick auf die Insel Niederwerth und die Boote, die dort vor Anker liegen. Ferienidylle pur. Eine romantische Szene wie in einem Rosamunde-Pilcher-Film.

»Wie geht's nun weiter?«, unterbricht Lena das Schweigen der letzten Minuten.

»Mit uns beiden?«

»Ach, Tom. Du weißt, was ich meine.«

»Nein!«

»Wir müssen davon ausgehen, dass die beiden sich abgesetzt haben.«

»Wir wollten doch heute Abend nicht über den Dienst reden.«

Lena grinst. »Willst du etwa nicht wissen, wo sie sich versteckt halten? Wenn wir sie nicht finden, werden wir nie erfahren, was wirklich geschehen ist.«

»Selbst wenn wir sie festnehmen, ist immer noch fraglich, ob sie aussagen. Es sei denn, wir glauben Herrn Dr. Laubes Version!«

»Wieso sagst du Herr Dr. Laube?«

»Tote soll man in Frieden ruhen lassen. Er hat seine weltliche Strafe erhalten. Laubes Aussage erschien uns damals unglaubwürdig, wird aber aufgrund der neuen Erkenntnisse immer wahrscheinlicher.«

»Tom, okay. Gehen wir mal davon aus, dass Laube die Wahrheit gesagt hat. Warum war er am Tatort?«

»Vielleicht wollte er wirklich mit ihr reden.«

»Tom, das glaubst du doch selbst nicht. Das war Mord auf Bestellung! Dass er und die beiden zufällig zur gleichen Zeit am Tatort waren, na ja ... wenn ein Krimiautor einen solchen Fall konstruiert, würde man ihm eine lebhafte Phantasie unterstellen.«

»Wir sind keine Krimiautoren, sondern Kriminalisten. Und du weißt doch, dass das richtige Leben immer wieder Überraschungen bereithält und selbst die Phantasie mancher Drehbuchautoren in Hollywood überflügelt.«

»Ich vermute, die beiden haben in seinem Auftrag gehandelt, und er wollte sich nur vergewissern, ob der Mord auch zu seiner Zufriedenheit ausgeführt wurde.«

»Zu seiner Zufriedenheit. Lena, du hast eine seltsame Art, grausame Dinge positiv darzustellen.«

»Und es erhebt sich die Frage, wie Laube die zwei kennengelernt hat.«

»Wir haben bislang auch nicht die geringste Verbindung zwischen Alfred Laube und Günther Schleicher festgestellt.«

»Klar, weil wir in diese Richtung auch noch nicht ermittelt haben.«

»Ja, mach mir ruhig ein schlechtes Gewissen!«

»Beide Männer hatten eine sexuelle Beziehung zu Sabine.« Lena atmet tief durch. »Aber das willst du doch nicht im Ernst vergleichen. Das eine war Missbrauch, das andere vielleicht echte Liebe. Ich glaube, dass Sabine den Schleicher geliebt hat und er sie vermutlich auch.«

»Jedenfalls müssen wir den Fall jetzt abgeben und den vorgesetzten Dienststellen die Fahndung überlassen.«

»Das heißt nicht, dass wir keine weiteren Beweismittel sammeln und mögliche Verbindungen und Kontakte recherchieren werden.«

»Wie wollen wir denn an die Schleicher-Brüder rankommen, wenn es dem Zielfahndungskommando nicht gelingen sollte, Frau Kommissarin?«

Lena zieht die Schultern nach oben und nimmt einen kräftigen Schluck.

»Wir könnten doch deine Klärgrube privat besuchen«, schlägt Tom vor.

Lena lacht. »Klar. Und Paul Schleicher rein privat um eine Speichelprobe bitten.«

»Gute Idee. Vielleicht kannst du ihm die Haare schneiden, seinen Schweiß einsammeln oder ihn beleidigen und dich von ihm anspucken lassen. Vielleicht kannst du ihm auch ein Wattestäbchen für das Ohrenschmalz anbieten und ziehst es ihm vorher über die Zunge. Oder nachts in sein Haus eindringen?«

»Jetzt geht aber die Phantasie mit dir durch, Tom. So kenne ich dich ja gar nicht.«

»Ich habe noch mehr Geheimnisse, die du noch nicht kennst. Gedanken, Phantasien, Wünsche, Fähigkeiten, Neigungen.«

»Ach Tom, lass es, okay?«

Eine leichte Röte breitet sich auf ih,rem Gesicht aus.

»Es liegt zumindest im Bereich des Möglichen, dass deine Klärgrube und Paul sich kennen. In der Ecke wohnen nicht viele Deutsche. Auch wenn er momentan abgetaucht ist, könnten wir doch mehr über ihn und seinen möglichen Unterschlupf erfahren. Als Touristen, natürlich.«

»Natürlich. Privat. Ohne dienstlichen Auftrag. Nur keine Fahndungskosten entstehen lassen.«

»Aber was ist, wenn beide gemeinsam den Geldtransport überfallen haben? Dann wirst du irgendwo im Luberon verscharrt. Ich würde mich der Freundin nicht anvertrauen. Vielleicht ist sie seine Geliebte. Bonny and Clyde in der Provence. Und sie hat den Wachmann erschossen.«

»Quatsch! Claire könnte keiner Fliege was zuleide tun. Jetzt geht der Gaul total mit dir durch. Und was deine Phantasie über die Liaison mit Schleicher betrifft, kann ich nur sagen: Claire hat die Schnauze von Männern gestrichen voll.«

»Wie du?«

»Wie ich. Richtig, Herr Kollege. Und im Übrigen steht sie nicht auf jüngere Männer.«

»Wie du?«

»Da irrt sich der Kommissar aber gewaltig.«

Lena kichert, und Tom gießt ihr ein weiteres Glas ein.

»Tom?«

»Ja Lena?«

»Wieso kennst du dich so gut in der Gegend aus?«

»Das ist eines meiner kleinen Geheimnisse, denn nicht nur du hast eine Freundin in der Provence.«

»Du auch? Eine Freundin? Mensch, Tom!«

»Nein, leider nicht. Nur einen Freund!«

»Einen Freund, Tom. Hast du mir was verschwiegen?«

»Quatsch. Ein alter Freund lebt mit Frau, drei Kindern, zwei Hunden und einer Katze in einem wunderbaren Mas in der Provence. Ich war schon oft da und habe alle Bücher von Peter Mayle gelesen. Hat die Klärgrube für mich auch noch ein Zimmer frei, wenn wir vor Ort ermitteln?«

»Tom. Wir sind keine Privatermittler wie in den beknackten Vorabendserien. ›Schwänzen und Partner‹, oder wie heißt diese Schwachsinns-Soap?«

»Schwänzen und wer? So einen Shit schau ich mir nicht an! Eine Dienstreisegenehmigung erhalten wir allenfalls, wenn die Gendarmerie Paul festnimmt und wir die Vernehmung vor Ort und den Gefangenentransport übernehmen dürfen.«

»Eine Frau als Bewacherin bei einem Polizistenmörder?« Tom lächelt.

»Ich habe immer meinen Mann gestanden.«

»Mann?«

»Als Frau meinen Mann gestanden, so sagt man doch, und du weißt doch am besten, dass hinter jedem erfolgreichen Mann eine starke Frau steht.«

»Beziehst du das auf unsere Zusammenarbeit?«

»Wenn du es so interpretieren möchtest. Wir sind doch ein starkes Team, oder?«

»Klar, Lena. Auf uns beide. Als Team. Ich arbeite wirklich sehr gerne mit dir. Lass uns darauf anstoßen!«

Lena hält ihm das leere Glas hin. »Dann gieß mein Glas noch einmal voll!«

»Überleg es dir noch mal mit der Kündigung, bitte. Du wirst mir sehr fehlen!«

Lena lächelt. »Nur wegen der Zusammenarbeit!«

»Nein, und das weißt du auch!«

»Zuerst müssen wir den Fall klären, und bis dahin wird noch viel Wasser den Rhein runterfließen und noch manche Leiche länden.«

»Jetzt wirst du total unromantisch. Habe uns schon beide in der Provence gesehen.«

»Wenn ich kündige, hat sich das ohnehin erübrigt.«

»Lena, willst du wirklich den Dienst quittieren?«

»Ich brauche dringend eine Auszeit.«

»Tja, wer nicht!«

Sie blicken sich tief in die Augen. Tom steht auf und räumt den Tisch ab.

»Bleib sitzen, Lena. Du bist mein Gast!«

Als Tom wieder auf das Deck kommt, hat Lena das Glas schon wieder geleert. Er öffnet die dritte Flasche und nimmt die beiden leeren Gläser in die andere Hand.

»Komm, wir gehen nach unten. Wird doch ganz schön windig«, sagt Tom.

Sie steigen vom Sonnendeck und setzen sich auf die schmale Bank hinter dem Salon am Heck des Schiffes. Schweigend genießen sie den Blick auf die unbewohnte Insel Graswerth. Das Abendlicht versinkt langsam zwischen den Wolkenstreifen. Irgendwann finden ihre Hände zueinander. Sie würden sich später nicht mehr daran erinnern, wer zuerst die Hand des anderen berührt hat. Das goldene Abendrot strahlt schemenhaft über die Landschaft. Die Nacht breitet langsam ihr dunkles Gewand über den Rheinarm aus, und die beiden Inseln versinken in der Dämmerung. Es wird kühler. Lena hat die Beine angezogen.

»Wird langsam kalt, Tom!«

»Soll ich dir ne Decke holen?«

»Nein, lass uns reingehen!«

»Du fährst aber nicht mehr nach Hause.«

»Kein Einspruch!«, grinst Lena.

Tom holt Bettzeug aus der Schiffskiste.

»Du kannst im Vorschiff schlafen. Da ist es schön kuschelig und bequem. Ich schlafe im Salon.«

»Wenn ich alleine schlafen möchte, kann ich auch nach Hause gehen!«

Ein verschmitztes Lächeln breitet sich auf Lenas Gesicht aus, als sie zum Bug der *Albatros* schwankt, im Schlafzimmer des Eigners verschwindet und die Tür weit öffnet.

Epilog

Die Ampel schaltet auf Rot. Er bremst den Alfa ab und hält hinter dem Streifenwagen an. Sie blicken sich an. Sollten sie es an der Kreuzung wagen? Der Friedrich-Ebert-Ring, die Hauptverkehrsader der Innenstadt, wirkt wie ausgestorben. Nur dieser alte Mann mit Hut und Toilettenrolle hinter der Heckscheibe seines Mercedes und die alte Tusse, die eben ihr Fahrzeug abgebremst hat, ohne den Blinker zu setzen. Beide vermutlich ohnehin fast blind, zumindest nach ihrem Fahrverhalten zu urteilen. Sie würden sich vor Angst in die Hose machen und könnten keine Hinweise geben. Ihre Gesichter würden sie vielleicht erkennen, aber die Täter nicht identifizieren können. Sie nicken sich kurz zu. Okay. Zuerst von hinten und dann zur Sicherheit noch einmal von rechts und links. Wie sie es besprochen hatten. Sie greifen nach den Masken auf dem Rücksitz. Verdammt. »Grün«. Eine Sekunde zu spät. Das Polizeifahrzeug setzt sich langsam in Bewegung, fährt zum Rhein Richtung Deutsches Eck. Kurz vor der Kurve in Richtung Mosel verlangsamt der Streifenwagen das Tempo, fährt rückwärts auf einen kleinen Parkplatz und parkt neben den Containern ein.

■

Das Warten hat sich gelohnt. Der Polizeiwagen wurde eingeparkt. Er hat sie erkannt, als der Kollege die Tür öffnete, die Innenbeleuchtung sich einschaltete, und sie auf den Beifahrersitz rutschte. Er steigt von der Mauer und entsichert die Waffe. Keine Menschenseele im Innenhof. Das Lokal am Ludwigmuseum hat heute Ruhetag. Er muss nur durch den Torbogen und kann in der Dunkelheit unentdeckt an der Mauer entlangschleichen. Plötzlich strahlen ihn die Lichtkegel eines Fahrzeuges an. Ein rotes Auto hält vor der Einfahrt. Er versteckt sich hinter einem Vorsprung der Bruchsteinmauer am Ludwigmuseum. Zwei Männer steigen aus und laufen über die Wiese zu den Containern.

■

Sie stellen den Alfa neben dem Durchgang einer alten Bruchsteinmauer direkt hinter der Kurve ab. Beide sehen nicht den Mann mit der Waffe, der in dem Torbogen verschwindet. Sie greifen nach den Revolvern in den Seitentüren und den Masken auf dem Rücksitz. Dann schauen sie sich noch einmal um, steigen aus und gehen mit schnellen Schritten in Richtung der Container. Im Schutz der alten Bruchsteinmauer streifen sie sich die Masken über. Helmut Kohl und George W. Bush im entscheidenden Moment ihres Rachefeldzuges.

▪

Sie schleichen sich von beiden Seiten an das Polizeifahrzeug heran. Sabine Laube spürt den leichten Druck von kaltem Metall an ihrem Kopf.

»Lass sie stecken!«, flüstert eine bedrohliche Stimme. Gleichzeitig zieht der Mann die Waffe aus dem Holster der Polizistin.

Der Polizist auf dem Fahrersitz reißt die Augen auf.

Seine Hand greift zum Gürtelholster. Zu spät.

Der erste Schuss zerreißt die Stille. Volltreffer.

Dann zieht der Schütze ein zweites Mal den Abzug durch.

Der Kopf der Polizistin fällt nach vorne.

Er drückt ihr die Waffe in die rechte Hand.

Er hat es für Mama getan.

▪

Zwei Schüsse zerreißen die Abendstille.

Päng, Päng. Kurz hintereinander.

Die Männer laufen zurück zum Auto.

Sie tragen Masken, springen in das Auto und rasen davon.

Wie von fremden Kräften gelenkt, läuft er zu dem Streifenwagen. Atemlos stützt er sich an der Beifahrertür ab.

Kein Zweifel. Sie ist tot.

Er läuft weg. Rennt wie ein Wahnsinniger im Schutze der alten Bruchsteinmauer in die nahe gelegene Wohnung. Entgegen seiner Gewohnheit, immer und überall erkannt zu werden, versteckt er sich in einem Hauseingang, als ein Radfahrer die Straße runterkommt. Pitter, der vorzeitig pensionierte

Postbeamte, dreht wie jeden Abend seine Runde ums Deutsche Eck.

Laube öffnet mit zitternden Händen die Haustür, schaltet das Flurlicht nicht ein, zieht die Schuhe aus und schleicht auf Zehenspitzen in den ersten Stock.

Niemand hat ihn gesehen.

Er schließt die Wohnungstür von innen und verriegelt sie zusätzlich mit dem Sperrschloss.

Kurze Zeit später ertönen die Martinshörner.

Er hält sich die Ohren zu.

Wirft sich aufs Bett.

Starrt an die Wand.

Kann nicht glauben, was soeben geschehen ist.

Er hat unerwartete Schützenhilfe bekommen.

Ein Geschenk des Himmels.

Welch grausames Wort in dieser Situation.

Aber er kann seine Hände in Unschuld waschen.

Die Gedanken sind frei.

Er braucht kein Alibi.

Nichts kann ihm passieren.

Alles wird gut.

Und dann erschrickt er.

Er hat einen einzigen Fehler gemacht.

Nachschlag

An den Stamm des Kastanienbaums haben Polizisten aus Sabine Laubes Schicht ein Holzkreuz mit dem Namen der getöteten Kollegin befestigt. Noch Monate nach der grausamen Tat zünden die Menschen an dieser Stelle Grablichter an und legen kleine Blumensträuße vor das Kreuz.

Bernd Müller kann sich nur noch im Rollstuhl fortbewegen und wird sich nach Auskunft der Ärzte nie mehr an den Tathergang erinnern.

Der Einsatz eines Zielfahndungskommandos des LKA und die Ausschreibung zur internationalen Fahndung bleiben ohne Ergebnis. Max und Paul Schleicher scheinen wie vom Erdboden verschluckt. Keine einzige Spur führt die Fahnder auf eine heiße Fährte.

Die SOKO wird personell reduziert und Tom Schneider auf eigenen Wunsch wieder in die Observationsgruppe des Rauschgiftkommissariats versetzt. Lena Lieck hat ein Sabbat-Jahr eingereicht und wohnt bei ihrer Freundin Claire in der Provence.

Dann wird ein Drogenfahnder aus Tom Schneiders Team in seinem Dienstwagen mit einem gezielten Kopfschuss getötet und bei einem weiteren Verbrechen erneut die mysteriöse DNA-Spur gesichert.

Danke

Ich möchte allen danken, die mich bei der Entstehung dieses Kriminalromans begleitet, beraten, kritisiert, motiviert und auch abgelenkt haben:

Elfriede Belleflamme, *Helmut Bouillon*, *Helga Brennecke*, *Karl-Hermann Dittrich*, *Ivonne Gerth*, *Peter Grundmann*, *Tanja Fetz*, *Irene Koch*, *Eva-Maria Mikat*, *Regina Moog*, *Tom Moog* und *Herbert Saal*, die im Manuskript »Ungereimtheiten« korrigierten und mich mit vielen Anregungen »gefüttert« haben

Andreas, der zum Schluss noch kleine (aber entscheidende!) »Schnitzer« entdeckte, die wir alle übersehen hatten

Gabriele Keiser, die mich als Autorenkollegin beraten und den Kurs korrigiert hat.

Für fachliche Beratung und kollegiale Unterstützung bedanke ich mich besonders bei:

KHK'in *Margot Brenk*, Leiterin eines Kommissariats »Gewalt gegen Frauen und Kinder« und begeisterte Krimileserin, für ihre fachliche Prüfung.

EKHK *Bernd Kreuter*, Leiter Kommissariat für Kapitaldelikte, für wichtige Anregungen und Korrekturen bei den Textpassagen über »erster Angriff«, Obduktion, operative Fallanalyse und strafprozessuale Maßnahmen.

EKHK *Walter Günther*, Leiter des Erkennungsdienstes, für Informationen über Möglichkeiten und Grenzen der DNA und weitere kriminaltechnische Untersuchungsmethoden.

PHK *Manfred Gerz* und POK *Christoph Klinke* für eine Beurteilung der Lage des fiktiven Falls aus dem Blickwinkel einer Einsatzleitstelle und POK *Mike Stendel* für seine akribische ›Spurensuche‹ und wertvollen Hinweise.

Martina Müller, die mir tiefe Einblicke in Verdrängungsmechanismen missbrauchter Kinder und in ihre Arbeit als Sozialbetreuerin ermöglicht hat.

Dr. Beate Lindemann und *Prof. Jörg Degenhardt*, die mich in kranke Seelen von Pädophilen blicken ließen.

Reni und *Nobby Diefenbach*, in deren Haus in Salon-de-Provence ich in der Endphase meiner Manuskripte in vielfältiger Weise inspiriert wurde.

Volker Uhl für sein Engagement bei den »Polizeipoeten«

Hauptkommissar a.D. *Werner Gehrmann*, der sich jetzt Hobbyschiffmann nennt und der trotz meiner Warnung vor einer möglichen Belagerung seines persönlichen Ruheraumes nach Erscheinen vom »Spurenleger« die Beschreibung des Originalplatzes genehmigte. Ich bin besonders glücklich, dass ich seinen Namen nicht an den Beginn dieses Buches schreiben musste und wünsche ihm auf der *Albatros* gemeinsam mit Helene noch viele Flussfahrten.

Marietta, *Dietmar*, *Michael*, *Diether* und *Klaus* für schweißtreibende Bandproben, aufregende Konzerte, das Wegreißen vom Schreibtisch und *Marion*, die uns immer erträgt und auf ihre Saunagänge verzichten muss.

Michaela Kenklies vom Piper Verlag, die mich mit viel Vorschusslorbeeren ermutigt hat, für ein harmonisches Miteinander und die unkomplizierte Zusammenarbeit.

Besonders bedanke ich mich bei *Elfie*, meiner kritischsten und damit wertvollsten Testleserin, für ihre Geduld, wenn in Schreibphasen die profanen Dinge des Alltags nicht oder später erledigt werden konnten.

Nicht zuletzt wünsche ich mir, dass dieser Roman den Leserinnen und Lesern bewegende Einblicke in Gefühlswelten von Frauen und Männern im Polizeidienst vermittelt, denn »Bullen sind auch Menschen« ...

Jörg Schmitt-Kilian, im September 2008

Glossar

(einen) Affen schieben	Drogenabhängige auf Entzug
ADLER	Rufname der Polizeihubschrauberstaffel
BERTA	Rufname der Kripofahrzeuge
Bepo	Bereitschaftspolizei
BKA	Bundeskriminalamt
DAD	Daten-Analyse-Datei
daktyloskopisch	Spuren eines Fingerabdrucks
Daktyspuren	Fingerabdruck
DNA	**siehe Anhang**
Drobs	Drogenberatungsstelle
DSDS	TV-Sendung ›Deutschland sucht den Superstar‹
Durchläufer	Praktikant bei der Kripo
EKHK	Erster Kriminalhauptkommissar
erster Angriff	Insiderbezeichnung für erste Maßnahmen an einem Tatort
erweiterter Suizid	ein Selbstmörder tötet zuvor einen anderen (Frau, Kinder, Geliebte u. a.)
FBI	Federal Bureau of Investigation = amerikanisches Bundeskriminalamt
FH Pol	Fachhochschule der Polizei
FüGru	Führungsgruppe
GES	Gesichtserkennungssystem
GHB	umgangssprachlich KO-Tropfen, eine Flüssigkeit, die als ›Vergewaltigungsdroge‹ bekannt wurde, da die Opfer nach unbeabsichtigter Einnahme in ihrem freien Willen stark eingeschränkt werden und meist keine Erinnerung mehr an den Tatablauf haben
Hasch-Papis	Insider-Bezeichnung für Rauschgiftfahnder
in den Kahn	in das Gefängnis (umgangssprachlich)
JVA	Justizvollzugsanstalt
K	Kripo

KD	Kriminaldirektion
KDD	Kriminaldauerdienst, Kriminalwache
KHK	Kriminalhauptkommissar
KIFI	›Kinderficker‹
Klavier spielen	Fingerabdrücke nehmen, erkennungsdienstlich behandeln
KTU	Kriminaltechnische Untersuchung
Leiter PE	Leiter der Abteilung Polizeieinsatz
L/K11	Leiter des Kommissariates 11
LKA	Landeskriminalamt
MEK	Mobiles Einsatz-Kommando
MEM-Person	Angehörige(r) einer mobilen ethnischen Minderheit
MOSELLA	Rufname Polizeiwache
MOT	alt: Motorisierte Gendarmerie
NAW	Notarztwagen
Obs	Observation
OFA	Operative Fall-Analyse
PHK	Polizeihauptkommissar
PK	Polizeikommissar
POK	Polizeioberkommissar
PS	Pressestelle
RG	Rauschgift
RG-Sofortmeldung	Rauschgift-Sofortmeldung
RHEIN	Rufname Einsatzleitstelle
Roter Zettel	Einlieferungsanzeige, auch Haftbefehl
S	Schutzpolizei
Soko	Sonderkommission
Stockholm-Syndrom	Verbrüderung zwischen Geisel/Geiselnehmer, Opfer/Täter
ViA	Vertreter im Amt
VU ohne	Verkehrsunfall ohne Verletzte
WAPO	Wasserschutzpolizei
ZKI	Zentrale Kriminalinspektion

Die Abkürzung **DNA** steht für *desoxyribonucleic acid* (englisch), deutsch Desoxyribonukleinsäure (DNS), ein in allen Lebewesen und DNA-Viren vorkommendes Biomolekül und die Trägerin der Erbinformation. Sie enthält unter anderem die Gene, welche für die biologische Entwicklung eines Organismus und den Stoffwechsel in der Zelle notwendig sind. Im allgemeinen Sprachgebrauch wird die Desoxyribonukleinsäure überwiegend mit der englischen Abkürzung **DNA** *(desoxyribonucleic acid)* bezeichnet; die parallel bestehende deutsche Abkürzung **DNS** wird hingegen seltener verwendet.

Quelle: Wikipedia – die freie Enzyklopädie

■ ■ ■

Vor dem Hintergrund der Tataufklärung eines schweren sexuellen Missbrauchs zweier Mädchen in Niederwiesa, Sachsen, mithilfe der wissenschaftlichen Nutzung der DNA-Analyse forderte der sächsische Innenminister »die Gleichstellung der DNA-Analyse zum Zweck der Identitätsfeststellung in künftigen Strafverfahren« als Standardmaßnahme einer erkennungsdienstlichen Behandlung.

»Einem Tatverdächtigen muss unter den gleichen rechtlichen Bedingungen eine DNA-Vergleichsspur abgenommen werden können (Abstrich von der Mundschleimhaut), wie er fotografiert, ihm die Fingerabdrücke abgenommen oder seine körperlichen Merkmale dokumentiert und vermessen werden dürfen«, fordert auch der Bundesvorsitzende des Bund Deutscher Kriminalbeamter, Klaus Jansen.

Eine erkennungsdienstliche Behandlung ist dann zulässig, wenn jemand einer Straftat dringend verdächtig ist oder wenn die Gefahr der weiteren Begehung von Straftaten besteht.

PIPER

M. J. Hyland

Schlaflos

Roman. Aus dem Englischen von Ingo Herzke. 384 Seiten. Piper Taschenbuch

Brillant und soghaft erzählt Maria Hyland die Geschichte ihrer rebellischen Heldin: Für ein Jahr geht Louise als Austauschschülerin in die USA, weg von der erdrückenden Enge der kleinen elterlichen Welt in Sydney. Sie lebt bei den perfekten Hardings, in Chicago ist alles neu für sie und eigentlich ein Traum. Nur ihr Zorn, der Stolz und die Verunsicherung sind noch immer da, und sie findet noch immer keinen Schlaf …

»M. J. Hyland gelingt es, in einer klaren, trockenen Sprache die Tücken und Schwierigkeiten des Erwachsenwerdens zu beschreiben. Sie entwickelt eine wunderbar unterhaltsame und fesselnde Satire auf den American Way of Life.«
Max

05/2337/01/L

Stephenie Meyer

Biss zum Morgengrauen

Roman. Aus dem Amerikanischen von Karsten Kredel. 512 Seiten. Piper Taschenbuch

»Es gab drei Dinge, deren ich mir absolut sicher war: Erstens, Edward war ein Vampir. Zweitens, ein Teil von ihm – und ich wusste nicht, wie mächtig dieser Teil war – dürstete nach meinem Blut. Und drittens, ich war bedingungslos und unwiderruflich in ihn verliebt.« Edward bestimmt bald Bellas Leben, doch damit schwebt sie fortan in ständiger Gefahr … Die Geschichte von Edward und Isabella begeisterte auf Anhieb weltweit und wurde ein internationaler Bestseller. Stephenie Meyers Debüt ist so romantisch wie spannend und fesselt bis zur letzten Seite.

»Ein Schmöker zum Träumen und Schwärmen.«
Der Tagesspiegel

05/2310/02/R